她們在移動的世界中寫作

臺灣女性文學的跨域島航

王鈺婷 主編

推薦序

「跨域」與「島航」：閱讀戰後臺灣女性文學的兩組關鍵詞

梅家玲

戰後臺灣女性文學的豐美多采，早為眾所公認。而本書副標的「跨域」與「島航」恰恰是閱讀它們的兩組重要關鍵詞。「跨域」意謂著突破既有的疆界與樊籬，「島航」則標識出以「臺灣」為核心的海天游移。臺灣四面環海，特殊的地理環境與歷史境遇，使得它自古以來即成為一座移民之島。島上不只早有棲居其中的原住民族，更多有前後來此的不同族群。大家的語言文化各有千秋，彼此互動，原就是不斷「跨域」的生活實踐，更不提還有各種島域內外的出入往返。落實於女性的文學書寫，「跨域」往往始於空間疆界的穿行跨越，隨之而來的，便是連串的觀察與內省，對話與交融，以及充滿能動性與開創性的文學視界。本書，正是此一視界的展現。

《她們在移動的世界中寫作》是王鈺婷教授繼《性別島讀》之後，又一次邀集多位學者共同撰寫完成的臺灣女性文學論述合集。全書以女性的跨域出行為聚焦主軸，凡五章，從「島內走踏」開始，繼之以「由／向北前行」、「東方駐覽」、「南方遊旅」、「向西漂移」四章，循序鋪展出女性作者筆下的四方文學之旅。然而它所揭示出的，卻又絕不止於女性跨域行旅的無遠弗屆與無所不至而已。箇中意義，至少可以從「女性」、「臺灣」、「語言與身分認同」三個面向去進一步解讀。

首先，對於「女性」而言，「跨域」的最大意義，乃是從解放個人活動空間限制開始，進而啟動不同的自我定位與世界觀照。回顧過往，傳統社會「男主女從」、「男主外，女主內」等性別規範，不只確立男女職責的分工，更將女性活動範圍限縮於家室之內。女子出行與遷移，大多必須依附於以男性為主的家庭活動。晚清以降，外交往來頻繁，新式教育興起，「使節夫人」與「女學生」相繼出現，她們走出家門，為現代的女性「跨域」開啟先河。兩相參照，前者仍不脫傳統性別規範的遺緒，後者就已是現代女性自我追尋的先驅了。

經由這樣的脈絡，我們亦可看出知識教育在女性書寫中的特殊作用，以及本書為臺灣女性文學史所提供的一個重要閱讀側面：就前輩女作家而論，無論徐鍾珮的《追憶西班牙》，抑是鍾梅音的《海天遊蹤》，原本都是以「眷屬」身分，跟隨丈夫赴海外工作之後的見聞書寫，但個人先前的學院訓練與知識積累，在在使她們的世界觀照，融合著女性自我的所思所感，因而跳脫傳統，為戰後臺灣的女性跨域文學開啟新頁。此外如謝冰瑩的南洋之行，林文月的京都之旅，以及六〇年代以後的女性留學生文學，皆可歸諸為知識女性的跨域書寫。至於其它女性因出行而進行種種自我追尋，以及對於鄉土、歷史與記憶的思辨扣問，也都不妨視為此一脈絡的延展。

其次，作為「移民之島」的「臺灣」，島上不同族群的往來互動，以及島上子民們的多方遷移，向來是構成當代文學的重要元素。更何況，從戰亂頻仍的二十世紀，走向全球化的新世紀，臺灣不只政局風雲變幻，更有時光推移中的種種社會遷變。女性作者對此的體察想像，尤其繁複多樣：從因戰亂而來的離散，到為了求學工作婚戀而啟動的出行；從未必出於自主的移居，到有心規劃的特定行旅，不同世代的女作家們，總是既外視，又內省；既以不同方式反思鄉土家國的定義，頻頻與父權傳統對話，也不忘提醒：島內的文學與文化，是如何因為不斷的跨域流動而翻轉創新。舉凡從城南走來的林海音、流浪於撒哈拉沙漠的三毛，以及從父系出走，抵達母土的鍾文音、離返於臺灣部落與西藏之間的伊苞，在在以個人移動的生命經歷，見證著「臺灣」作為文學創生源頭的特殊性格。

此外，現實世界中的空間移動，所帶來的，還不止於跨域經歷及對話交融，更有書寫中關乎自我「身分」問題的思考、對於「語文」之混融新變的有心琢磨。早年女作家們的跨域書寫，較側重的是己身在島內的定位；發而為文，亦多用心於漢語中文的字斟句酌。然而新世紀以來，諸如開創「法國意思」的張亦絢、跨國飄浪的李琴峰，大都擁有不同語系國家的生活經歷及語文能力。在迥異的語言及文化激盪之下，「語文」對她們而言，並不只是人際間的溝通工具，它同時觸動「身分」的思考，牽引著自我在不同地域及文化之間擺盪追索。「語文」的歧異與混融，撼搖了僵固單一的身分認同，文學書寫的新變，因此更不同於既往。

綜括而言，戰後臺灣的女性書寫，因「跨域」與「島航」而開顯豐美多元的風貌，《她們在移動的世界中寫作》聚焦於此，所揭示的諸般面向，引人入勝，也引人深思。它的後續將會如何發展？值得有心者持續關注，並且期待。

推薦序

跨界織錦地圖：新世紀女性文學的八方求索

周芬伶

女性文學研究曾在上世紀末成為顯學，在新世紀前二十年多元文化下漸漸失焦，我們的視線更具有野心，企圖擁抱整個世界，在全球化的大趨勢下，文化研究一掛肉粽那樣的研究興起，性別是文化現象之一，異女形象漸漸模糊化，女作家成為流失意義的符號。這本書焦點放在女性作家及其作品討論，有點懷舊的意味，然也有研究方法回歸校正後的新面貌。它試圖建構文學的另一參考系統，應該說是來得正是時候。

在研究方法多變，嚴肅與通俗失去分野、A1興起，娛樂文化席捲全球的當下，我們感到徬徨，只有回望過去。這本書集中談作家及作品，新舊世代作家與作品交織，焦點集中，女作家在其中穿梭，變換畫面，因她們不再千人一面，各有特色且面目清晰。

臺灣近些年的研究主流以抒情傳統與離散、邊緣文化為軸心——離散是移民、戰亂的產物，是自動的他者的展現，而移動與越界的目的是為找回主體，「她」不再是憂鬱與壓抑的，且走且戰，殺出一片新天地。當臺灣經過歷史建構與轉型正義，政治正確為大前提，而疫情與戰亂來臨，人們困守家中、懷舊情懷與自我探索交加，因而經典有再重現之必要，情感與生活空間的探討變得格外急切。

有人說上個世紀的二〇年代是白銀年代，代表著黃金時光的結束，此後人類將失去春天，最後邁向衰頹——果然我們在二〇二〇年迎來了大疫與戰爭，人們或自我隔離困在家中，或者戰亂流離，我們離春天愈來愈遠，說來像神話，卻如此真實；一百年來我們也許從未擁有過黃金年代，甚至退回青銅時代與鏽鐵時代，因此，缺憾感恆存，我們只能從破銅爛鐵中去窺探那黃金燦爛時光，因而更想往外奔逃，只為逃避那缺損感。

跨界與跨域研究的興起，源於自我限縮引來更狂放的向外追求，探討作品中作者如何擁抱他方兼書寫自身——身體的移動，帶來權力的轉移，跨界引發更大範圍的移動，時而正向時而逆向，如果說從父系傳統轉向母性時空是逆向，在跨國奔走中回勾鄉愁也是逆向；那麼在移放中開拓新風景，或重建自我是正向，更可能正逆向同時進行，展現書寫的複雜性；另外女性移動書寫更富於物質性，有關物質的描寫是客體走向主體的媒介，如器物、妝容、圖像、書法、照片……如張淳如寫南京大屠殺，透過老照片（身體）組合穿越另一時空，潰散的心靈從而重組，而她的身體最後也被射穿。

多麼險惡，不盡是甜美，因而更深刻。

女性作家的流放與跨域，在此產生新意義，她不僅代表女性自身，也代表女性跨越地域、種族、性別、階級的渴求，也是物質與日常書寫，代表著追求自由的願望，她是臺灣之子，也是臺灣之女，像歐蘭朵穿梭時空，成為自己的符碼與在場。

楊翠認為女性文學史可以七〇年作為分野，為女性作家從游離中真正「在場」之年；問題並非只是在場，而是如何在場，如何一山跨過一山，直到留下烙印。而七〇年代之前的女作家的臺灣書寫是否只是「地方」；而非真正的空間？以更延伸的解釋，她們或者是分裂或雙重的存在著，如謝冰瑩描寫基隆的雨，是較早深度書寫臺灣空間之美的散文、林海音擅長今昔對照，最終深入本土、林文月在京都抒發故鄉「遙遠」之思，是否身在此而心在彼，或身在彼心在此。對於女性，他方或彼方是交錯疊放，而非單一存在。

這本小論文合集，包含各世代的學者與被研究者，在空間上東南西北無所不包，在文學史上的意義，具有斷代銜接的時間綿延感，彷彿可以看見微形文學史在其中貫串；在文學理論的意義，從傳記研究到文化、轉譯研究，心理的神話的結構與解構，移民跨界文化……方法多樣多角；在文學批評的意義上，從專家印象到多家串聯，更顯得多采多姿，在批評貧瘠的年代，帶來各自的切入評論角度；在美學上的意義，女性書寫從西蘇所說的發散性，多元性，到穿越性、物質性、正逆向性，提醒我們女性文學研究不僅是性別研究，也是文化研究、跨域研究重要的一環。

女性作家從保守衝破界限，從民初謝冰瑩、林海音就跨出歷史性的一大步，她們寫出披荊斬棘的奮鬥故事，也引領著女性衝開枷鎖，而潘人木、蓉子在遷移中書寫的自我照見，讓她們在憂患中得到立身之處；而李渝、施叔青的海外經驗，林文月、兩鍾照見女性的更多層次的情懷，從日治時期一路向北往「內地」遷徙，到一九六、七〇年代的往西方留學，其多方多面，已超越之前的女性研究，似乎以文化地理學畫出女性遊走地圖。

裡面許多議題相當有趣，如吳文看見潘人木文章中的女性妝扮、李文茹對照溫又柔與李良枝，像這樣從老作中出新見的討論都讓人耳目一新；至於新世代的討論更是視野開闊，也有一些很新鮮的議題，像王萬睿從張美瑤銀幕形象的轉變，說明一九六〇年代文化冷戰背景下東北亞跨越至東南亞的跨域、李淑君梳理具有新二代與外省二代身分的陳又津，描述臺印混血的多重跨界；另外詹閔旭論述李琴峰的女同志情懷，跨洋越海也要愛，補足同志文學的缺角——可說兵分五路，多點開花，內容豐富多采。

它們共同的特點是文章都易讀好看，文采斐然，好看的論文不是人人都能寫，像西蒙波娃、蘇珊桑塔格、傅科、羅蘭巴特，他們創造自己的文體，可說是蘊含哲思的知性散文。如何讓論文兼具深度與易懂，前輩哲人為我們作了良好的示範，臺灣雖較缺女性哲人，然本土女性書寫者多半在文學範疇中表達生命的探索與哲思，如蘇雪林、葉嘉瑩、齊邦媛、林文月……，她們的書寫不乏生命的深度探索，這些女學者不僅是文學評論者，作家，也是哲人，論文也好看，後繼的女研究者大約也在形塑自己的文體，愈來愈多學者自身也是寫作者，好看的論文愈來愈多。論文好看讓初學者容易進入，對讀者來說是雙重享受。

主要是好的評論對健康的文學環境是很重要的，在人文傾頹的現在，文學領域仍有一大群人在努力著——這是最壞的年代，也是最好的年代——看見這麼多優秀的各世代評論者，在學術領域活躍著，努力著，我總覺得幸運生在此地此時此刻，因著江山如此多嬌，臺灣正被看見，我們也關注著遠方，前方也許有更大更多的破壞要來，我們會愈來愈勇往向前。

目次 *Contents*

第二章　由／向北前行

第三章　東方駐覽

第四章　南方遊旅

第五章　向西漂移

導論

以文學為渡，在跨域中安放己身

王鈺婷

「跨域」指向突破疆界與破除侷限，也對應到融合與對話。在當代文學與藝術研究中，以「跨域」做為新的取徑，跨足未境之地，由此串連出更具能動性的跨域實踐。跨域是臺灣性別文學中恆常的主題，從性別島讀到跨域島航，由女島紀行到跨域流動，女作家在家內外移動，一次次出走與回歸，不斷漂流的生命經驗中，不同世代的她們為何遷徙？如何面對未知的挑戰？怎樣感受世界與回眸鄉土？在跨域與越界中，女作家何以建構又重構自身，在此銘刻主體與安放己身；如何以不同的敘事形式試探記憶，昇華哲思，勘探出滋養再生的島航源泉。

臺灣當代性別文學史中，女作家的跨域具有特殊文化背景。二十世紀因為戰爭或是移居所造成的遷徙，或是全球化至後疫情時代，隨著國際間的交流日益頻繁，更多人類的移動、定居與困居，不斷挑戰家園的定義，並牽動著「跨域追尋」的課題。不同歷史情境下女性主體的追尋，飽含相異的生命課題，並牽動主體認同的形構，而追尋往往是另一重建構理想鄉土的肇始，抑或是幻滅的醒悟，在跨域的機遇與創傷中，女作家生命軌跡飽含複雜心緒，其反思尤其深刻動人。

從臺灣文學發展的歷史脈絡，才能一窺戰後女作家的「跨域風景」。一九四九年前後一批隨著國民黨政府來臺灣的外省女作家，包括：謝冰瑩、林海音、郭良蕙、張秀亞、聶華苓……等人，她們在追憶似水年華中反覆叩問「鄉關何處」，觸碰歷史的糾結與認同的困惑。一九六〇年代臺灣文壇興起了「留學生文學」此一文類，也在「跨域」中誕生，逐漸蛻變為認同旅居國的「移民文學」。於梨華、歐陽子、吉錚、孟絲、叢甦這一批女作家，她們多數在失根與放逐中體認到遊女身世的難以歸屬，思索自己族裔身分與性別處境，並由此為臺灣尋覓定位。同一時期遷臺一代的外省女作家，如蘇雪林、鍾梅音、徐鍾珮透過歐美遊記，見證歐美國家的進步與文明，開展瀰漫家國之思的旅行書寫。

臺灣島嶼內部，崛起於六〇年代的女作家，包括：施叔青、李昂、季季，其寫作夾雜現代主義的技法，注入寫實題材，呈現出女性對於資本主義與傳統過渡階段的鄉土之反思，與其對於父權家園的觀察。一九七〇年代臺灣島內局勢的劇烈演變，延續亞洲冷戰局勢的歷史脈絡，而後鄉土文學運動、民歌運動、新女性主義運動一一登場，在國境依舊封閉的年代，林文月《京都一年》與三毛《撒哈拉的故事》，為讀者生活增添異國風情。一九八〇年代面對開放大陸探親、本土化、國際化等多元政治現象，引起社會、文藝思潮與消費生態的鉅變，並引發後學思潮，中產階級文學與都會品味的融入，促成與兩大報文學獎結合的女性文學風潮，女作家在城鄉之間流動，縷刻出跨域的鄉土語境，蕭麗紅的《千江有水千江月》、李昂的《殺夫》與廖輝英的《油麻菜籽》，多向度呈現女作家不同的創作位置，或懷舊或批判或寫實，凝塑出性別與鄉土連結的課題。

一九八七年臺灣解嚴，女作家以各種批判性觀點回應解嚴初春的時代地景，展現出身體、記憶的行動書寫，一直延續到二十一世紀初期，女作家透過處理歷史記憶與家族書寫的議題，不斷深化跨域的思索，平路、蘇偉貞、袁瓊瓊、朱天心、周芬伶、蔡素芬、鍾文音、陳玉慧、郝譽翔、陳雪等諸多女作家，透過出走、遷徙、旅行、漫遊、離散等書寫，回應解嚴前後的時空脈絡，從女性視角切入，呈現出與男性大論述對話的性別化家國想像。二〇〇〇年後臺灣新世代女作家成長於臺灣解嚴後民主化與全球化的氛圍，千禧世代女作家的跨域流動，呈現出世代差異，也和女性主體多重認同的認知位置有關。陳又津、李琴峰、溫又柔、馬尼尼為、張郅忻，透過敘事腔調與語言嘗試，在移動與微家族史觀照下，為新世代性別跨域書寫提供更多元文化想像的可能性。

跨域島航，由島內行旅出發，沿著地理座標面向世界，先由女作家在臺灣島內的旅行啟始，繼而開展女作家／女明星以北方錨定的跨域旅程，並呈現出女作家在東亞移動、南方連結與向西漂流的經歷，擴及女子西行至歐美、非洲、西藏、南美、法國到邊地的流轉經驗，這不僅回應到臺灣特殊歷史脈絡與對外關係，也和女作家跨界經驗相互聯繫。

第一章「島內走踏」從戰後一九四九年始，跨世代女作家在近代戰爭離散、歷經一九七〇年代保釣運動的離散與回歸、與新女性主義運動的影響，及一九九〇以迄二〇〇〇年因逃離抑或是尋訪血緣，透過出走島嶼呈現出自我追尋與心境轉折，描繪出女性和家園之間拉扯的張力。吳文透過潘人木以照鏡裝扮所開啟的影像，見證大時代潮流沖刷下的流離之苦。言叔夏分析李渝從〈江行初雪〉到《溫州街的故事》的回歸之作，提出李渝追索歸屬的精神歷程，以「鄉在文字」中超越離散身分與國族認同，是為保釣世代女作家與其作品內在的深刻對話。楊翠考察一九七〇年代啟程的女作家們，從「臺灣在場」與女性主義思潮，拉開寬闊的臺灣歷史卷軸，訴說施叔青、李昂和眾多女作家們「離家、尋家、返家」之路，而離家是為辨識家的所在，啟動動能的自我探索路徑。李欣倫聚焦於一九九〇年代至二〇〇〇年女作家的島內行旅，周芬伶、陳玉慧與鍾文音筆下的女性，為逃離父權與母系桎梏而離家，卻也開啟重返的契機，抵達母土成為女作家追尋的主題。黃宗潔梳理二〇〇〇年後女作家家族書寫的路徑，探討瞿筱葳和郝譽翔透過「重走」祖母與父親生命路徑，以行旅重繪生命地圖，也為自我生命經驗重新建構，開啟平復創傷的契機。

第二章「由／向北前行」透過交織視線，將一九四九年前後由北方啟程的蓉子與林海音，和一九六〇年透過泛亞跨國脈絡風靡東亞的張美瑤，與陳又津筆下向北遷徙的移民圖像，以跳躍性時間形式交叉對話，由此延伸「由／向北前行」的廣闊空間。洪淑苓細膩刻畫蓉子如青鳥般展翅飛翔的生命歷程，敏銳捕捉蓉子旅行家的願望，分析蓉子詩作中旅行的印象、自然與人文的省思，一窺完成環遊世界青鳥的心靈風景。王鈺婷爬梳「半山」身分的林海音重返故鄉時在認同與歸屬間的處境，林海音透過鄉土小說與家庭散文，將目光投射臺灣本土，凝塑時代風景，成就她溝通連結的形象。王萬睿分析「寶島玉女」張美瑤銀幕形象轉變的軌跡，來自於一九六〇年代文化冷戰背景下東北亞跨越至東南亞的跨域震盪，使其躍升為東亞右翼／反共潛意識下類型電影的百變女星。李淑君梳理一九八〇年代出生，具有新二代與外省二代身分陳又津筆下遷徙的故事，其家族尋根的敘事，啟動千禧世代女作家跨域性及其與對於族群議題的反思。

第三章「東方駐覽」展現出女作家在東亞啟動的路徑，特別是與臺灣和日本不同歷史階段的關係史互涉，一方面促成跨文化的交流，一方面更複雜化身分認同的議題，在自我處境、移居、母語與日語的夾縫中，開創出性別文學多語的空間。天神裕子透過二〇一五年歐陽子發表的〈日本的童年回憶〉，追憶其在日本二戰的經驗，填補一九七〇年代末期因為政治限制無法啟動的童年尋根歷程。李京珮分析林文月透過翻譯與創作雙線並行的創作形式，指出林文月在典麗凝鍊的文字中呈現古都文化，京都也成為林文月頻頻迢望的心靈故鄉。李文茹透過溫又柔與韓國作家李良枝的交會，探索溫又柔筆下語言與自我國族認同的痛楚，並詮釋出其所思考語言與認同之跨域性與新型態的關係。詹閔旭透過臺灣千禧世代作家李琴峰的作品，敏銳分析其所呈現出此一世代成長環境、遷徙動機與自我價值，從「跨國飄浪」指稱李琴峰獨特的跨域寫作位置，認為移民、千禧世代與性少數構成李琴峰此一世代移動者特殊聲腔，及其使用日文創作開展出跨域的新面貌。

第四章「南方遊旅」呈現出一九五〇至二〇〇〇年前後臺灣女作家與南方的連結，這些跨域行旅與境外流轉的經驗，為臺灣性別文學境外流動留下可貴的資產。王梅香透過謝冰瑩所開啟的南洋之旅，描繪出她在馬來亞感受到氣候、生活、語言的跨文化挑戰，豐富我們對於冷戰時期女性知識分子跨域流動的理解。侯建州透過謝馨與菲華結緣的歷程，綴補出女作家與菲律賓當地互動所傳遞的馨香，從跨越國界、海洋島嶼與流動性，進一步拓展謝馨詩人故事的視野。施慧敏探索鍾怡雯在原鄉馬來西亞、臺北與中壢三地的互動歷程，以辨識其回歸的基點與確認自己的位置，鍾怡雯的「野性南洋」也將異質南方文化帶入臺灣文學的視野之中。羅秀美刻畫蔡珠兒跨域旅行的經驗，呈現出她對於香港及南方旅行經驗中獨特的文化觀察，是蔡珠兒文化研究背景下鮮活的食物考察，值得細細品味。陳秀玲從「煙霞進港」來描繪出張曼娟對於香港的迷戀，捕捉張曼娟筆下香港的奇幻景象，細訴張曼娟的香港情緣。石曉楓探討胡晴舫從香港走向世界的跨國移動經驗，胡晴舫跨界的視野，使其洞悉跨國女性多元處境與香港的浮島特質，實踐其自由流動的書寫立場，成就跨國／跨界／跨域的女性視角。

第五章「向西漂移」分析女子西行多元跨域經驗，女作家周旋於多元文化與族裔之間，以文學所建構出理想世界，以標示女性處境並正視自我價值，將其創作的意義提升至更深遠的層次。陳室如探討徐鍾珮與鍾梅音的歐美遊記中對於西方文明的體察，分析女作家筆下旅行文學特色，帶領我們重遊臺灣早期女遊書寫的異域風景。戴華萱揭開三毛在浪漫異國風情筆致下的神祕面紗，揭示出三毛的跨域移動，是為開啟生命儀式，是為追尋自我的能量，並締造華人世界「異鄉人」的永恆傳奇。謝欣芩探討章緣作品中多重越界，在女性多元性別角色中越界，在跨世代與不同族裔中越界，以提煉出居中（in-between）的觀看位置。李時雍從芙烈達．卡蘿（Frida Kahlo）獨特的生命敘事與身體感性切入，連結施叔青與鍾文音，以此召喚兩位女作家回歸原鄉的旅程，省視「雙生火焰」的生命、創作、愛情與國族。陳芷凡刻畫達德拉凡．伊苞出走藏西轉山旅程，是為復返青山部落的敘事起點，離析出「出走」不完然是為返家，而「回家」是為方法，是為確認內在世界的自由靈魂。張俐璇從「百年逆旅」此一視角書寫蔣曉雲，探索民國素人在跨域中何以安身的議題，並埋下未完民國女子下一輪跨域的備忘錄。李癸雲指出彤雅立所具有新世紀女性書寫的跨域特質，在於邊境思維，其中具有對於父權體制與既有價值的抵抗之姿，以母性空間、夢境探索與詩的意義，治療此身與抵達意識的邊境。顏訥細數法國與電影與張亦絢的血肉相連，跨域使得張亦絢在創作中呈現語言的歧異與關係重構，這構成臺灣文學脈絡中獨一無二的張亦絢文體。

跨域是處境知識的敘事建構，此書見證臺灣女作家的跨域行旅，也是共同完成這本書學者們的跨域實踐，感謝撰文學者所提供動人篇章，並衷心感謝為本書寫序的梅家玲教授與周芬伶教授，提供精采而深刻的推薦序，謝謝聯經出版公司陳逸華副總編輯與黃榮慶主編，讓本書得以順利出版。

女作家在離與返之間，在故鄉與移居地之間，思索主體與家之間的關係。她們始終在路上，跨越國界、島嶼與海洋，透過不同的移動路徑，在與自身對話中尋索因由，確認自我獨特位置，進行身體的實踐，並以文學為渡，在跨域島航的蜿蜒路徑中，召喚出讀者的悸動，最後期待此書能開啟未來對於跨域文學更多元的迴響。

第一章　島內走踏

女性衣櫥，臺北鏡孃：潘人木的妝扮敘事

吳文

出生於大陸東北的潘人木（1919-2005）本名潘寶琴，後改名潘佛彬。「九一八事變」後，潘人木隨家人遷往北平，在此度過了少女時期，也嘗盡了「東北流亡學生」的辛酸；「七七事變」後她赴西南升學，在烽火硝煙中完成大學學業；婚後，她隨丈夫移居塞外新疆；一九四九年，舉家遷臺……如浮萍般飄搖的一代女性，在臺灣落地休憩。此前種種顛沛流離，醞釀了強大的寫作動力。潘人木曾憑藉《如夢記》、《蓮漪表妹》、《馬蘭自傳》等長篇小說在一九五〇年代文壇上大放異彩，後又投身兒童文學事業。在臺北的平靜生活中，動盪歷史的金戈鐵馬偶入殘夢，前塵往事翻湧浮現眼前，個人記憶與情感亦牽掛心頭。〈綵衣〉便是這樣一篇從臺北回望過去，召喚故人，描繪時空穿梭的文學魔法。

女主人公藉妝扮穿梭於臺北住家的當下和少時在大陸的經歷，向陰陽相隔的母親傾訴，深情傳達對母親的戀慕和思念。

故事講述在母親節後的星期日，下雨的黃昏，六十八歲的老婦人沈媛獨自在家。她拉下窗簾，摘了電話，打開衣櫥，對鏡一件又一件地妝扮。鏡中朱顏似未改，映像如嫿。她沉溺舊衣往事中，自言自語，時而大哭，時而啜泣。

小說在敘事層面呈現顯著的非線性特徵。潘人木巧妙地以四套服裝為線索，將沈媛的現實和回憶交織，營造穿梭時空、如夢似幻的氛圍。在鏡中，在記憶裡，沈媛回到了如雛鳥一般稚嫩的純真年代。在母愛的溫柔臂彎下，故鄉還未成戰爭焦土，而是螞蚱飛跳、漿果紫紅的田園；在母親的寬容港灣中，青春在倉皇流亡前，是一段窈窕少女初長成的甜蜜時光。對鏡扮裝，沈媛暫時逃脫了年歲的負擔，掙開現實的牢籠，甚至跨越了生死的隔閡，對著母親涕淚嗚咽。全篇也展示出兩種不同的情緒基調。一為冷靜的第三人稱敘事，細緻描摹沈媛妝扮的動作、神態。囚鳥般困在家庭和婚姻當中的婦人已垂垂老矣，卻對鏡扮作兒童、少女、少婦模樣，此滑稽、荒誕的喜劇效果反襯出年華衰老、親人遠隔的悲情。二是與妝扮行動交替出現的第二人稱心理告白。沈媛對母親「你」的聲聲哀訴，既包含未盡孝的遺憾，也包含自己成為母親、妻子後承受的委屈與悲情。老婦無助如幼兒般地殷切呼喚母親，其直白強烈的情緒張力直擊人心，催人淚下。

在這一場跨域女性書寫的文學魔術中，八〇年代的臺北與半世紀前的大陸粉墨並呈。沈媛與母親分離多年無音訊，自從兩岸通信才知她慘死的消息，心中悲慟。出國各奔前程的兒女，留美學生送回來的鄰居小孩，諸多細節塑造出臺北國際化的一面，也意味著時代新氣象下人們新一輪的遷徙、移居場景。近代的戰爭離散與當代的全球化移動並置，潘人木從親情的角度抒寫女性內心的寂寞。其次，小說也關注了現代性議題。在潘人木筆下，昔日的鄉野牧歌，前現代的的馬車、洋車和戲園子營造故舊氣氛，與臺北的現代化場景交相輝映。汽車在建國南北路上的高架橋上飛馳，城市新建高樓林立，霓虹燈光閃爍。這些現代象徵物所代表的物質充裕無法允諾精神世界的豐盈，精緻琳瑯的化妝品反而製造出更多容貌焦慮。以臺北為鏡，小說不僅以妝扮演繹懷舊，也省思今時新潮。

潘人木在〈綵衣〉中打造了一個女性妝扮的私密空間。穿衣鏡、整容鏡、裝飾鏡，鏡中的女人凝視自我，也表達自我。主人公沈媛在綵衣中尋找色彩豔麗的青春年少，釋放被日常生活所壓抑的心緒；也在綵衣中召喚神聖永恆的母愛和母親般的理想女性形象。當少女沈媛因在洋車上留下血漬，害怕父親讓自己因此了斷，或被車夫要求「許配」而惴惴不安時，母親輕巧地化解了尷尬。這一關於少女初潮的細節寓示了母親的引導和寬慰可以制約父權規訓對少女的恫嚇，幫助女性正視自己身體。

女作家擅長將服飾衣物作情感載體和記憶召喚，表現塵世間的人情溫暖和女性的堅韌性格。八〇年代以來，潘人木有諸篇散文書寫蹁躚衣情。散文〈有情襪〉和〈當圍巾也嗚咽〉是思故人之作。前者藉父親屍體上的一雙新襪，感懷善良的父母和忠孝的聽差；後者以一條散步圍巾描繪相濡以沫的伉儷情，悼念對自己無限呵護、關愛的丈夫。〈想我的紅邊灰毛毯〉則透過一條捆鋪蓋的毛毯，簡陋的行李，回顧抗戰時期流亡學生倉皇跌宕的求學路。這條毛毯見證了一頁國難史，也記錄了亂世女孩的成長史。這些衣物因銘刻了生活印記而成為文學書寫對象。託物言志，女作家對日常生活細節的書寫，如滾滾紅塵中的暗香盈袖，引人深思。

來臺女作家對歷史記憶的書寫常被收編入政治性文藝話語中。潘人木屢次獲得中華文藝獎金，又連續十多年擔任中山文藝獎評審委員。諸多天時地利的榮譽，並不意味著官方文藝的標籤可一概女作家的潛能。本文試圖透過對〈綵衣〉的探討，品味潘人木以照鏡妝扮開拓敘事空間，用細膩文字鋪陳女性感悟的獨特匠心；感受尋常舊衣中編織的人性溫情，並聆聽時代樂章下的女性聲音。

參考書目

中華民國兒童文學學會編，《資深兒童文學家：潘人木作品研討會論文集》，臺北：兒童文學會，二〇〇六。
林武憲，應鳳凰編選，《潘人木》，臺南：國立臺灣文學館，二〇一二。

延伸閱讀

潘人木作，應鳳凰編選，《潘人木作品精選集》，臺北：遠見天下文化，二〇一四。

中華民國兒童文學學會編，《資深兒童文學家：潘人木作品研討會論文集》書影。（兒童文學會提供）

潘人木著，應鳳凰編選，《潘人木作品精選集》書影。（遠見天下文化提供）

鄉在文字中：李渝的書寫與離散敘事

言叔夏

保釣運動的衝擊

一九六二年進入臺大外文系就讀的李渝（1944-2014），在她的同代人之中，始終是一個特殊的個案。她曾修習當時聶華苓開設於臺大中文系的創作課，相當程度地趕上了六〇年代以臺大為發源地的現代主義小說創作風潮。與她同在臺大外文系就讀的丈夫郭松棻則是白先勇與王文興等人的同班同學，曾參與《現代文學》的募款與撰稿。兩人皆與《現代文學》諸君有所交往。受其時臺灣文學主流的現代主義思潮影響，李渝寫於這一時期的小說作品如〈水靈〉、〈夏日一街的木棉花〉等篇章，無論在形式抑或內容上，都充滿其時所流行的現代主義調性。王德威就曾評述李渝這個時期的小說：「這樣的吶喊呢喃，無不顯露現代主義症候群。」若按此路線發展，李渝理應成為《現代文學》核心的一員，和王文興、白先勇、歐陽子等人，齊列臺灣現代派小說家行列。然而，她這種「典型現代主義」時期並沒有持續太長。這和她一九六六年與其夫郭松棻共同赴美國加州留學，與當時臺灣的主流文壇漸行漸遠，顯然不脫關係。而一九七一年釣魚臺事件爆發後，其時在美的李渝與郭松棻、劉大任等人很快地投入參與北美保釣運動，由學院轉進政治運動的場域。這場為時甚短的保釣運動，對李渝其後的文學生涯更起著關鍵性的作用，也是她和郭松棻告別臺灣現代主義集團的重要契機。

學界評論者多將北美保釣運動視為李渝文學寫作的一個分水嶺。這段經歷，確實也深刻地影響著李渝其後的現實生活與創作生涯。保釣運動發生之際，李渝正攻讀加州柏克萊大學藝術史學位，幾乎全面性地放棄了創作，投身政治運動之中。她在七〇年代初僅有一篇〈臺北故鄉〉發表於柏克萊大學的《東風》雜誌。小說的末尾以一位留學生的口吻，對六〇年代蔚為狂潮的存在主義與哲學思想提出質疑：「……我開始又混入這本就熟悉的社會，過著無目的的生活，直到暑假期滿，再離開臺北。然而村明是否真的打算回鄉下，一個學哲學的人在鄉村裡又能做些什麼的問題一直困擾著我。」可說是七〇年代拋擲文學藝術、轉向政治運動，同時萌發左傾思想的李渝，對自身現存位置的自我探問。

另一方面，保釣運動亦是她和郭松棻身分認同上的重要轉折。由於釣運對美帝與國民黨政府等右派勢力的批判，使得郭松棻與李渝在為保釣運動尋求起源性論述與當代性意義時，轉向從中國五四運動的精神資源裡尋求奧援，郭李也由此將自身的國族認同接軌至左翼的中華人民共和國。保釣運動的後半期，「統一中國」成為最激烈基進的口號，乃是有其在文化層面（甚而超越其政治層面）的意義。這直接導致郭松棻被中華民國政府列入黑名單，取消國籍。郭後來進入聯合國工作，與李渝遷居紐約，從此展開其長年離散他方的異國生活。

一九七四年，釣運的熱潮初歇，郭松棻與李渝踏上他們憧憬中的中國土地，未料迎接他們的，卻是文化大革命後的遍地焦土。李渝說：「一九七四年夏去中國，見到後期文革。現實中國和理想、理論中國相距甚遠．外象令人不安，回來後就此一併把心中疑問帶向某種總結，就此退出運動。」

對李渝而言，保釣運動的挫敗顯然為她在其後重拾的小說創作與關懷，提供了重要的啟示。保釣運動期間，郭松棻與李渝選擇將個人精神的現存，往上接銜被國民黨切斷的五四遺產。這樣的路線暗示著郭與李的行動，在論述上仍選擇了一條傳承之路，精神史的繼承之路，在某種意義上，這也是一條歷史主義（historicism）之路。然而，一九七四年的中國之行，顯然宣告了這條道路的失敗。釣運內部的分裂，以及目睹中國的現況，在在都指向李與郭過去嘗試自「歷史」之處商借的精神資源，亦不過是只是一種被建構的、空洞而同質的歷史。對李渝而言，這或許才是她轉向文學書寫的真正關鍵——當運動的疾呼在保釣運動後期紛雜的人事裡挫敗、崩潰，那崇高的、為人所搭建的「歷史」鷹架陡然倒塌，從而暴露了人在時間中的侷限；李渝就此展開了她其後小說中的核心主題，那即是關於時間、歷史與救贖的纏繞辯證。

在溫州街的餐桌上

一九八〇年代，李渝開始重拾小說創作。一九八三年獲中國時報小說獎的〈江行初雪〉顯然是一個重要的關鍵。〈江行初雪〉描述一美術史的研究者，在文革後的七〇年代來到中國潯縣，尋找一尊建於東晉年間的「玄江菩薩」。然而，當小說中的敘事者按圖索驥，終於抵達玄江寺時，卻赫然發現佛寺中供奉的菩薩，早已不是博物院圖鑑上的原貌，而是被塗滿廉價金漆，裝飾著各色贗品假石。小說以「玄江菩薩」這尊佛像在歷史中的幾經戰亂，為讀者展示了遠古興林國妙善公主、南北朝梁文帝為女祈福而修整寺廟、與文革時期岑姓少女被殺的三個故事。這三個故事看似彼此無涉，其中串接它們的，正是一尊在時間的洪流中不斷漂流的菩薩佛像。

李渝專精於藝術史研究。〈江行初雪〉的篇名與敘事結構，顯然借自南唐趙幹的名畫〈江行初雪圖〉。〈江〉圖中最為人所知的技術，正是中國山水畫「三遠法」的其中之一「平遠法」——在平曠的河面上建立起連貫的空間。這個技巧顯然被李渝借用至她的小說〈江行初雪〉中，只是趙幹的〈江行初雪圖〉嘗試並置連貫的是不同遠近的「空間」，而李渝將這個技術挪移至她的小說中，她所處理的對象，正是被歷史次序收納排列的「時間」。小說隨著敘事者所拉開的一條動線，鋪展這三個發生在不同時代的故事，將其並置在敘事者此刻當下所見的一條平曠河面上。以空間的技術呈現時間，這其實是一個將歷史「共時化」的過程，有效地瓦解了歷史敘事的排列次序與政治話語。最具代表性的，正是寫於八〇年代、出版於一九九一年的《溫州街的故事》。

《溫州街的故事》裡，錯落的巷弄，斑駁的石牆，沿著巷道迤邐而開的竹籬，竹籬裡被意識流的語句拓印得宛如幻象的人影，在在亦用那消逝的經驗，布置了一座鑲嵌著時間的迷宮場景。如同班雅明將過去的時間視為這個迷宮的入口。《溫州街的故事》裡最早的篇章〈煙花〉（1983），也是這樣一座由年少時光搭建起來的迷宮地圖：小說描寫少女阿蓮學琴的路程：古亭市場、雲和街、泰順街，一路蜿蜒至溫州街，鋼琴家戴老師窩居於街底的日式木房，皆是李渝記憶底蘊的城南風景。而中段開始，阿蓮去美留學，歷經初戀的幻滅、轉系，時間的侵蝕在此介入；進入末尾，長成中年的阿蓮回到人事全非的臺北城裡，再次造訪昔日學琴的溫州街底，這些年少時經歷的街景空間，皆宛如迷宮一般地被時間滲透——「站在曾站過的地方，在過去和現在之間，看見站著的是怯怯的紅格子少年，因為過度的興奮，襯衫的豆粉汁被汗水溶化了，答答地黏著脖子。直到來往的車輛驅策和提醒著，才發現綠漆剝著細密密的朽紋；一隻蜘蛛從紋裡爬出來。」標誌著青春時光的凋零，與一條街在記憶與現實縫隙間的崩落。某種意義上，它亦是去美多年返臺後的李渝，面對陡然劇變的、不斷在「現代」的時間裡增長更迭、汰舊傾塌的「臺北故鄉」，一次出神的凝望。

李渝在《溫州街的故事》書末，曾提及從美國返回臺北後，重訪臺靜農在溫州街的住處：「八七年的回臺北，父親已去世多年，覆蓋著青瓦種植著冬青的溫州街的平房多已為灰色的水泥公寓所取代，每個窗口底下都滴掛著防盜欄的鏽痕像潰瘍的眼睛。……溫州街走著走著竟迷路了，不得不攔下一輛計程車。在兩邊車停亂糟糟的巷子中間迂迴地行進，一個巷口停了下來。開不進去了，司機轉過頭來說。」對八七年重返臺北的李渝，溫州街儼然已是個舊日的迷宮，凝縮了過去與現在的時光，這些時間取代街衢的隔間，將時間的序列解散為空間。對李渝而言，這條街還混雜著她個人的童年記憶，以及國族歷史的時間，在一次接受廖玉蕙的訪談中，李渝就曾言：

……溫州街那條巷子，真的是臥虎藏龍！……我父親是臺大教授，我來到美國以後，重新開始接觸中國近代史，突然發現這裡、那裡的名字根本就是我家飯桌上常常被提到的。原來我家飯桌進行的就是中國近代史！不只是這些，有時候父親回來就說：「唉呀！今天胡適又在找牌搭子！」因為胡適的太太要打麻將，他們家離我們家很近。媽媽買菜回來又說：「啊！黑轎車又停在那兒！」就是張道藩來看蔣碧薇。

八〇年代重返臺北文壇的李渝，在這條童年時長成、且度過了少女時期的街道上，驚訝地發現了「溫州街」澱積凝聚了一種紊亂的時間性，將中國近代史上那看似線性的歷史敘述，化為座標般的人物，宅院，地點，而終於搭建成一座時間的迷宮。她筆下的《溫州街的故事》，便成為在時間的甬道裡漫遊的場景，如同桑塔格用以指稱班雅明的話：並非為了恢復過去，而是試圖將過去濃縮成自身的空間形式。集子裡的各篇主角，就是這迷宮般巷弄裡的漫遊者。〈菩提樹〉、〈朵雲〉、〈收回的拳頭〉等篇章，一個由漫遊者阿玉的晃蕩編排出的路徑——〈朵雲〉由阿玉的眼睛望出，望見父親宿舍的日常風景：灰舊的日式木房，屋簷低低地覆蓋在防盜木條上。矮冬青長得很密，一棵棵連成了圍牆。沒有大門，碎石和水泥壓成的門樁分立在中間，算是到了進口。兩三尺寬的通道，已經泱泱掩過來茅草，窸窸撩著阿玉的腳；或〈收回的拳頭〉裡，阿玉日日重複經過的街景：上學走過巷子，看見早起的老人依偎著棉襖坐在門檻邊的小板凳上，穿軍服的男人拿著牙缸站在門口操練噴水到十丈造成霧花的功夫。年輕的婦人背著孩子蹲在地上引煤球。……一日的聲光在黃昏的這時匯集，凝聚成人間的條件和庶世的盛景，那一條長長的高居在牆頭的碎玻璃，迎接著日與夜的種種時態和光線。……

圍繞著這宛如迷宮星陣般布下的路徑，散亂的時間被安插在意識流式的句子裡，敘事如同碎片般地，只能沿路撿拾，一邊拼湊一邊前進。小說以意識流的筆法，在碎語裡慢慢拼湊出這幾篇小說裡的幾個角色：陳森陽、夏教授與魏老師，皆參加過思想活動而被逮捕的歷史事件。在歷史的軸線上，這些事件皆有一個被命名指稱的名字；然而，在《溫州街的故事》的場景裡，它們卻宛如是用以布置這條街道的一個入口，一座門檻，一塊木栓……跨過了「它們」，那原本在歷史洪流中被淹沒的臉孔，便倏忽回轉了過來，使人看見被樹蔭或廊簷遮蔽下的、暗影裡的人臉。

無岸之河的離散者

《溫州街的故事》，那反覆被重寫的同一條街景，既不是李渝摩挲再三的、被當作單純的回憶所寫下的故事，也不是作為一種歷史的再現，而是**以時間的材料所編織而成的街道**。歷史的共時化技術，在李渝寫於一九九三年的〈無岸之河〉中，她直接將這個技術命名為「多重渡引」：

……小說家布置多重機關，設下幾道渡口，拉長視的距離，讀者的我們要由他帶領進入人物，再由人物經過構圖框格般的門或窗，看進如同在鏡頭內或舞臺上的活動，這麼長距離的，有意地「觀看」過去，普通的變得不普通，寫實的變得不寫實，遙遠又奇異的氣氛出現了。……我們暫且或能稱之為「多重渡引觀點」的觀點，頻頻更換敘述者，綿延視距，讀者的我們經過小說家，經過「我」，再經過號兵，聽到一則傳言，而傳言又再引出傳言，步步接引虛實更迭，之後，像小說家自己所說的，日常終究離去了猥瑣，「轉成神奇」。

〈無岸之河〉顯然不是一篇單純敘事意義上的小說——它並非僅是一篇故事的載體。就整篇小說的結構與敘事形式而言，它其實更像一個立體的結構體，一個由三條支流所圍繞出來的流域。三個故事像浮木一樣地從李渝不同書寫時期的河域中漂流而來，並置在平曠而遼闊的河面。故事沒有邊界——沒有岸，而這三個故事彼此也沒有一則小說中應有的敘事邏輯次序。其中第三節「鶴的意志」的場景同樣設定在溫州街，然而在第二節裡，修士與男孩相遇時，彼時溫州街仍沿傍著一條河（瑠公圳），到了第三節時，圳水已被新修築的街道覆蓋，李渝透過這個設計，暗示著這條河就是時間本身。時間它本就無岸，而沉溺在這條河中的人，只能透過對「有鶴將來」的意志與信念，尋得救贖。

〈無岸之河〉無論在形式上或題材內容上，幾乎匯聚了李渝小說書寫的所有奧義。那一奧義的終極隱喻，正是「河」的意象。事實上，李渝在〈江行初雪〉之前，重新清理她對保釣運動的複雜情感與認同時，也是從一條河開始——寫於一九八〇年的〈關河蕭索〉，李渝在這篇小說裡重回了一九七一年保釣運動的紐約現場，進行一個回望的動作。

〈關〉不直面寫保釣的激昂理念，其中有更多的部分是異鄉漂流的抒情與蕭瑟，以及對所處時代的困惑與探問。〈關河〉之後的〈江行初雪〉、〈無岸之河〉、《金絲猿的故事》……都是沿河開展的小說。而《溫州街的故事》裡的「溫州街」，其實從前也是一條河；「河」上散落的故事，都是被歷史縫隙篩落的雜質與囈語，如同傳說，反覆渡引，終重新尋回了屬於生命自己的時間。

這種將歷史共時化在一平曠河面上的書寫技術，某種意義上，其實也折射著李渝自身長年的離散處境。李渝曾以旅美畫家王無邪的兩幅作品〈河夢〉、〈遠懷〉，相當敏銳地提出分析：

> ……再看卻發現傳統的景的觀念、俯覽或者散點透射、遠近深淺觀念，以及筆墨觀念都不見了。在這裡，畫家和觀者一齊逼近地面與河水，放大和顯微，玲瓏般兩者現出質感。視點的改變表示畫家身分的改變；……他面對的，或者我們面對的，不再是山和水的形狀，而是物的本體；不再是山和水的描述，而是描述本身；不再是景，而是質；是經驗主體，是畫家感官底處，可能與山水無觀的某種思緒。……畫的主題，……就是極少被中國畫家考慮的「時間」。

李渝以王無邪居於哈德遜河旁時所畫的〈河夢〉與〈遠懷〉，發現了這遠離中國、在異鄉土地上創作的畫家，他的山水並非故國現實地理空間中的山水，而是透過山水線條的斷裂和接續，呈現一種對記憶與時間本身的描繪——正因為它斷裂、殘破，故它是從個人歷史中掉落出去的一截時間，一個乍現的記憶，忽然閃現的過去——「每日面對這條河，這裡的存在就是故鄉，河水就是過去、現在和未來，就是放逐和王國。」

在這個意義上，李渝翻轉了「離散」這個詞彙所隱含的無奈與被動性，重新在一條時間的無岸之河上，發現了一種具主體意志的、主動性的離散書寫。李渝說：

> 我過去的生活是在一個城市中輾轉和居住的生活。重慶、桂林、北京、南京、上海、廣東、臺北、洛杉磯、舊金山、柏克萊、紐約。於是地界有一些模糊，國籍變得多重，民族感也變複雜了。我是也不是東方人或西方人；是也不是中國人或美國人；是也不是臺灣人或大陸人。本土更不用提了。什麼都是，什麼也都不是。……在遷移中形體失去了，隨之恍惚而失效的，一一算來，有國家、社會、民族、文化等，於一個寫作者來說，自然還有文學。

我認為在保釣運動挫敗後，李渝顯然對身分認同本身保持一種高度的警覺與防禦。除了拒絕歷史與國族認同的粗暴收納，她長年的跨國經驗亦不斷擦拭掉地理遷徙的國家邊界，這使她其實並沒有一個真正的地理意義的國家／身分可以回歸。因此，她所指稱的離散處境，並非地理空間或國族意義上的離散，而是個人所經歷的**時間**——在時間中離散，意味著對李渝而言，她所流轉的幾個城市，每一時刻當下的國族認同、意識型態與價值選擇，都將在歷史被解構還原為時間之際，陡然失去了它們的座標，只有一漂流在時間無岸之河上的離散者。而她的「離散」所對應的祖國，也並不是一個現實地理上的國度——既非中國，也不是臺灣或美國，而是書寫本身。因唯有文學書寫，能在個人時間的無岸之河中，以文字作為岸的記號，救贖個人於時間長河的離散和漂流。自此，鄉在文字中。而李渝晚年的寫作其實也早已超越了她的離散身分與國族認同，指向一種只存在於書寫中的永恆原鄉。

參考書目

李渝，《溫州街的故事》，臺北：洪範書店，一九九一。

李渝，《應答的鄉岸——小說二集》，臺北：洪範書店，一九九九。
李渝，《族群意識與卓越風格——李渝美術評論文集》，臺北：雄獅圖書，二〇〇一。
李渝，《那朵迷路的雲——李渝文集》，臺北，臺大出版中心，二〇一六。
郭松棻，《郭松棻文集：保釣卷》，臺北，印刻文學生活，二〇一五。
王德威，〈「故事」為何「新編」？——李渝的《賢明時代》〉，李渝，《賢明時代》，臺北：麥田出版，二〇〇五，頁三—六。
王德威，〈無岸之河的渡引者——李渝的小說美學〉，李渝，《夏日踟躕》，臺北：麥田出版，二〇〇二，頁七—二八。
瓦爾特．班雅明（Walter Benjamin），〈歷史哲學論綱〉，漢娜．阿倫特（Hannah Arendt）編，張旭東、王斑譯，《啟迪：本雅明文選》，北京：三聯書店，二〇一四，頁二六五—二七六。

李渝著，《那朵迷路的雲——李渝文集》書影。（臺大出版中心提供）

島內旅行：從一九七〇年代啟程的女作家，一直在路上

楊翠

我曾提出一九七〇年代臺灣從「位移失所」到「在場」，標幟當時臺灣住民時空認識系統的扭變。從人文地理學的視角來看，一九七〇年代，臺灣做為一個記憶所繫的場所、生活的場域、文化的母胎，做為一個可辨識、可感知的「地方」，首次鮮明地「在場」。

可以說在當代史的脈絡中，一九七〇年代對臺灣而言，是一個重要的時間節點，是「臺灣在場」、臺灣住民「回家」的關鍵時刻。臺灣住民的認識系統，終於從懸浮的他方落返腳下土地，從中國國族大敘事的符碼中，裂開一線縫隙，讓他們得以凝視具體的生活現實，重建被抹除的歷史記憶。

一九七〇、一九八〇年代，文化敘事典範移轉，生活鄉土與精神鄉土也重新定錨，這

是宏觀尺度的「臺灣在場」。從另一個角度來看，此時臺灣正朝向工業化、都市化、農工轉型，住民基於知識學習、經濟需求、自由追求，開始大量的島內移動。離鄉、思鄉、望鄉、返鄉，思索家鄉的過去、現在與未來，思索自己與家鄉的關係，來來回回織就一條折曲心路。這是微觀尺度的「臺灣在場」。

作家在這個「臺灣在場」時刻，在自己的離返旅程中，也打開感官、記憶與文字的聯覺系統，產生許多鄉土書寫，書寫主體開啟了與家園複雜辯證關係的新起點，在不斷往返的旅程中，重新認識自我，重新建構自我與家的關係。

在「臺灣在場」的宏觀與微觀尺度上進行書寫，加入性別反思的向度，女性書寫者的望鄉視角，明顯不同於男性。這是因為對於臺灣女性來說，一九七〇、一九八〇年代是一個更複雜的時間節點。臺灣第一波婦女解放思潮，是在日治時期的一九三〇年代，可惜很快因為殖民與父權的共構體制，以及戰爭期的國家控制而消萎。戰後威權體制底下，女性都被收編在婦指會、婦聯會、婦工會等黨國附屬組織中，直到一九七〇年代，婦女解放與兩性平權的聲音才又響起。第二波世界女性主義運動，臺灣並未缺席。

所以，對臺灣女性而言，一九七〇年代是外省與內省、社會反思與主體辯證的時刻，是終於得以打開父權家園的窗帷，尋求身體自由與精神解放的新時代。女作家從這個角度來看父權家園，就與男作家很不相同。男作家筆下，即使家園已蕪，故鄉已老，然而，成長記憶中的點點滴滴，離鄉遊子心中所念記的那盞長明燈，多半還是蘊藉著溫潤色澤，即使是反思農村荒老農民疾苦如吳晟，反思傳統與現代的變遷如洪醒夫，反思家園中舊有的權力關係與新的政治權力掛勾如宋澤萊，他們在思想與情感上，與家園的關係仍然是貼靠大於拉扯。對男作家而言，那個古老荒敗的家園，仍然是可以溫情回歸、一起彎腰耕耘、努力尋求變革的認同場所。

然而，女作家不同。在這個與父權家園拔河的關鍵時刻，女作家筆下所折射出的回望視角，眼神更銳利，情感更複雜，思考更富辯證性。因為傳統的父權家園並不是一個對女性主體保持善意的支持系統，恰恰相反，它正是數千年來束縛女性的牢籠。「女性與家」的綑綁，不只是一個女性的一生一世，而是世世代代女性的「宿命」，甚至被建構為「天職」。因此，男作家筆下故鄉那盞殘老但溫暖的明燈，對一九七〇年代的離鄉女性而言，可能是綑縛的長繩索。

如是，一九七〇年代女性的離與返，相較於男性，有著更多對體制、對家園，甚至是對教育自己如何成為女人的母親，對身為女人的自己的反思與批判。這樣的經驗，在戰後嬰兒潮前後到一九五五年前後出生的女作家筆下，尤為鮮明，一九七〇年代，她們正當少女到成年，此時所銘刻的經驗，特別的母女關係的拉扯，父權社會對於女性的性與身體的壓抑，在她們一九七〇年代中後期到一九八〇年代，甚至一九九〇年代所寫的小說中，都不斷複讀與再現。如廖輝英一九八二年的短篇小說〈油麻菜籽〉，借主角阿惠母親之口說：「查某囡仔是油麻菜籽命，落到那裡就長到那。……你阿兄將來要傳李家的香煙，你和他計較什麼？」

這個反思、辯證、對話，並不是那麼簡單順暢，不是單向度的線性路程，而是不斷自我拉扯、巡迴往復的。有些女性一隻腳已經跨出父權家園，另一隻腳還卡在裡面，有些女性腦袋擠出來了，但腦容物還被充塞著。女性從父權家園出走，行旅初始，每一步都是跋涉，這一步想走遠，下一步就被拉去。如此巡迴路徑，不是以「傳統性」或「現代性」可以一刀切開、一語概括的，我認為在女性主體自覺的道路上，這種拔河與辯證更富有意義。

父權家園是一個堅固的「力場」，無論離與返，都要與這個「力場」對話、協商，甚至對撞，你可能得以用全新的姿態歸返，也可能重新被編納入內。一九七〇以來的女性書寫，清楚展現女性與父權家園這個「力場」，以及與自身的拔河與辯證的曲折紋理，她們回望故鄉，情感複雜，她們筆下的故鄉語境，光影錯織，有些即使嘗試出走，父權家園這個強大的力場，仍然遠端遙控，而有些作品中，這個力場開始出現變調。關於後者，我想舉施叔青、李昂為例。

在一九七〇年代以銳利的批判之眼回望原鄉的女作家之中，施叔青與李昂姊妹是非常重要的存在，她們為眾多女性打開新窗口，以不同的視角，回望父權家園，重新審視自己與家的關係。

施叔青與李昂都在一九七〇年代回應了女性主體之聲。一九七〇年代，呂秀蓮返臺推動「新女性主義」，一九七六年成立「拓荒者出版社」，一年內出版了十五本性別議題專書，施叔青也參與其間。而李昂也曾回憶，當年呂秀蓮到處演講，她跟著跑了好幾場，深受衝擊。

原鄉鹿港，在施叔青與李昂筆下長棲久住，又一再變體，與這個性別反思有關。鹿港，是漢人移墾社會的指標性城鎮，做為臺灣傳統鄉鎮的一個範型，有如一條蠕動的大蛇，在眠睏、甦醒、變體之間，發生無數故事。施叔青早期的文學風格，一開始就抓住這種文化意象，交織著現代主義的精神荒蕪與傳統鄉土的鬱暗色澤，充滿各種瘋病的女性形象，展現原鄉的變體。到了一九七〇年代後期，她深刻繪寫父權家園如何對女性施力，信手隨拈，如〈完美的丈夫〉與〈後街〉分別從妻子與情婦兩種視角，刻劃女性在傳統婚姻中處遇，〈回首．驀然〉與〈困〉中的女留學生，或被丈夫凌虐，或者婚姻有如一座圍城，〈常滿姨的一日〉則直書「年長女性情慾」。

一九七六年出版的小說集《常滿姨的一日》，可以視為施叔青對父權家園的回望與反思，也是女作家反向施力於父權家園「力場」的努力。施叔青一九六〇年代小說中的瘋病女性，一九七〇年代小說中的圍城女性，都在她後來的小說中，以各種不同方式重生，她們蠕動、覺醒，甚而出走、抵抗，尋求新天空。

李昂也是如此。一九七三年的「鹿城故事」系列九篇，以返鄉現代知識分子的觀察視角，聚焦鹿城兩代、各家族之間的糾葛，開展鄉土回歸與辯證。最特別的是，「鹿城故事」中蔡家女兒蔡官，被富豪丈夫離棄後，替人洗衣，以評論鄉里是非，尋找自己在傳統鄉土社會中的位置，這個人物變體成為一九八三年中篇小說〈殺夫〉中的阿罔官，成為父權家園的環境音，烘襯出鄉土社會對於如林市這般受凌辱女性的森冷殘酷。而「人間世」系列四篇，則把空間場景放在校園與都會，反思社會對女性的壓抑，特別是「性與身體」，如〈人間世〉中的女大學生，因為淺嘗性事而被退學；〈訊息〉中，含青認為不是處女就無法獲得幸福。

施叔青與李昂兩位女作家，從一九六〇、七〇年代出發，走上漫長的回家之旅，與家園抗辯，與自己拉扯，步步前行。一九九〇年代以後，女性能夠跨域前行，走更遠，走更久，走更深，走向更多地方，走進更明確的自我內在，都是從這個辯證而來。

這是一個既出走旅行，又歸家返鄉的多軸線、多箭頭路徑，不只是旅行的圓形結構而已，更像是量子疊加與糾纏，像薛丁格的貓，只有當女作家做為觀察者介入時，才能詮釋實態。女作家們從一九七〇年代前後開始，踏上離家、尋家、返家，又離家、尋家、返家，巡迴往復的道路，為了回家，踏行島嶼，為了回家，遍行世界，只為了在每次歸返時，能夠更清晰地辨識家的方位。

施叔青出生於一九四五年，第二次世界大戰剛消平一個月後，青年時負笈紐約，學習戲劇，一九七〇年代一度返鄉，想在鹿港民俗館開一個工作室，以在西方研習的現代學術方法，落實草根田野工作。一九七七年，她與丈夫同赴香港，這個夢想嘎然而止，未能實現，但她撰寫不少傳統民俗藝術的觀察與報導，從京戲到歌仔戲，從郭小莊到楊麗花，一九八五年曾出版一部中篇歌仔戲報導，《臺上臺下》。從一九七七年離開臺灣，走赴香港後，施叔青就開啟了漫長的回家旅程，即使一九九四年她已經返臺定居，這個回家的旅程仍然持續，彷彿那個民俗工作室之夢還在帶領她，一次次前行到故鄉。

施叔青寫作生涯中的兩個三部曲，既標幟著她的文學成就高峰，同時也洩露她自身的生命掙扎紋理，其間包含她與「家鄉」，特別是故鄉鹿港，特別是臺灣島國之間的對話與辯證。書寫於一九九〇年代的「香港三部曲」，《她名叫蝴蝶》、《遍山洋紫荊》、《寂寞雲園》，以青樓女子黃得雲的一生喻寫殖民地香港，也可與臺灣參照對讀。一九九四年返臺定居後，施叔青才出版「香港三部曲」的後兩部，一九九五年《遍山洋紫荊》、一九九七年《寂寞雲園》，然後就專注於以書寫回臺灣。

二十一世紀的第一個十年，她完成了「臺灣三部曲」。二〇〇三年第一部曲《行過洛津》，時空定錨於清領時期的鹿港，原初的臺灣島嶼長出了漢人移墾社會，施叔青以戲伶做為提喻，寫移墾社會與被墾殖的土地，陽剛移墾文化與土地陰性身體，如何雜陳並存，寫一種「之間性」，一種 betweenness 的文化質性。

第一部曲是寫「之間性」，非男非女，非中非臺，非雅非俗，非家鄉非異鄉，主體就在這個間隙中迂迴穿行，充滿含混、曖昧、侵入、抗拒、穿越、溝通、協商、阻隔……，是邊界與邊界之間的穿越、交涉與重劃。二〇〇八年第二部曲《風前塵埃》則是寫「混雜性」，時間落在日治初期，空間放在花蓮，混血女兒無絃琴子，身上雜揉著日本母親（灣生）與太魯閣父親的血，當她踏上尋找身世的旅程，這些潛伏在身體裡的血脈因子，以及母親斷裂的回憶敘說，還有無絃琴子自身的想像圖景，相互混雜，引路回家。因此，混血女兒最終所歸返的，不是一種純粹血脈，不是一個單一族群，而是所有這些身體經驗、生活記憶的線索所織就的生命長幅，是屬於親情的、愛情的、自然的、土地原生的。

然後來到二〇一〇年第三部曲《三世人》，講的是「孤女新生」。前兩部曲中穿行在「之間性」與充滿「混雜性」的肉身與靈魂，在《三世人》中，蛻變成為王掌珠這個全新的主體，她是孤女，彷彿橫空出世，不知原生從何而出，她給自己姓名，為自己奮鬥，長成自己的樣子。

一如三部曲，跨越漫長時空，這一條作家的回家之路，也像螞蟻爬行而過的跡履一般，絲絲隱微，卻又銘刻黏附。然而，很多人忘了，二〇〇一年施叔青還寫了旅行散文《兩個芙烈達．卡蘿》，我認為這本書最能註寫她對離與返的思辨，以及她對「回家」的定義。書中有這麼一段：

不知為什麼，我有一個很浪漫的想法，總覺得雖然我早已結束了拖得太過冗長的香港生涯，已經回臺北定居了好幾年，可是，若想讓心靈真正地回歸本土、找回原鄉，我好像必須再次遠離，作最後一次的出走，到天涯走上那麼一遭，把自己放逐拋擲到世界最偏遠的角落去流浪、去漂移。……我想到天涯海角為自己招魂。在回歸的心路上，我必須把自己拋擲的愈遠，才會回來的愈快。

為了儘快回家，所以必須出走，為自己召魂。她所對話的墨西哥畫家芙烈達．卡蘿，生平執著於繪自畫像，也是在為自己召魂。兩個芙烈達根．卡蘿，是卡蘿與卡蘿，也是卡蘿與施叔青，而其實，是施叔青與施叔青，是兩者的對望與對話。這個對望，關乎作者自身，也關乎國家、土地、歷史：

你一定難以想像，為了拓展東亞，西班牙把在你國家開採的白銀，橫過太平洋運到馬尼拉，同時將菲律賓據為己有，也順便看中浩淼南海中，那甘薯形狀的青翠島嶼，我的故鄉臺灣……

由於各種殖民，各種強權統治，各種侵踏與剝奪，各種記憶的抹除，各種黨國教化詮釋系統的覆蓋與清洗，因而主體四分五裂，寫作的人與腳下的土地皆然：「我一直都是很四分五裂的……，我想還有一個很重要的……就是我們在這樣一座海島上，曾經給不同的人統治過，臺灣的歷史始終是斷裂的。」

在與芙烈達．卡蘿的鏡像對望中，卡蘿自畫像中一幅「根」，讓四分五裂的施叔青定錨「家」，找到回家的動能，她「渴望從芙烈達．卡蘿的『根』感應到生之活力，復甦的悸動。」然後在每次的歸返中，感受到回家的喜悅：

幾十年間，不斷地出走，不斷地回來，每次倦遊歸來，從機窗往下看，森森一片大海，飛機緩緩降落，我屏息以待，等待機翼的尖端從海的邊緣斜斜次入，隔空探觸陸地的瞬間，無論它是剛從晨曦醒轉過來，或是暗黑中燈火閃爍，我都會快樂地大叫：回家，真好。

對她而言，家，不是行旅的終站，它既是起點，也是終點，更是另一段行旅的新起點。「回家」的喜悅因而不是一次性的。

李昂的回家之路，也是一樣的迂迴周轉。一九八〇年代，李昂曾回顧自己一九六〇年代末及一九七〇年代的作品與鹿港的關係：「我發現鹿港與我的創作必然關聯。這個孕育我創作的地方，早期曾被我引為是創作的所在地；中期當我到臺北來讀書，曾恨不得遠遠甩脫它；到近期寫《殺夫》又給我無盡的創作泉源的鹿港，終究會在我的一生中扮演怎樣的角色呢？」

這個反思與發問，李昂後來以超過三十年的時間來尋找答案。與施叔青《兩個芙烈達・卡蘿》一前一後，二〇〇〇年李昂出版了旅行散文《漂流之旅》，我們必須將它與以謝雪紅為原型人物的小說《自傳の小說》並讀，一如施叔青與芙烈達・卡蘿對望，李昂則與謝雪紅對望。當時，李昂正經歷人生劇痛而想逃離，她穿行日本、俄羅斯、中國，走尋謝雪紅的歷史足跡，也留下自己的心路足履，兩者相互疊覆與對望。出外旅行讓李昂逃離現實時空，卻回返了「歷史現場」鮮活的舊時空，重返一個歷史記憶豐盈、女性主體明確的新家園，她在這場出走中找到回家的路：

> 我是如此穩穩的站在這塊土地上，開始工作、生活、戀愛，我自覺雙腳盤根錯結的生了根，扎進土地裡，十幾年下來，我整個人有著安全的沉穩感覺。當然我也旅行，以島嶼做為永遠的依歸，我放任自己走過許多地方，那始終有一個家可以回去的牽引，使異鄉異地渲染了最奇色豔情的可能。我的回歸與我的創作相關，是在異鄉異地，我知道離開臺灣將無法繼續創作；如果我將寫作視為生命中的重大目標我一定只

有回到臺灣。寫作的確重要，如是我回到臺灣。

這一次回家，還是走了很久，到了二〇〇四年的《看得見的鬼》，才算真正抵達。然而，李昂發現，所謂抵達不是固著，不是不再移動，而是一種真正的來去自由，主體如風，如水，如土地。《看得見的鬼》中〈會旅行的鬼〉，自由駕馭自己的生命之舟，任何工具都可以助行，任何路徑都可以行走，然後，她真正地回家了：

那洗去鹹水風塵的感覺，還真是回家的意味。如此女子鬼魂在玄妙的出神入化之境，脫口而出——我，即是這島嶼。

施叔青、李昂，以及許多女作家們，從一九七〇年代啟程回家，至今仍然在路上，不曾停止腳步。而故鄉，既是離去之處，是出發之始，更是啟動下一次旅程的發動機，是誕生宇宙的那個能量無限大的「奇點」。

重點不是尋求固著居所，而是尋找自由道路，尋繹每一次重新啟程的動能。

參考書目

李昂，《殺夫》，新北：聯經出版，一九八三。
李昂，《自傳の小說》，臺北：皇冠出版，二〇〇〇。
李昂，《看得見的鬼》，臺北：聯合文學，二〇〇四。
施叔青，《常滿姨的一日》，臺北：景象出版，一九七六。
施叔青，《兩個芙烈達・卡羅》，臺北：時報文化，二〇〇一。
施叔青，《行過洛津》，臺北：時報文化，二〇〇三。
施叔青，《風前塵埃》，臺北：時報文化，二〇〇八。
施叔青，《三世人》，臺北：時報文化，二〇一〇。
楊翠，《鄉土與記憶——七〇年代以來台灣女性小說的時間意識與空間語境》，臺北：國立台灣大學歷史所博士論文，二〇〇三。

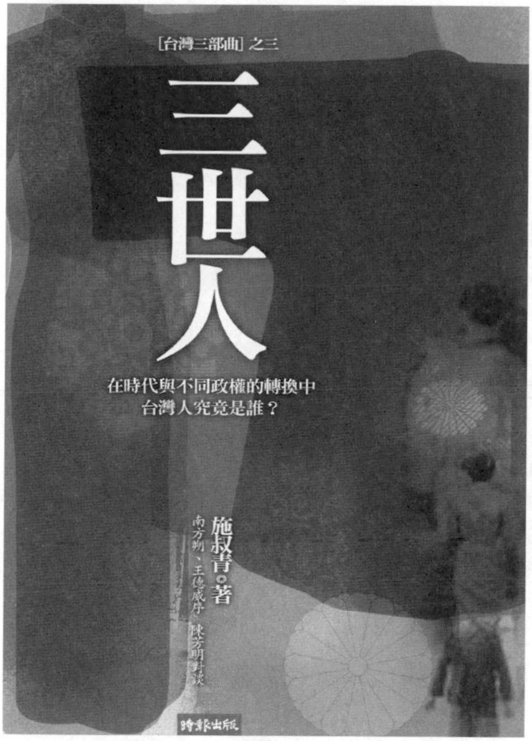

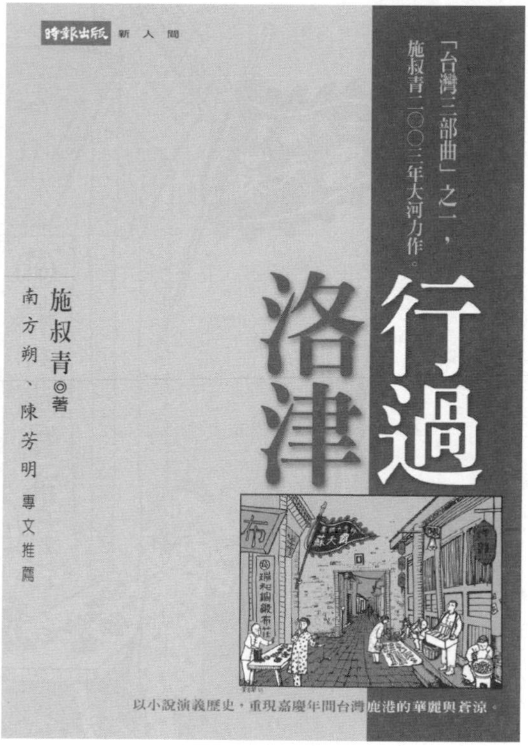

施淑青著，臺灣三部曲：《行過洛津》、《風前塵埃》、《三世人》書影。（時報出版提供）

從父系出走，抵達母土：周芬伶、陳玉慧、鍾文音的島內行旅

李欣倫

女作家的島內行旅，往往從離家開始。周芬伶、陳玉慧、鍾文音筆下的女性——母親、女兒、妻子、媳婦，為了逃離權威的父系或瘋狂的母系，踏上旅程，展開島內或世界之旅，無論隻身走天涯，或流浪到他方，島內行旅也促使她們重返原鄉，貼近內心的永恆小女孩。

從父系家族出走，女女同行

周芬伶（1955-）《戀物人語》中的〈卿卿入夢〉（1999）一文，藉由我和「妳」的

女性對話，啟動離家出走計畫，文中雖以夢為場景，夢卻是從現實生活中撤退後的風景拼貼，敘事者描述「我」夢見的房子，由此延伸出與小祖母的美好回憶，「妳」夢見的則多半是準備離家的畫面，隨著夢境超展開，讀者跟隨周芬伶走訪了「我」位於屏東潮州的老家，也看著「妳」背對丈夫整理行裝，解釋要出差、實則奔赴情人，穿過如希臘神殿般的城市，抵達愛慾的終站。文中的雙軌敘事交織又抗衡：「我」的奔返母系，以及「妳」的逃離父系，共構成周芬伶接下來幾部小說的主軸，由此也暗示著女性的島內行旅契機常是離家出走，婚姻的磨折迫使女性跨出家門——《戀物人語》就以科威特的沙漠之旅談起，〈沙的夢遊〉（2000）寫三個離婚或婚姻出問題的中年女子，各自懷抱著創傷前往異地沙漠。〈卿卿入夢〉的結尾，是「我」和「妳」的女女同行，「妳」提議陪伴「我」搭南下的火車回家，夢中行旅滿足了現實生活和內心深處的匱乏，周芬伶寫：「也許在內心深處從來沒有原諒那個家，才會在夢中不斷回去，回去再造一個新家」。

島內行旅，再造新家，在周芬伶的作品中成為女性的嚮往，促成了女女同行，相偎相依。小說《影子情人》（2003）中的素素跟玉屏，皆從臺灣嫁到澎湖，因撿海菜而認識，兩人常結伴走踏，小說描寫有一回她倆從龍門走到林投，海邊風景如同異世界：

那裡各種海邊植物密集，肥大有刺有毛的莖葉蔓生糾纏，林投樹像群蛇鑽動的蛇窩，怒放著橘紅金黃辣紅的花朵，火山熔漿四處奔竄，無法宣洩的高溫熱浪，翻騰成鬼怪似地熱帶植物。

周芬伶曾在《花房之歌》（1989）中的〈夢入澎湖灣〉描摹澎湖的天人菊、紅心番石榴，在終年強風而海煙盤繞的土地上，花草樹木不是苦楚凋萎，就是更加強悍。《影子情人》的開頭就是素素眼中的澎湖：飽含鹽粒的海煙、夾雜沙粒的狂風、草木乾枯之地，彷彿所有物事都灰了半階，離島蕭索加上思鄉情切，野地奔放的植物、鮮豔的花卉誘出了女女之情，無法被歸類的慾望投射至眼前景物，強化了兩人私奔的念頭，最終女女在夜半時分準備逃回臺南和高雄，卻被父權的大手給抓了回來。

未竟之旅，幸而在周芬伶的更多小說中圓滿成就，女女不但共住，也要手牽手去旅行，另類家庭的行旅在《浪子駭女》（2003）中多有描述，敘事者形容自己和曾入獄的弟弟是「新世紀的浪子浪女」，「浪子浪女」一方面指浪跡天涯的流浪者，一方面又指離婚、出獄的姊弟是被社會放逐的邊緣人。弟弟出獄後，輾轉去了新加坡，因有前科無法入境，隨即前往印尼，一路來到西伯利亞，坐在橫越西伯利亞的火車上，忽然想起了臺灣南方的綠野。他藉由行走世界洗滌自身的罪，而敘事者則是從「常規」社會中一路撤退到精神病院之所，看起來哪裡都去不了，卻因一群同病相憐的病友們感受到命的相連，家的溫暖。

流浪到他方，最終仍帶讀者返家。家鄉，在女作家筆下又帶有他方的異質感。《影子情人》中的素素臨終前意識神遊至家鄉臺南，讀者也隨她走踏了林立著西服店、銀樓、香燭行、百貨行、中藥行的老街，小說末尾寫到年輕時的素素騎著嶄新的女用腳踏車，欣賞著火燒似的鳳凰花從成大一路延伸到民權路，「像牽彩帶似的喜氣」，然後是孔廟、運河畔，「紅通通的像辦喜宴，第一次她覺得世界是如此寬闊，而她在其間暢行無阻」，舊日臺南街景如同膠捲緩緩展開，在夢中，素素又回到女童時期，熟悉的母土，魂牽夢縈之地。

除了離家與返家，淘寶也啟動了城市一日行。喜愛收藏陶瓷、玉石等物的周芬伶，在《蘭花辭》（2009）、《青春一條街》（2010）兩部散文集中，多篇描寫尋覓寶物之旅，《蘭花辭》中的〈能量市集〉提到若心情不佳，「雙腳自會走去玉市」，在盡情賞覽、與老闆講價的過程中，天色就黑了，於是暫時結束能量之旅。《青春一條街》則帶領讀者漫遊臺中，走訪臺中公園、一中街、七期美食特區、百貨公司等地，周芬伶二十二歲到臺中讀研究所之後，多年居住臺中，因此能細數臺中多處的歷史和地景，她以細緻的身體感深入臺中的大街小巷，藉由她的導覽，時代和地理的路標清晰浮現。

缺席的父親，讓女性在路上

陳玉慧（1957-）曾擔任《聯合報》歐洲特派員二十年，她旅居德國、訪問世界名人的經驗也融入了她的散文和小說，她的作品常見一個共通主題：一個女子，在路上。兩本日記體散文《你是否愛過》（2001）和《巴伐利亞的藍光》（2002）記錄了陳玉慧走踏世界各城的足跡，她的數本長篇小說《海神家族》（2004）、《CHINA》（2009）和《書迷》（2010）的要角也都是旅行者：《海神家族》開場，即是一個多年旅居歐洲而返回臺北的女性；《CHINA》中被錯認為鑑定師的英籍礦物學者魏瀚，進入中國宮廷被安立的即是「行走」一職，陳玉慧從在皇宮行走的人聯想到「在世界行走的人」；《書迷》中的女主行若水，名字亦充滿濃厚的旅行色彩，總之，無論行走世界還是臺灣，「在路上」是陳玉慧作品的關鍵詞。

世界走透透的陳玉慧，卻始終記得童年時期，與父同行的新竹小旅行，這成為她日後反覆書寫的題材。在散文集《失火》（1990）裡，陳玉慧寫父親牽著仍是小女孩的她，搭車去一位美麗的阿姨家。阿姨給她糖吃，夜晚三人睡在榻榻米上，隔日阿姨帶她去吃米粉，她才又和父親搭公路局回家，這段往事後來改寫成《海神家族》中的片段，以〈有時候我覺得我已把父親殺死了〉為題，鋪展出更多細節和想像，包括：蘇明雲是神祕阿姨的名字，女孩的母親靜子也曾嚴厲質問過女孩：「是不是在新竹？」「是不是換了兩次公路局的車？」外遇的父親、神祕的女子、憂鬱又軟弱的母親、家暴、父親的離家，悉數構成了《海神家族》中的敘事元素。家是瘋狂而抑鬱的所在，於是小說中的敘事者「我」，自從二十歲離家到歐洲讀書便留了下來，反思義無反顧的出走可能肇因於「討厭那奇怪且充滿祕密的家。」

家的疏離與瘋狂將女作家推向了世界，陳玉慧的多數作品記錄了她走訪柏林、巴黎、慕尼黑等各大城市的蹤跡，她的日記體散文也常見她在數日之間飛往各城市、停留在旅館和機場的文字，然這些短暫停留的空間，卻又讓陳玉慧沉浸在個人史的深度之旅中，與臺灣、父親相關的記憶突然躍入腦海，於是即便前往澳洲、越南或上海，陳玉慧總回到一個核心命題：我要去哪裡？我來自哪裡？所有的旅程最終似乎指向了君父之邦，臺灣。正因積累了豐厚的旅行經驗值，陳玉慧擅長用異鄉人視角回看臺灣，《海神家族》開頭便是敘事者和伴侶重返臺北，回到童年時代居住的城，「我」才發現當年的水源路早已消失，現代化的高樓取代了以往的河流和稻田，臺中大甲外婆家的老屋旁也新闢了柏油路，應是返家，卻又像旅人，試圖從變化極大的街巷中找尋歷史的座標。

沿著記憶的軌道，回到白色恐怖和戒嚴時期，彼時島內女子的北上行旅，往往和尋找丈夫有關，《海神家族》裡居住在大甲的綾子三十年來只去過臺北幾次，多半是為了到警備總司令部去打聽丈夫下落，說是臺北，更正確的地標是「馬場町」，此一歷史傷痕的集散地，成為不少臺灣作家以文字召喚亡靈、重構敘事之所，於是綾子只要聽到臺北兩字，都說不要再去那個「鬼地方」了。

外遇而缺席的父親，暗夜裡被帶走的父親，離家遠行的父親促成了妻子悲傷的島內之旅，也啟動了女兒的世界行旅，父不詳的創傷記憶，裂變出陳玉慧筆下「離家」、「無家」與「到處為家」的女性旅行者。

歸返母土：母性與陰性的臺灣行

鍾文音（1966-）出生於雲林，寫作的主題多半圍繞在母女關係、情愛、旅行、物件、攝影等，她形容自己周遊列國多年，並將旅居世界各城的經驗寫成主題書，從二〇〇三年到二〇〇六年，出版了一系列重訪經典女作家、女藝術家的散文集，豐富的世界走踏經驗也轉化成《愛別離》（2004）、《慈悲情人》（2009）等長篇小說，成為小說要角探索自身與關係的必要途徑。無論走得多遠，鍾文音仍心繫母土，於二〇〇六年到二〇一一年間，陸續完成「島嶼百年物語」——《豔歌行》、《短歌行》和《傷歌行》——除了書寫臺北女子的情史，也回溯家族史中父不詳、母孤寡的艱難歲月，藉此回顧臺灣歷史的哀歡。

沿著地理座標和歷史記憶，面向世界的同時深掘內心，反思女性處境和母女關係，是鍾文音作品的主旋律，在一九九八年出版的《女島紀行》中，女主角吳春滿的形塑也取材自女作家：蝸居在臺北違章頂樓的春滿，常搭客運、平快車往返臺北、雲林，往往得耗費半天車程，卻神奇地具有安頓身心的功效。鍾文音從身體感出發，描寫六月時節的火車行旅：「她能從早熟的蟬聲鳴叫中解析聽聞細節，一路上配合著火車緩慢的氣岔聲響，讓早蟬的傷懷一路陪她遠馳寂寥的心。」六月，蟬鳴，少女心，平快車，氣岔聲，成為臺北×雲林女子的日常快照，是返鄉，又是旅行。北上的車總是過了新竹後，迎來紛紛細雨，雨的抒情與哀愁適時放大了寂寞，於是某次春滿就在車行到楊梅後，決意前往花蓮，期盼見到大學時代的情人林蟬。

除了戀情作為背景音，島內行旅是母性的、陰性的，某次春滿搭乘返鄉客運的途中，憶起了童年和母親的魔幻時刻：西螺大橋從霧氣般的記憶中登場，鞭炮聲響亮炸開，母親擠進人群、穿過陣頭，從千里眼和順風耳的背上，霸氣地搶下幾片餅乾，遞給女兒春滿，永不磨滅的畫面，鍾文音以文字取代快門，攝下此一經典鏡頭。

啊，母親，南方。南方就是母親，母親也是南方。

不過，鍾文音也稱臺北為母后之城，《女島紀行》敘及春滿童年陪母親到大城市中跑單幫、賣洋貨的經驗，陪伴母親穿梭於街巷的經驗，也出現在《昨日重現》（2001）、《少女老樣子》（2008）等散文集中，對童年的鍾文音來說，假日的跑單幫不失為平淡日常中的小旅行，不過年幼的她曾擔心真品混雜贗品的母親會因此被抓，後來還真的進了警局。《少女老樣子》可視為鍾文音的「臺北女子圖鑑」，她一一指認兩代女子討生活、小旅行的地標：龍山寺、北投溫泉、西門町的老戲院……有些老地方已在都市改造過程中消失，因此鍾文音的文字導覽更有憑弔遺址、回望歷史的味道，每個地景又以身體髮膚為註腳，裱褙了臺北女子冰火般的青春。此書曾以「我的天可汗——記臺北母城」為名，獲得二〇〇一年臺北文學獎創作年金補助，二〇〇六年部分發表於《印刻文學生活誌》的「臺北開羅紫玫瑰」專欄中，鍾文音將此書視為她對臺北、母親的「補遺」，除了一張童年時期與母親的合照——這張照片多次出現於鍾文音的作品中——《少女老樣子》多半是風景快照，善於攝影的鍾文音，以一張張城市影像速寫，記錄了地景不斷消失的臺北城，歷史中的一瞬。

除了臺北和雲林，《女島紀行》中有一段春滿跟隨母親到臺南關仔嶺洗溫泉的段落，頗有魔幻寫實的味道。鍾文音細寫依山環繞的關仔嶺，以及被硫磺薰黃的小旅社，當時隱身在樹林間的旅社，還豢養了一隻胸前寫著V字的黑熊，作者描述牠「在暗夜散發著清亮的瞳目，爪子攀在欄籠上，幾乎搆著阿滿的小紅裙」。溫泉洗去了母親的勞碌和憂傷，夜晚，春滿與母親一同步入小街：「看板畫著好多阿滿不識的動物，煤炭燒烤味讓小城有一種熱絡。炒熱鍋的男人抖動著鏟子，卸下脖上的毛巾擦汗，邊向他們吆喝。」在鍾文音筆下，關子嶺儼然生猛的野獸派，又氤氳著溼熱的溫泉，島嶼的氣候和地景與女子的體感融混，於是，島內行旅是陰性的、肉身化的，如同《女島紀行》的結尾是春滿對母土的凝視：「環視這個荒荒女人村，冥想著每個女人都像是一座載浮載沉的遠古島嶼，走過苦澀，邁出洪荒。」女作家的島內行旅最終似乎指向「女性就是島嶼」的命題，臺灣行也成了她們深入內心的途徑。

於是，搭乘平快車的她們，在公路局轉公車的她們，身為女兒、女人、妻子、母親、媳婦的她們，或獨自一人，或跟隨著父親、母親或閨蜜，行李裝載著等待洗滌的靈魂，抵達另一座城的同時，也沿著長長的歷史鐵軌，抵達了童年夢與少女心，重返母土。

參考書目

周芬伶，《戀物人語》，臺北：九歌出版，二〇〇〇。
周芬伶，《影子情人》，臺北：二魚文化，二〇〇三。
陳玉慧，《海神家族》，新北：印刻文學生活，二〇〇四。
鍾文音，《女島紀行》，臺北：探索文化，一九八九。
鍾文音，《少女老樣子》，臺北：大田出版，二〇〇八。

延伸閱讀

王鈺婷主編，《性別島讀：臺灣性別文學的跨世紀革命暗語》，新北：聯經出版，二〇二一。

周芬伶，《汝色》，臺北：二魚文化，二〇〇二。
陳明柔主編，《遠走到她方臺灣當代女性文學論集（上）》，臺北：女書文化，二〇一〇。
鍾文音，《凡人女神》，臺北：馬可孛羅文化，二〇一八。
羅秀美，《女子今有行——現代女性文學新論》，臺北：萬卷樓圖書，二〇二一。

鍾文音著，《三城三戀》書影。（大田出版提供）

鍾文音著，《少女老樣子》書影。（大田出版提供）

鍾文音著，《遠逝的芳香——我的玻里尼西亞群島高更旅程紀行》書影。（玉山社提供，已絕版）

尋找逝者的旅程：《留味行》與《溫泉洗去我們的憂傷》的移動與生命敘事

黃宗潔

我的尋親之旅幾乎沒辦法再繼續下去，我的搜尋（要是我這貧乏可悲的努力還能稱得上是搜尋的話）變得再虛幻不過，……我開始懷疑，或許吸引我來到布魯塞爾的原因比我想得還要複雜，畢竟我在這座城中不經意走過的路，跟我的家族史並沒有邏輯上的關係。

泰居．柯爾（Teju Cole）優雅抒情的半自傳小說《不設防的城市》，描述了一位移居紐約的奈及利亞籍精神科醫生朱利亞斯，在某種揮之不去的孤獨與疏離感中，決定啟程旅行。但在前往比利時「尋找」多年未曾聯絡的歐嬤（外婆）的過程中，朱利亞斯意識到自己只是「想像她在比利時」，事實上，連外婆是否活著都無法確定，而他在這座城中所走的路，更是與自己的家族史「沒有邏輯上的關係」。

然而，即使是一趟虛幻的尋親之旅，這樣的過程仍深具意義，或者應該說，正因其本質上的虛幻與缺乏邏輯，才讓小說主角從中得到了某種洞察，對自己的「來時路」有了不一樣的眼光。至於精神、思緒上的遊走，更打破了時空的疆界，讓過去與現在的經驗得以重新透過文字相遇。

但如果說柯爾筆下的朱利亞斯，是因為童年後再也不曾得到外婆的消息，難以具體描繪她曾經走過的路，遂讓搜尋顯得虛幻，那麼，確實掌握了親人的「移動路徑」，是否就能讓追尋的輪廓因此更清晰、讓親人的形象更立體？作家瞿筱葳與郝譽翔，不約而同地透過「重走」親人生前的路線作為追憶的形式，前者以《留味行》一書，記錄了祖母去世後，自己如何透過重走祖母當年逃難的路線，去懷念與記憶她的一生；後者在《溫泉洗去我們的憂傷》中，則是憑著一張記憶中父親的舊地圖，前往北越山區，想要找出自殺的父親在人生最後一夜看到的風景，雖然她明知那將是個「永遠無法抵達的謎」。兩書的情感基調不同，但皆以實際行動的「重走」作為重返生命路徑的方式卻值得留意。她們在追尋什麼？相較於單純在思緒中追憶，此種行動又能帶來什麼不同的安慰？透過生命敘說的角度，或可幫助我們釐清此種敘事型態的意義與可能。

兩種藍圖：如何重寫生命故事

每個人都有敘說的渴望，以及被傾聽和理解的欲望，透過表達我們自己，活過的經驗成為了故事。因此，心理學領域中的敘事治療，與文學領域的生命敘事，遂產生許多可以相互對話與借鏡之處。從事敘事研究與治療的學者珍・斯皮迪（Jane Speedy），就曾引用珍奈・溫特森（Jeanette Winterson）的小說 *Lighthousekeeping* 來說明敘說的特質：「你不需要知道每一件事，因為沒有所謂的每一件事；故事本身便有意義，持續不斷敘說的存在是個謊言，並沒有所謂的持續不斷敘說，被點亮的只是剎那之間，其餘的部分都只是晦暗。」生命經驗中那些「被點亮的剎那」何以被選擇，又如何被敘述？在那敘事的裂縫中，又該如何找出沒有被述說的故事，看見重新理解的可能？就成為敘事研究與文學創作在聆聽、描繪生命故事時，所關注之處。某程度上來說，我們每個人在描述自己的生命經驗時，已是一種「重寫」，只不過，當我們有意無意地將過往生命中破碎的記憶碎片撿拾、拼湊，往往也就將事件的因果關係、人際的愛恨糾結固定下來，導致每一次的重述，都彷佛只是前一次敘述的回音，一次次強化了我們對事件的詮釋。

舉例來說，強納森．法蘭岑（Jonathan Franzen）就曾描述他如何將母親為了省下三毛二的郵資，竟在情人節包裏中，放入父親腦部屍檢報告的行徑，反覆告訴其他人：「那個二月上午，我已經數不清回想過多少次。我把事情告訴我哥，也把它當成『可恥母親事件』講給愛聽這類事的朋友聽，甚至——說來丟臉——告訴完全不熟的人。**後續每一次重新整理和重述都鞏固了建構那段記憶的意象與體認。**」（《如何獨處》，粗黑體為筆者所加）當時的他認為「喜歡貪小便宜」的母親這麼做，「節儉或許是唯一有意識的動機」，而母親（過度）節儉的形象，也就在一次次反覆的重述之中，如同沖洗照片般，逐漸顯影、繼而定格，其他的特質或經驗成為失焦的背景，在這樣的敘述框架中消融成模糊一片。

這些被鞏固、凸顯的記憶自然有其重要性和意義，但許多時候，如果我們讓重述所強化的記憶成了唯一的版本，記憶也可能成為困住彼此關係的枷鎖。因此，敘事治療中格外強調的，就是透過發掘過去敘事中的縫隙，找出被忽略卻具有重要意義的事件，在過程中，個案將有機會發展出「另類故事線」，「重寫」（re-storying）自己的故事，從而開啟新的詮釋。

敘事治療的代表人物麥可・懷特（Michael White）認為，「重寫」之所以重要，是因為這些故事線隱沒在過去慣性的敘事框架之外，但隨著重寫的過程，生命將因此開展出多重的故事。他以心理學家傑若米・布魯諾（Jerome Bruner）敘事隱喻的概念加以說明。布魯諾引借文學理論的觀點，將「說故事」分為行動藍圖（landscapes of action）與意識藍圖（landscapes of consciousness）兩個部分：前者是指故事的「素材」，由情節與事件組成；後者則是包含在行動中的意識或感覺，也就是對事件意義的解釋與推論。如同情節與事件之間必然具有間隙，意識藍圖亦然，它不只呈現作者與主角的意識，也邀請讀者運用自己的想像或經驗，共同參與「填補間隙」的過程。

據此，懷特認為行動藍圖和意識藍圖的概念，將可用以理解人們在生活中創造意義的活動，以及如何建構個人敘事與認同，因為每個人都是「將生活中各種事件的經驗放進可解讀的架構中，並賦予這些經驗意義」。他形容人們開始重寫生命故事的過程，就像是「要離家踏上一段沒有地圖的新旅程」，他們會受到先前旅途的地圖牽引，但新旅程將會開啟新的生命故事。

當然，在建構意義的過程中，「事件」與「詮釋」乃是缺一不可，但雙重藍圖的概念，提醒了我們敘事的兩個重要元素，將「重寫」時的「意識」面向與「行動」面向加以區隔。若我們再將這個借引自文學理論的敘事治療框架，回頭挪用在文本的閱讀上，就會發現，純粹以「重述」方式回顧生命經驗，與透過「行旅」的實際行動重畫生命地圖，對於生命敘事而言，某程度上具有不同的意義。進一步來說，瞿筱葳與郝譽翔的重寫生命地圖，行動的起點甚至並非「自己」的生命地圖，而是祖母與父親的，但最終，這樣的移動卻也讓她們自己的生命經驗被重新描摹出不同的路徑。

「再」一次的理解：留味／留念

你得去走一趟。去找答案，去問你從哪裡來，要到哪裡去。或者，其實是去找到正確的提問。叩問心中真正的思念。只有一張地圖和一本口述歷史，就要上路了嗎？那到底是什麼樣的一段路程？你期待旅行能帶來什麼嗎？而到底，為什麼要在七十年後重新去走這趟路呢？……窩在早春的被窩裡就著檯燈看著奶奶的逃難路線地圖，手指過每一個老人青春時走過的城市，我可以如此用手指劃過千百回，猜測家中餐桌的某道菜可能是她戰時流離之際學會的手藝，但我永遠不會知道她走過的路是什麼樣貌，我們吃的菜到底是哪一個地方的菜，除非我重新用腳走過。（瞿筱葳《留味行》）

《留味行》的書寫，源於遺憾，源於一個「講出來也沒人在意，不講更沒人知道」的錯誤——在告別式為奶奶徐留雲剪輯的影片中，她把逃難路線圖的示意方向畫反了，於是這路線成了名符其實的「逆」旅：從上海往西，直達四川。然而，一個無人發現的方向錯置，需要用重新走過整趟旅程加上一本書來彌補嗎？與其說這是出發的理由，不如說，這個耿耿於懷的錯置，只是一個具體的線索，它是祖母和自己之間關係的隱喻，（重）走，是為了去找到「正確的提問」。

因此，若以「重寫」的概念來看瞿筱葳的《留味行》，就可發現其中包含了幾個層次：最表層的重寫，是把告別式錯誤的逃難方向，逆向再畫一次；但透過某種實際的「生命路線的踏查」，徐留雲的年輕歲月因此得以跨越時空再現；旅程中透過想像與逝者的交流，則是瞿筱葳對這段祖孫關係的回顧與再理解，由這個角度來看，也是她個人生命經驗的重寫。最後，也是最值得留意的部分，就是書中徐留雲年輕時的經歷與回憶，並非完全出於瞿筱葳的想像，而是出自徐留雲口述之《烽火歲月下的中國婦女訪問紀錄》，於是文中的敘述遂多了另一層「重寫」的意義，形成了多層次的交錯與對話。

但是，「重回（他人）生命現場」的行動為何可以重新賦予生命經驗意義和詮釋，並與自己的記憶及失落和解？即使明知眼前所見，與七十年前的風景相較，早已「物非人非」，即使明知自己手中捏著的，僅是一條「虛擬的線，飄忽地前進」？那是因為，透過這既虛幻又真實的路徑，「看見前人的來時路，過去所知的故事在眼前突然延展大開，變得更深更遠更立體，好多細節都向你綻放」，也就是說，故事的隙縫被撐開了，那些前人說過無數次的，朦朧、籠統而難以具體想像的歷史，因為疊加了自己的經驗，從此有了可以依附的記憶。

除了重走之外，瞿筱葳選擇讓追憶得以具象化的一個重要媒介，則是食物。換言之，這趟「留念」之行，是以「留味」的方式實踐。食物口味所覆蓋的地域，或許比難以錨定的實際逃難路徑或地景，更廣泛、更持久：「兩界相望，只有食物給予了我們溝通的可能」，以食物為座標，瞿筱葳的經驗不只與徐留雲的經驗產生了重疊的可能，更重要的是，這趟追尋也確實「改寫」並解鎖了她記憶與想像中，「奶奶的家常菜」的由來。

在瞿筱葳的想像中，漫長的逃難旅程造成了食物口味上的混雜，但隨著行程漸漸來到終點，她才體悟「路程千里，答案老早在家裡」，那些不曾意識到來歷的家常菜，全都是江浙上海菜，「奶奶的主要食單是一封家書，不會寫字的她日日做菜與故鄉安靜連結」。這趟尋味之旅既是解謎，也是再發現與再理解的過程，而表面上的「食譜調查」，實則是為了與祖母「重新相處一回」。直到書末，讀者才會看到一個比畫錯逃難路線方向更令她耿耿於懷的糾結，那就是，在祖母過世前不久，她們恰好吵了一架，祖孫之間還沒走完每次拌嘴後的整個「和解週期」，這才是此趟旅程真正的關鍵所在：重走，是為了說再見。完成旅程的同時，也意味著自己「用新的足跡把那一步沒走到位的和解之路完成。相信她感受到了，因為回家後我再無愧疚，……心結過了，可以放下」。

新的足跡，是為了重新說再見，改寫了愧疚與遺憾，從此便可以好好想念。

在傷害中出發：前往無法抵達之謎

相較瞿筱葳與祖母之間的親密，郝譽翔所面臨的傷逝，在情感上顯然更為複雜糾結。不只因為父親選擇了自殺，也緣於父親在她大半的人生中，都屬於缺席的狀態。另一方面，瞿筱葳有祖母的口述史作為行旅時按圖索驥的依憑，郝譽翔手中的地圖路線，甚至只能憑著記憶，畫出一條不可靠的虛線——因為連最後的線索，都被母親丟棄了。

《溫泉洗去我們的憂傷——追憶逝水空間》試圖回溯與抵達的，因此是一個更為艱難的生命之謎，旅程的起點與終點，都在那張陌生的北越地圖上。父親用紅筆畫出了一條斜線，由河內左上方，一路延伸到一個「從來沒有聽過，而旅遊書上也查不到的名字」。這份放在行李箱中的地圖、日記與登機證，成為僅存的物證，記錄了父親如何在生命中的最後一個農曆年，陪新婚妻子回到娘家，也弔詭地說明了「他畢生嚮往而終於得之的『家人』，最後居然是落在北越的深山裡」。

但是這僅存的線索，卻被母親毫不眷戀地丟棄了。對她來說，已經死滅的情感無須這些瑣碎之物來證明，但在女兒心中，這卻意味著「一個男人的一生從此宣告煙消雲散，只剩下一隻空空如也的箱子，一如他在我心目中留下來的：空空如也的一生」。缺席的父親成了徹底的空白，而那個陌生的村莊名稱，更是「從此徹底地遺失，又落回叢山峻嶺的茫茫雲霧之中」。這是無法逆轉的失落，人生不是戲劇，沒有神奇的失而復得，丟了就是丟了，失落的地名再也無從求證。

那麼，為何要前往河內？即使那將是個「永遠無法抵達的謎」？答案其實早在多年前的《逆旅》一書中就已浮現，當時她說，書寫家族，是為了安頓自己的靈魂。如今，在父親真正故去之後，她「彷彿聽見亡魂不肯安寧的喘息聲」，隨即，她意識到，「沒有人在呼喊，而發出呼喊的其實就是我自己，一個還停留在六歲年紀沒有長大的小女孩」。為了那個還困在六歲的小女孩，為了帶著她往前走，為了安頓他與她的靈魂，出發成為必然。

值得留意的是，這是一趟延宕了三年的旅程，它不是一時的傷感或衝動，而是一個揮之不去的懸念和未竟事務。三年過去了，但父親的死亡卻並未成為關係的句號，如果不啟程，這個永遠的懸念與空白，終將持續啃噬靈魂。於是，抱著「想要知道他在人生的最後一夜，究竟看到了什麼樣的風景」的心情，她坐上河內到老街的慢車，與亡魂對話：

「妳來了？」他彷彿動了動嘴角，但是他的聲音好小，我根本聽不見。

「是的。」我顫抖著，「我早該來了。因為我想知道，你生命中的最後一夜究竟在想什麼？」「所以妳現在知道了。」

「不，我不知道，」我搖頭，大聲說，「我或許本來知道，但現在卻更不知道了

（……）」

如果說，這趟注定無法知道目的地的旅程，讓她明白了什麼，或許就是知道自己的不知道，以及知道自己的再也無法知道：「我終於知道，自己是再也不可能理解他了。他不會向我解釋的。因為我不是最靠近他的那一個人。始終不是。……我才是永遠的局外人，真正的無家可歸者。而我想要追尋的那個人，那顆臨死之前的祕密的心，也已經永遠被封鎖在越南。」如果出發之時，就知道這是一趟什麼也找不到，什麼也不知道的旅程，追尋

還有意義嗎？答案依舊是肯定的。

如同余德慧對於「再」（Re-）的意義之詮釋，他提醒我們：「再」不是單純的重複，而是提供了歷史性的理解。理解本身有其「迴旋的動力學」，人的理解是以自身理解循環的方式，永遠是在離開當下，又碰到「再」的時候，理解才發生。（《詮釋現象心理學》）表面上看來，瞿筱葳和郝譽翔的作品，都是透過「再走一次逝者的旅程」作為一種哀悼的形式，但對郝譽翔來說，「再」的意義並非建立在「再走一次」（事實上，除了最後那段老街到河內的慢車，她連完整路線都無法真正重建），「重走」某程度上來說，其實是「再死一次」。

這是何以文章最後，她想起的，是當年和父親回山東老家，他卻拋下自己跑去青島十多天，音訊全無，她按耐不住，只好獨自踏上尋父之旅，一間間旅館去問：「有沒有見過這個人？」她焦慮過、想像過千百次他的死亡，而「這一次的死亡是千真萬確的了」。於是，她只能選擇從這最後一天開始，「就讓時光緩緩地倒轉，回到他的最後一夜，最後的頻頻呼喚」，在召喚之中，完成抵達。

是地圖，也是迷津：與創傷再次說再見

郝譽翔這篇描述父後的「尋父之旅」，引用了戈馬克．麥卡錫（Cormac McCarthy）《長路》小說的結尾，作為文章開場的引文：「魚背上彎折的鱗紋猶如天地變換的索引，是地圖，也是迷津，導向無可回返的事物，無能校正的紛亂。河鱒優游的深谷，萬物存在較人的歷史悠長；它們輕哼細唱，歌裡是不可解的祕密，晦澀的難題。」而這段文字，其實同樣適合引用在瞿筱葳的《留味行》之中。述說家族的故事，本身就是一場無止境的，對於經驗的再理解之旅。歲月悠長，逝者已矣，無可回返，卻未必無能校正——關鍵就在那一次次的重返、重行與重述。若能在經驗被點亮的瞬間，看見魚背身上的紋理，或許有著不同的解讀可能，那麼，我們就能看見，那原以為是無盡的晦暗之處所埋藏的，被遺忘的敘事。也才能與創傷和失落，再次說再見。

參考書目

泰居・柯爾（Teju Cole）著，楊馨慧譯，《不設防的城市》，臺北：遠流出版，二〇一三。

強納森・法蘭岑（Jonathan Franzen）著，洪世民譯，《如何獨處》，臺北：新經典文化，二〇一五。

珍・斯皮迪（Jane Speedy）著，洪媖琳譯，《敘事研究與心理治療》。臺北：心理出版，二〇一〇。

麥可・懷特（Michael White）著，黃孟嬌譯，《敘事治療的工作地圖》。臺北：張老師文化，二〇〇八。

余德慧，《詮釋現象心理學》，臺北：心靈工坊，二〇〇一。

郝譽翔，《溫泉洗去我們的憂傷——追憶逝水空間》，臺北：九歌出版，二〇一一。

瞿筱葳，《留味行：她的流亡是我的流浪，以及奶奶的十一道菜》，臺北：啟動文化，二〇一一。

延伸閱讀

戈馬克・麥卡錫（Cormac McCarthy）著，毛雅芬譯，《長路》，臺北：麥田出版，二〇一九。

麥可・懷特（Michael White）、大衛・艾普斯頓（David Epston）著，廖世德譯，《故事、知識、權力：敘事治療的力量》【全新修訂版】。臺北：心靈工坊，二〇一八。

郝譽翔，《逆旅》，臺北：聯合文學，二〇〇〇。

羅久蓉等，《烽火歲月下的中國婦女訪問紀錄》，臺北：中研院，二〇〇四。

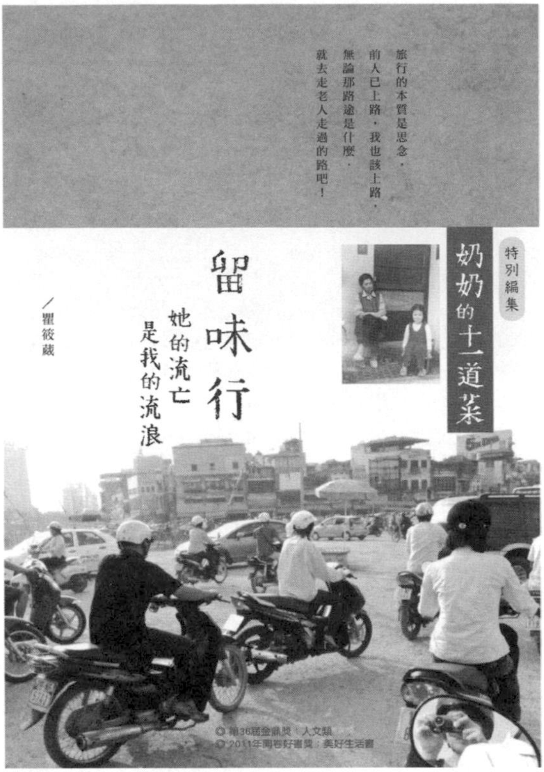
旅行的本質是思念，
前人已上路，我也該上路，
無論那路途是什麼，
就去走老人走過的路吧！
特別編集
奶奶的十一道菜
留味行
她的流亡
是我的流浪
／瞿筱葳

瞿筱葳著，《留味行》書影。（啟動文化提供）

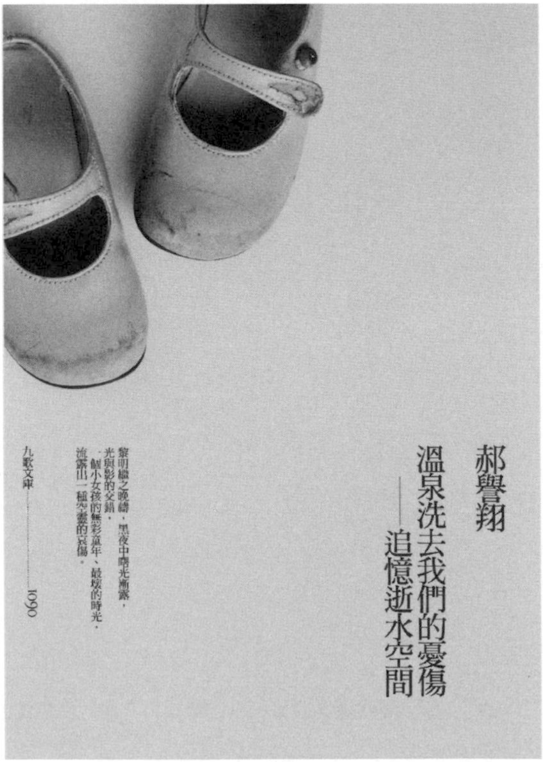
郝譽翔
溫泉洗去我們的憂傷
——追憶逝水空間
九歌文庫
1090

郝譽翔著，《溫泉洗去我們的憂傷》書影。（九歌出版，翻攝）

第二章　由／向北前行

青鳥展翅：蓉子詩的旅行書寫與文化語境

洪淑苓

女詩人蓉子（1922，或說 1928-2021）在一九五三年出版第一本詩集《青鳥》，深獲各方讚賞，蓉子也因此獲得「永遠的青鳥」之美譽。青鳥是永恆的象徵，蓉子對於詩歌藝術的追求也是永恆的。在她內心深處，更有一隻追求自由的青鳥，時時鼓動翅膀，渴望在天際翺翔。

飛向亞熱帶

蓉子的故鄉在江蘇，一九四九年考入南京國際電臺，二月奉調來臺北籌備處工作，自此長年服務於臺北電信局，直到一九七五年七月因身體不適，提前退休。一九四九年蓉子因工作來臺，後因時局裂變，長居臺灣，這個舉動，本身就具有歷史性的跨域意義。她在《青鳥集》附錄「蓉子寫作年表」曾說：

考入南京國際電臺，二月奉調來臺北籌備處工作，初次接觸到亞熱帶情調的海灘和椰子樹，令我有一種全然新鮮的感受。

可見她當時對位於亞熱帶的臺灣，充滿期待，到來之後，也洋溢新奇、歡欣的感受。而身為公務員的她，因為喜愛創作，參與作家訪問團、青年寫作學會、婦女寫作學會、藍星詩社等文藝團體，因此常有機會到各地參訪，加上她本性就酷愛大自然，喜歡到處走走看看，所以早在一九六〇年代，旅遊尚未開放，旅行書寫也還未形成潮流時，她就已經寫下許多的旅行詩歌，用文字留下島內、境外的足印。

一九六〇年代，蓉子展開各種行旅，包括到外島馬祖、亞洲的韓國漢城與菲律賓馬尼拉，也有機會到臺灣各地走踏。歷次的旅程，都帶有時代的印記，從文化語境透視，皆具有豐富的意義。

外島馬祖之旅——海洋詩篇與戰鬥文藝

一九六二年二月，蓉子初次隨「中國文藝協會外島訪問團」赴馬祖訪問，留下深刻印象，因此回來後，陸續寫了一系列有關海洋的詩。這些詩共七首，收錄在《蓉子詩抄》第三輯「海語」。其中〈海語〉一詩，對於潮起潮落、浪花拍打岩岸的景象，都有精細的描寫與美麗的想像，但詩中也追問，這般波濤洶湧的景象是和戰爭一樣冷酷，還是像玫瑰一樣瑰麗。〈在金色海岸——向203軍艦致敬〉更是一首戰鬥詩，以在海上防衛的203軍艦為描寫對象，刻劃艦上官兵的勇武精神，向他們致敬。〈島外的島〉題目下有小註「謹以此詩獻給馬祖，特別是更接近大陸的北高地區」，馬祖與大陸鄰近，北高地區與對岸的距離更是近在咫尺，因此這島外的「島」，如同最前線的崗哨，負責保衛海峽這邊所有人員的安全。

在當時，文藝訪問團赴外島訪問，有慰勞前線將士的意義，也必然有讓作家們親近海防，了解國家堅強的守衛陣容之意。這樣的氛圍其實延續了一九五〇年代反共戰鬥文藝的色彩，蓉子的「海語」輯，正是企圖展現海洋詩歌的浪漫瑰麗，也呼應當時戰鬥守備，嚴謹肅穆的氣息。

漢城與馬尼拉之旅——古典再現與文化外交的足跡

一九六五年五月十日至十五日，應韓國文化出版界之邀，蓉子、謝冰瑩和琦君以中華民國女作家代表團的身分，赴韓國進行交流。這次雖是公務出訪，但蓉子三人和來自各地的女作家有著非常和樂歡欣的聚會。這次旅程，也觸動了蓉子的寫作靈感，以古典優雅的筆調，書寫漢城的古典風韻。相關的詩共十二首，收錄於《横笛與豎琴的晌午》首輯「舞鼓」。

「舞鼓」的輯名下夾注（訪韓詩束），開頭的〈古典留我〉，為這一輯詩作定下基調：

古典留我　在鄰國／隔著海水留我　在春暮。

這樣的古典氛圍，是因為眼前的「香遠池」有一池紅蓮尚未開放，氣氛靜謐，因此讓蓉子有「夢在江南」、「夢在北國」的聯想。而更為具體醒目的是：

白衣峨冠的老人走過漢城街頭／他靜靜垂釣於千年前的湖泊／在歷史故都的城郊／
像從未識廿世紀的喧嚷和干戈

從歷史的交流來看，韓國的李氏朝鮮王朝受到明室的扶助，因此從明朝全面學習了文化、宗教、服裝、建築，政治制度，直到明亡清興之後，也堅持華夏衣冠。因此韓國暨其首都漢城（今已改名首爾）在詩人眼中，便彷彿是中國古代的文化再現，白衣峨冠的老人，成為風景中、也是詩中的焦點。

接下來的幾首詩，分別寫了漢城的宮殿建築，寬闊的廊廡、庭院與高堂、豔紅的牡丹花，在在襯托富貴氣象，讓蓉子想像帝后們的跫音迴盪在這廟堂與園林間。山河秀麗、古昔的情調，都彷彿在眼前暈染開來，尤其〈宋明衣冠〉描繪仕女的妝髮和服飾，形容她們一舉一動都是「古典的！」；那裡的民房，條几成案，席地而坐，居家氣氛是「古樸的！」。一切都是那麼安靜美好，於是末段也感嘆：

啊、綿邈是通往古代的路／春日凝碧　春日凝煙／濃陰深鎖千年前的祕辛做為書名的〈橫笛與豎琴的晌午〉，更以「橫笛與豎琴的晌午」這般和諧美好的樂音合奏，譬喻在此間所感受到的悠遠古典。詩中所聽到的是遠遠的鼓聲，這鼓聲在四周迴響，她形容這股氣息：

> 而低低的鼓音響起　急驟的鼓音／迴旋似的水波鼓姿／這般奇異地滲透著、蒸發著　眩耀著／一古老民族的情愁　分不清是悲壯或哀愁
> 啊、東方恆在　透過窗櫺／在不遠的距離以外

「古老民族」固然是指此地的韓國民族，但以其他詩作一再指涉唐宋、明代、古典，這裡可能也暗指了中華民族。既然可以把韓國視為東方、古典的世界，而同樣歷經二戰的中華民國和大韓民國，在戰後，也同樣承擔類似的命運。因此，這一輯的韓國詩束，對古老、古典、東方等情境的描繪，既是眼前景緻，也暗藏對中國古典文化的思慕與回想。

蓉子此行，原是為了與韓國文學界交流而來。她身為國家代表，在陶醉於漢城的古典氛圍之外，也兼顧了現實世界。但她把〈板門店〉、〈華克山莊〉這兩首牽涉現實層面的詩擺在本輯最後。冷戰時期的東亞局勢，韓國也成為反共的聯盟。蓉子踏上了分隔南北

韓、北緯三十八度線的板門店，她以〈板門店〉為題，指控「海水起落著　在自由之門的橋下／民主與極權仍然對抗　在板門店／在不聞槍聲的戰爭中」。最後一首〈華克山莊〉，除了描繪華克山莊的豪華設備與娛樂外，最後敘述的是回首昨夜入住時，一路「有無數國旗友誼地招展著」，這使得蓉子：

> 仰欽那青天白日在陽光裡的燦麗／啊、就禁不住為我們的國籍而驕傲！

如是，以〈古典留我〉的暮春唐宋起首，以〈華克山莊〉裡的國旗飄揚為結尾，整個「訪韓詩束」反映的正是當時以文化為外交，又以韓國漢城為古代中國的投射，並且呼應冷戰時期的國際觀與愛國思潮。不過，蓉子這趟公務之行，還是盡可能地運用古典的意境，塑造自己的詩歌風格。

一九六〇年代，蓉子有兩度的訪菲行程。分別是一九六六年六月，應菲華「文教新聞研習會」之聘，赴菲擔任文藝組講座主講人。一九六九年八月二十五至三十日，則和夫婿詩人羅門同赴馬尼拉，參加第一屆「世界詩人大會」，獲頒菲律賓總統大綬勳章，並獲得「大會第一文學伉儷」的美稱。

這兩次的訪菲之行，蓉子創作了〈南洋色彩〉、〈菲律賓〉、〈四方城鎮〉與〈碧瑤〉等詩，收錄於《眾樹歌唱——蓉子人文山水詩粹》。在這些詩中，蓉子以簡潔的筆觸點染菲律賓千島之國的人文與自然，她提及菲律賓歷經西班牙、美國的統治，也提及這裡的居民除了土著，也有中國人華僑。所描述的，雖然不及「舞鼓」（〈訪韓詩束〉）諸作，但「這是東方中的西方／西方中的東方」，「花車般的吉甫尼滿載濃膩的豔紅與金黃／往復馳騁於南方不凋零的夏天」（〈菲律賓〉）也提點了菲律賓的特色。

蓉子訪韓、菲的行程，以文學、文化做為外交，突破臺灣在冷戰時期的外交侷限，對國家社會貢獻一己之力。而更可貴的是，以詩歌留存當時的感思，為詩歌史締造新頁。

蘭陽平原、四重溪與阿里山——盡情歌詠寶島風光

一九六〇年代，蓉子也有機會在臺灣各地旅遊，並且嘗試寫下旅行的詩歌。蓉子把這些詩歌都收錄在《橫笛與豎琴的晌午》的末輯「寶島風光組曲」。

「寶島風光組曲」共十四首，各篇大多在題目即標明地點，或是從引言、副標題或內容，也可清楚知道。從北臺灣的金山，東北部的宜蘭，東半部的花蓮，中南部的溪頭、阿

里山，以及南臺灣的臺南、澄清湖、墾丁等，蓉子用詩意的彩筆，塗繪了這些美麗的風景。

譬如〈蘭陽平原〉，題目下有一行引言：

——從蘭陽平原這隻初醒的眼睛去看寶島的丰采。

蘭陽平原位於臺灣東北部，是最早迎接旭日的地方，用「初醒的眼睛」形容蘭陽平原真是妙喻，充滿了朝氣和清新的氣息。而蓉子眼中的蘭陽平原就是「大批的綠迎面而來」，「綠色的錦緞緊緊地裹住那／深山　夢谷　更接壤／明淨的藍天。」她用蔥翠、綠玉、翠浪來形容眼前的稻田，又用深青色、森冷形容太平洋的深與廣，平原的綠和海洋的藍，形成耀眼的對比，宛如一幅美麗的圖畫。

更深入來說，蓉子正是以詩人之心、初醒之眼，觀賞臺灣各地的風景。她在〈蘭陽平原〉把腳下的土地逕呼為「寶島」，也把這一輯命名為「寶島風光」，可見她對於臺灣風土的喜愛。〈金山，金山〉寫金山，她用「青春的島嶼」當引言；〈到南方澳去〉，一開頭就是呼喊「到南方澳去／看陽光的金羽翱翔在碧波上／有活潑的銀鱗深藏在水中央……」，她看到了如水彩畫般的原野，也看到老漁人辛勤地在海上捕魚，兼顧了自然之美與風土人情。又如〈古城〉寫臺南，她喜歡古城的質樸和親切，但時代進步下，高樓櫛比，古城浮現滄桑感，然而她對古城的喜愛依然不減，仍深深沉浸在南臺灣的和風暖陽之中。

此外，蓉子也從旅行中，體會到鄉村生活的悠閒情調。譬如〈溫泉小鎮〉，寫的是屏東的四重溪溫泉，詩的開頭就敘述當地的環境沒有都市的喧囂和耀眼霓虹燈，孩童們在溫泉邊玩耍、長大，老人們則在氤氳的氣息中白了頭髮。小鎮生活單純，讓蓉子頓時想拋下都市人的身分：

> 像單純的居民一樣質樸／我祇要有那淡泊的雲天和一襲時間寬大的衣袍／我便有了足夠的安適和富庶

在遠離塵囂的溫泉小鎮，蓉子體會到的是淡泊的雲天和從容悠閒的時間。這裡把時間比喻為「寬大的袍子」，益發顯得寬闊自在。

〈阿里山有鳥鳴〉更是一首兼具寫景與哲思的作品。本詩每段三行，共十一段，長句較多，形成舒緩的節奏。詩一開始就以「阿里山有鳥鳴　鳥鳴深山裡」引導讀者進入阿里山森林區。而置身於古木參天的茂林，扁柏、紅檜、松杉、古松一一靜立在天地之間，引發思古幽情，也讓人思索在古木環繞下，人類其實是極為渺小。在蓉子的描繪下，深密的樹林也呈現寂靜的氣氛。但隨著腳步的移動，忽然柳暗花明，來到櫻花盛開的地方，霎時間，詩的氣氛活潑起來。但是蓉子又進一步思考，櫻花盛開雖美，卻也瞬間凋落，有什麼是永恆的呢。最後一段，蓉子的領悟是：

> 櫻花凋落於楚楚的瞬息／鳥在有限的空間飛鳴　唯松柏傲立／一切聲音都在林間寂默　形成那不能觸知的奧祕

開頭的鳥聲又再度出現，好像默默引導讀者穿過這座密林。而蓉子展現給我們的，是松柏傲立、天地靜默的氣象。這樣的境界，有如同道家的虛靜、寂靜之境，在此境界中，時間即是永恆。這樣的阿里山之旅，捕捉了和諧美好的自然景象，又蘊藏深刻的哲理。由此可了解，蓉子對寶島風光的喜愛不在話下，也更富有哲思。

臺灣文學史認定一九七〇年代是鄉土文學運動盛行之時，但早在一九六〇年代，蓉子已經用行動展開她的寶島行旅，為這塊土地留下可貴的詩篇。

青鳥展翅——旅行家的願望與初心

蓉子在一九七〇至一九八〇年代開始展開歐美之旅，也陸續出版了散文集《歐遊手記》和詩集《這一站不到神話》。其中的旅行詩作，除了扣緊自然風景加以描繪外，主題思想都指向對時間的體悟。譬如〈奔騰和凝固——寫尼加拉瀑布的兩種風貌〉，即過自然景物的變化，理解到時間的本質就是不斷地變化，而若能掌握住時間的「瞬間」，讓時間「停格」，那便是寂靜的境界。

蓉子在《眾樹歌唱：蓉子人文山水詩粹．前言》曾說：

> 從小就喜歡大自然，喜歡那披滿了綠葉挺立在大地原野上的眾樹，也曾幻想長大後做一個環遊世界的旅行家哩！

由此可知，旅行帶給她開闊的視野和創作動力。而「環遊世界的旅行家」正是她內心深處的夢想。青鳥展翅，正是要到處翱翔，觀看這包羅萬象的大千世界。

蓉子在一九八八年返鄉探親，重拾童年家鄉的回憶，也感到親情的慰藉。一九九〇年代，也有海南、北京、西安等地的參訪行程。也曾應太平洋文化基金會邀約，參加「中華民國學人作家蘇聯、東歐文化訪問團」。這些旅行的印象，都化為詩篇，收入《黑海上的晨曦》。

蓉子的一生，就像一隻青鳥，展翅飛翔，實現她的旅行家願望。她總以清新好奇的初心，仔細觀察自然與人文，從中提取哲思感悟。二〇一九年，蓉子的姪子將年老的蓉子迎回家鄉奉養，直到二〇二一年一月九日，蓉子在家鄉安然離世。

至此，青鳥已經完成她環遊世界的夢想，回歸永恆。

參考書目

蓉子，《蓉子詩抄》，臺北：藍星詩社，一九六五。

蓉子，《橫笛與豎琴的晌午》，臺北：三民書局，一九七四。

蓉子，《這一站不到神話》，臺北：大地出版，一九八六。

蓉子，《黑海上的晨曦》，臺北：九歌出版，一九九七。
蓉子，《眾樹歌唱：蓉子人文山水詩粹》，臺北：萬卷樓圖書，二〇〇六。

延伸閱讀

周偉民、唐玲玲，《日月的雙軌：羅門、蓉子創作世界評介》，臺北：文史哲出版，一九九一。
蕭蕭編，《永遠的青鳥：蓉子詩作評論集》，臺北：文史哲出版，一九九五。
朱徽，《青鳥的踪跡：蓉子詩歌精選賞析》，臺北：爾雅出版，一九九九。
洪淑苓，《思想的裙角：臺灣現代女詩人的自我銘刻與時空書寫》，臺北：臺大出版中心，二〇一四。
洪淑苓編，《臺灣現當代作家研究資料彙編74：蓉子》，臺南：國立臺灣文學館，二〇一五。

二〇一四年八月十二日，誠品臺大店舉辦「女詩人詩集特展」，
蓉子攝於其詩集《維娜麗沙組曲》前。（洪淑苓提供）

時代風景：從城南走來的林海音

王鈺婷

融合多元族群的文化身分

生於日本大阪，成長於北京，爾後定居於故鄉臺灣，林海音身分的多重性，在五〇年代女作家群中是極為特殊的存在。一九五三年由張漱菡主編的戰後第一本女作家小說選集《海燕集》，其中發表者皆為活躍於五〇年代的女作家，張漱菡在擔任這部選集主編時採取女作家「集體亮相」的策略，將亮麗女作家肖像與俏皮文字結合，形塑出現代女作家形象。張漱菡為林海音所寫的介紹詞，凸顯出林海音跨越族群鴻溝之複合身分：「純粹北方小姐型的本省籍作家林海音，爽直而詼諧，作品極富人情味，深刻動人，備受讀者擁護，她為本省爭取了光榮。」張漱菡貼切詮釋出林海音融合多元族群的文化身分：「純粹北方小姐型」和「本省籍作家」。

對於五歲時便隨父母定居北京，直到一九四八年才回到臺灣的林海音而言，臺灣雖是故鄉，實際上不啻為「新」家園，如同林海音在《綠藻與鹹蛋》的序中吐露出對於第一故鄉的陌生之感，呈現在臺灣這塊土地上初步摸索的過程：

> 因為自幼在北平長大，雖說回到故鄉，卻要處處從頭認識，又因為換了一種生活環境，在新鮮與好奇的心情下，隨手拈來的寫作題材，不是身邊瑣事的生活趣味，就是第一、二故鄉的風物緬懷。

第一、二故鄉在林海音生命中占有重要的地位，也涵蓋不同階段的書寫特色。《兩地》中的「北平漫筆」，是源於林海音生命基調所譜寫的故鄉之歌，她讓北平城南的風景歷歷再現，從〈秋的氣味〉飄散出西單牌樓炒栗子的香和牛羊肉的羶、〈男人的禁地〉標誌出做婦女生意的店鋪、〈藍布褂〉呈現純樸北方藍布的風姿、〈看華表〉、〈文津街〉中對北京的地景進行白描，在〈一張地圖〉中，林海音喜獲友人帶來一張嶄新的北平全圖，無限眷慕地說：「客人走後，家人睡了，我又獨自展開了地圖，細細的看著每條街，每條胡同，回憶是無法記出詳細年月的，常常會由一條小胡同，一個不相干的感觸，把思路牽回到自己的童年，想起我的住屋，我的小床，我的玩具和伴侶，……一環跟著一環，故事既無關係，年月也不啣接，思想就是這個奇妙的東西。」這些充滿情感的「城南舊事」，還原為反覆吟唱的「京華煙雲」，於讀者心中烙下深刻的印象。

當林海音重返故鄉時臺灣旅居大陸人士所俗稱的「半山」就成為形構她身分的重要元素，〈光復以後〉對於這樣的流離之苦有具體的描繪：

> 故鄉對於我當然是一個美麗的影子，我們卻絕少在人們面前提到她。因為凡生活在大陸上的臺人，都是不甘心做日人的奴隸才回到祖國，但是又有些人偏偏不拿你當中國人看待，臺大教授洪炎秋在北平談故鄉，故鄉在四周環海的土地上，不舉出她的名字：「因為她在這年頭兒，是處在一種左右做人難，各方不討好，無處不受歧視，無不被猜忌的那一觸霉頭，那麼可憐的遭遇，何必說明她，來受蹧蹋。」

〈半山還鄉記〉呈現出日治時期居留在中國的臺灣人離鄉背井的處境，被日本人和中國人猜疑，不能以臺灣人自居，要自稱福建人以求存，這與吳濁流所創造的「孤兒意識」之原型相呼應，其中，林海音描述姪子們對於「唐山阿姨」抱持著「敬鬼神而遠之」的態度，刻畫出幽微的心緒。漂泊經驗造成林海音的雙重身分，她既是過往居留在中國的「他者」，又是土生土長臺灣人眼中的「異類」：「頃讀雷馬克的《流亡曲》，描寫無國籍的難民整年過著被放逐的生活，走遍了歐洲的國家，總是在那個國度的邊境上被送來送去，誰也不收留。那麼在體味一下自己『半山』的身分，也不禁啞然失笑了。」「半山」之於臺灣人認同主體「既內而外」的矛盾，林海音反覆質詰鄉關何處：「回家，我的家在那裡呀？北平的家搬得一毛無存，到臺灣又來做『半山』，在這茫茫的大地上故鄉在那裡呢？」從林海音吐露的話語，讓我們重新思索「集多種身分於一身」的「半山」在認同、歸屬之間錯綜複雜的處境。

視角投射於臺灣本土：重探風土民俗與鄉土小說

夏祖麗在《從城南走來：林海音傳》中刻畫林海音在戰後初期至一九五〇年代文壇上相當活躍的身姿，提到從一九四九年到一九五二年之間，林海音一共發表近三百篇文章，這些筆觸純樸、態度客觀、敘事明朗的散文，在當時引起不少迴響。夏祖麗細膩呈現林海音剛回到臺灣時為認識自己的家鄉而投注的努力，一是提到林海音到省立博物館參閱資料，特地摘錄日文版的《民俗臺灣》作為參考，也在鴻儒堂高價購買日本作家池田敏雄所撰述的《臺灣家庭生活》；一是林海音參加由臺灣青年文化協會舉辦的「夏季鄉土史講座」，是唯一的女學員，也從中吸收許多臺灣史的資訊。

林海音於主編《國語日報・周末》自五十三期（1949.12.3）至三〇一期（1954.10.24）期間，以英、海音、阿英為筆名，書寫大量描繪臺灣風土民俗的小文，包括歷史、地理、社會、風俗、物產等面向，呈現出臺灣的自然景觀、風俗民情與產物，其中植物如臺灣香花、相思仔、竹、榕樹公；名產如新竹白粉、虱目魚、珊瑚、臺南「度小月」；地方如臺北溫泉漫寫、艋舺、二百年前的北投、鶯歌的故事、阿里山的天天池；民俗如冬生娘仔、燒金、媽祖生、迎媽祖、媽祖和臺灣的神、午時水和扒龍船、過七月、臺灣的灶君、過年的準備；俚語如鱸鰻和流氓、學臺灣話的歪路；原住民文化如出草等。這些介紹臺灣風物的散文，一方面強調臺灣文化與中國文化的互動，一方面探討立基於臺灣歷史經驗的風土民俗，刻畫在地方言，反映臺灣社會獨特的人文色彩，如〈臺灣的香花〉中以：「有人說臺灣是個『花不香，鳥不語』的地方，後者我也頗具同感；說『花不香』，我卻難同意。

臺灣的香花我可以舉出許多種，而且都是常見的。」並舉玉蘭、夜百合、含笑、茉莉花、素馨等臺灣香花為例，來加以說明。〈午時水和扒龍船〉中，林海音特別報導臺灣除了包粽子以外，和內地不同的風俗，引用臺灣俗諺：「插榕較勇龍，插艾較強健」，描繪出臺灣人家家戶戶在門口掛上菖蒲和榕樹枝，也以「食菜豆食較老老老，食茄較雀躍」和「食桃肥，食李美」等俗語，來提示出臺灣人於端午節要吃的幾樣食物。這些民俗小文深入淺出地剖析臺灣民俗，也頗能與想像中的外省讀者進行互動，巧妙地開啟異文化交融與對話的契機。

林海音完成於一九五〇年代的著作《冬青樹》與《綠藻與鹹蛋》，內容聚焦於臺灣社會的人情世態，與一般市井小民的生活點滴。〈要喝冰水嗎？〉，以臺灣本省籍菜農為書寫對象，透過闊嘴仔阿伯的回憶，刻畫出中下階層的勞苦生活，與望子成龍的卑微心願。〈要喝冰水嗎？〉被呂正惠視為：「小說質樸的鄉土色彩，如果不說是林海音寫的，恐怕可以放進去黃春明的作品集中。」，小說結局充滿無限想像，當兒子阿榮踏出試場時，闊嘴仔阿伯被排拒在一群學生之外，只能以「要喝冰水嗎？」，來展現對兒子的關心，小說到此煞然而止，帶給我們的是「沒有知識」的闊嘴仔阿伯對於融入阿榮世界的挫折。〈鳥仔卦〉鎖定帶著卜鳥仔卦的算命先生，輾轉流徙於各鄉鎮間，卻因生意凋敝，連三餐都無以為繼，好不容易遇到一位對算命有興趣的苦命女子，算命先生逮住機會，最後不僅無法從這位餐風露宿的女子身上拿到喜金，又被鳥店老闆當成偷竊的嫌疑犯，送進了拘留所。小說的結尾與開頭形成強烈的反差，開頭描述看守員不顧算命先生的請託，誤放籠子鳥，結尾刻畫算命先生呆望著窗外的藍天，渴望遼闊的天地與憧憬美麗的未來，具有寓言風格：

在窗前，他忽然瞥見一個小黑影掠空而過，他知道到那就是被放出籠的迷途小鳥，還滿心的盤算著，他和小文鳥下一站的旅程會在什麼地方落腳？

林海音透過鄉土小說，將目光投射到臺灣本土，特別著眼於本省籍小人物生存的「現實」，透過個人抒情式懷想，對於鄉土小人物的生活困境充滿同情，並試圖從邊緣人物身上萃取出人性之價值。

平凡中的「現實一種」：散文中的日常

林海音來臺初期針對一些闊太太奢華的行徑提出觀察，〈臺北屋簷下〉捕捉戰後初期臺灣島嶼的動盪不安，交織出兩種新移民女性不同的離散情境，上海闊太太因京滬緊張而來臺北，卻苦於沒有豪奢生活的享受，修築別墅式的避難所，卻又在住所甫告完成後避居上海，以求取兩個月的好光景，第一人稱主述者對此嘲諷地說：「我除了對於她的有錢，聰明和敏感表示羨服外，真是無話可說。」，主述者認為多數主婦儘管飽受窮蹙，卻在無聲中經營生活，展現出隨遇而安的生命力：

> 臺灣雖是闊人的避難場所，但是我們睜眼看看，在我們環境的周圍，究竟還是戰戰兢兢過日子的人家居多。做主婦的用盡了她的氣力，發揮了她所有的能力，來主持在邊緣上的家庭，使之飽滿、愉快……

〈臺北屋簷下〉呈現出濃厚的時代氣氛，也折射爽朗的林海音在驚甫未定之際，所體現樂觀的精神圖像。林海音在《兩地》中，透過〈吹簫的人〉側寫一段離散時代愛情的追悔，吹簫的人朱先生簫聲幽怨，傾吐出七七抗戰後因故沒有追隨先生遷徙而承受其失事的憾恨，這也促成林海音下定決心與先生何凡來臺，成就「十年相廝守」的一段佳話。

在《冬青樹》鋪寫的是「十年相廝守」的愛的故事，此一愛的故事是如此日常平淡，飽含生活感。在〈愛情的散步〉的小說中，透過第三人稱主述者的視角，從散步的片段，凝塑出可愛可戀的家之圖像。記憶中冬日北方，有雪的日子夜遊歸來的是無怨青春，而來臺後命薄如紙的薪俸袋滾動著儉省的現實，現實是她操持家庭，撫慰孩子下粗糙的手，亦是瘦弱的她堅守丈夫清廉的名譽，也是她將丈夫從誘惑懸崖中拾回，保全完整的家；而在艱苦現實的輾壓中，所幸初戀仍在，愛戀無限。在臺北街頭兩人的愛情散步中手握年終雙薪的兩人，在熱鬧市區的櫥窗中逗留，有無數想望，最後買了四個孩子的聖誕禮物，將自我的需求寄予希望之中，對於未來仍有願景。〈平凡之家〉中，第一人稱的主婦鋪寫的是樂於平凡的生活哲學，刻畫來臺兩年多在十疊半天地裡，居陋巷而不改其樂的生活態度，圍繞日常育兒的喜樂，以西諺：「聽不見孩子的哭聲的，不算是完整的家。」來加以自況，滿足於兒女繞膝的福分，回歸知足的母親形象，傳達出豁達務實的人生觀：「捉住光陰的實際，快樂而努力的過下去，不做無病呻吟，一個平凡女人的平凡生活，如此而已。」一個平凡女人的平凡生活，是〈平凡之家〉所敘寫的，文中不願放棄兒輩上床後的這一段悠閒的時間，夜讀、夜寫、夜談、夜遊，都具有無窮樂趣；亦是〈三隻醜小鴨〉所刻畫的主婦喜樂平凡小世界，三隻醜小鴨圍繞的吵鬧生活，經常上演「偉大」驚險的畫面，但當他們受外婆之邀出外時，我和他卻無法安心來上幾千字的好生意，直至孩子返家，心中才有著落，提到三隻醜小鴨又在作怪，亂成一片的聲響，電燈彷彿更光熱，文末寫到：「此刻雖一筆在手，但橋頭堡尚未拆掉，菜頭糕也未蒸熟，『熊掌與魚』教我如何能兼而得之呢！」同一時代女作家徐鍾珮也曾發出婚後女性難以兼顧工作的悲哀，提出「熊掌與魚」兩隻菜同燒，卻都燒得半生不熟的主婦宣言。

林海音書寫婚姻、愛情、家庭與孩子，是女作家在平凡中所掌握的「現實一種」，同一時代的評論家司徒衛對於《冬青樹》所提出的觀察：「作者是透過這類題材而明確地體現她的主題，或是提示一個現實的問題，而不是在空虛地藉以發抒蒼白的情感。其次，她有意義地選擇，把捉適當的生活中的瑣事作題材，而非即興式地隨手拈來。」跨域而來，回返她第一故鄉的林海音，她在艱難的生活中以敏銳的感受與細膩的筆法，直視現實，以認真的生活態度，踏實的入世精神，書寫時代的氣氛，淡淡幾筆，情景交融，這也凝塑出舒展豁然的林海音眼中所折射的時代風景，如此日常，如此雋永，如此彌新。林海音以其智慧與寬闊調和其所身處的時代，化身為一座穩固的橋，承載著時代的風景，推動著平凡家庭的喜樂與悲哀，與守護著臺灣文壇的轉變，探索前行路。

參考書目

林海音，《冬青樹》，臺北：重光文藝出版，一九五五。
林海音，《綠藻與鹹蛋》，臺北：文華出版，一九五七。
林海音，《兩地》，臺北：三民書局，一九六六。

延伸閱讀

王鈺婷，〈報導者的「中介」位置——談五〇年代林海音書寫臺灣之發言策略〉，《臺灣文學學報》第十七期，頁一三三－一五八，二〇一〇年十二月。
王鈺婷，〈想像臺灣的方法：林海音主編《國語日報・周末周刊》時期之民俗書寫及其現象研究（1949-1954）〉，《成大中文學報》第三十五期，二〇一一年十二月，頁一五五－一八二。
夏祖麗，《從城南走來：林海音傳》，臺北：遠見天下文化，二〇〇〇年。
李瑞騰主編，《霜後的燦爛——林海音及其同輩女作家學術研討會論文集》，臺南：國立文化資產保存研究中心籌備處，二〇〇三。

林海音獨照。（國立臺灣文學館典藏）

林海音與其女兒夏祖美、夏祖麗小時候合照。（國立臺灣文學館典藏）

寶島玉女：張美瑤明星形象生成的跨國路徑

王萬睿

為什麼人們需要明星？艾德嘉・莫杭（Edgar Morin）認為人類總是把慾望與憂慮投射在影像上，生活當中難免遭遇不幸，多數的人更是過著慘澹的日子，明星則是這項需要的投影。戰後臺灣，政權更迭，一九六〇年代的臺灣人民籠罩在軍事戒嚴與文化冷戰的氛圍下，或許更迫切需要銀幕上電影般的人生。張美瑤（1941-2012）是冷戰時期具有國際知名度的臺灣電影明星之一，她的演藝發展涵蓋臺語片與國語片，合作的片廠橫跨臺灣、香港與日本。

張美瑤本名張富枝，出身南投埔里，父親原本經營木材生意，但戰後初期即因經營不善倒閉，家徒四壁，張美瑤完成六年義務教育後，為了改善家中經濟環境即中斷學業，一九五四年進入製茶廠成為採茶女工。一九五七年，年僅十六歲的張美瑤在埔里鎮上大拜拜時認識了賴耀培先生，經引薦成為林摶秋玉峯影業公司的培訓演員，兩年後即主演玉峯影業的臺語片而登上大銀幕，一九六二年轉進國語片圈，一九六五年更於當紅之時出版個人傳記《電影與我》。一九六〇年代以來，無論島內島外的媒體皆普遍使用「寶島玉女」稱呼張美瑤，一方面是海外觀點的宣傳修辭，象徵來自臺灣寶島的她邁入國際影壇的身分證。二方面彰顯張美瑤「國際」影星的位置，同時呼應臺灣作為「自由中國」的隱喻。簡言之，冷戰時期的國際政治情勢與泛亞電影生產網絡是奠定張美瑤國際知名度重要的兩個條件。

明星形象的跨國路徑：臺灣、香港、日本

張美瑤之所以能大紅大紫，不能不提到兩位影壇貴人，第一位貴人是民營片廠玉峯影業林摶秋導演，他執導的臺語片《嘆煙花》上下集（1959）改編自張文環小說《藝妲之家》，乃為張美瑤初挑大梁的出道之作，隔年主演另一部佳作《錯戀》（1960），更獲二〇〇二年臺北金馬影展主辦的「經典二〇〇——最佳華語電影兩百部」唯一一部入選的

臺語片的肯定。第二位貴人是曾任臺灣電影製片廠（臺製廠）廠長龍芳（1914-1964）。龍芳因為在廣告公司的照片中發現張美瑤後驚為天人，加上獲知她臺語片的演出資歷，遂遊說她簽約加入臺製廠，成為當家花旦，迎來了演員生涯的第二個高峰，隨後十年內替臺製廠拍攝了包含《吳鳳》（1962）、《雷堡風雲》（1964）、《梨山春曉》（1967）、《小鎮春回》（1969）和《歌聲魅影》（1970）等國語片。

除了林摶秋與龍芳之外，打開張美瑤國際知名度的重要關鍵，一個是與臺製廠合作密切的香港國際電影懋業公司（簡稱電懋），第二是泛亞跨國製片網路的形成。一九五〇年代，國民黨政府便積極在香港支持右派影人與製片公司，形成右翼連線，一同抗衡中國支持的左派影業。國泰負責人陸運濤（1915-1964）自新加坡發跡，在一九五三年陸運濤透過猶太人 Albert Odell 到香港成立國際影片發行公司，發行及資助電影製作。國際影片公司在一九五六年正式接收永華，改名電影懋業公司，在香港大規模的拍攝高素質的華語電影（包括國語和粵語片），並於一九五八年之後繼續承接了亞洲公司幕前幕後的影人，更重要的是，電懋承繼了永華和亞洲在香港所開闢的一個非左翼陣營的領域，不僅提供南來影人延續他們的事業，更重要的是埋下了與臺灣公營片廠合作的伏筆。

以陸運濤為首的香港電懋公司，營運上盡力地模仿好萊塢片廠制度，包括採流水線制度生產影片、引入全年製作計畫，乃至於財政預算及劇本規劃。一九五〇年中期，片廠更已採用彩色電影攝製技術。除此之外，電懋更具有健全的明星制度。電懋成立演員訓練班，培育新人，也製造明星。電懋會為旗下明星代為接見媒體，並控制明星的私人生活，除了操控電影內容之外，還會顧及明星的公眾形象，培養出的明星包括林黛（1934-1964）、尤敏（1936-1996）、葛蘭（1933-）、林翠（1936-1995）、陳厚（1931-1970）等人。以張美瑤出借給香港電懋為例，即可以發現電懋與臺灣合作的多樣性。電懋在總經理鍾啟文（1917-1993）、製片經理宋淇（1919-1996）、導演易文的主導下，一方面出品了《星星月亮太陽》上下集（1961）等以中日抗戰為背景的愛國影片，宣揚反共意識型態；同時，屢邀臺灣影星赴港拍片，或聘請臺灣編劇汪榴照（1926-1970）參與劇本創作，使得港臺電影合作上日趨緊密。

而出身自臺語片圈的張美瑤，能從性感的酒家女搖身一變，成為反共意識型態下的聖女形象，電懋即是重要的推手之一。一九六〇年代臺灣電影市場成為香港兩大片廠邵氏與電懋對決的海外戰場，與冷戰的地緣政治脫不了關係。相較於以製作新聞片為主、劇情片為輔的臺製廠來說，能與香港電懋密切合作，不論在片廠規模、攝製技術或人才交流上，更能提升臺製廠的國際能見度。由於龍芳積極撮合臺製廠與電懋的合作，因此張美瑤始赴香港拍攝《敵後壯士血》（1964）、《諜海四壯士》（1963）、《生死關頭》（1964）、《西太后與珍妃》（1964）等片。龍芳因空難逝世後，張美瑤參與的港臺合拍片則以武俠類型片為主，如《紅衣俠女》（1968）、《大遊俠》（1968）、《青龍鎮》（1968）、《血戰八大盜》（1968）、《鬼屋麗人》（1969）、《王者神劍》（1969）等片。

張美瑤崛起於一九六〇年代的另一個重要因素，即是泛亞跨國製片網絡的形成。一九六〇年代跨國製片網絡日益成熟，於是先有臺製廠與電懋的交流，後來更延伸至日本東寶的合作。因應一九五〇年代韓戰爆發開啟了冷戰的對峙關係，讓美國將亞洲納入美國意識之中。美國面對亞洲地區中華人民共和國的共產勢力時，同一時期的盟友則是日本和香港。龍芳除了積極與電懋合作，也希望他培養的明星能進軍日本。一九六二年龍芳就曾重金禮聘日本東寶的攝影師與燈光師來臺拍攝張美瑤主演的彩色國語片《吳鳳》。這一次臺製廠與東寶成功的技術交流，奠定了臺製廠往後與香港、日本製片廠的合作關係。一九六四年臺北舉辦的亞洲影展期間，日本東寶電影公司森岩雄（1899-1979）即與龍芳洽談東寶與臺製廠的合拍片計畫，並希望能邀請張美瑤參與演出。龍芳雖因空難殉職，臺製廠的繼任廠長楊樵也繼續完成龍芳的遺志，加上電懋居中牽線，將張美瑤出借至東寶，主演《香港白薔薇》與《曼谷之夜》兩片。這個將張美瑤推向國際合拍片的計畫，其實是延續了一九六〇年代初期電懋與東寶合作的「香港」系列電影。當尤敏一九六四年息影後，張美瑤即取代而之，與她合作《香港白薔薇》的男演員寶田明（1934-）與《曼谷之夜》的導演千葉泰樹（1910-1985），皆是「香港」系列電影的班底。在「文化冷戰」的策略下，臺灣公營片廠的海外合作不只有香港，也延伸至日本，形成一個泛亞跨國製片網絡。換句話說，「臺－港－日」電影製作上的跨國邊界、敘事上的多語競爭，影片多元類型的生產，皆因「文化冷戰」導致地緣政治的重構。因此，張美瑤不僅是「在地／臺灣」的寶島玉女，也是「跨國／亞洲」的寶島玉女。

銀幕形象的變奏：臺語片、國語片、跨國電影

《丈夫的祕密》（1965）是《錯戀》二次上映的修剪版，也是目前尚存的一部張美瑤主演的臺語片。她在片中飾演女主角麗雲，因遇人不淑遭前夫遺棄，帶著兒子巧遇中學同學秋薇（吳麗芬飾），才發現秋薇的丈夫守義（張潘陽飾）竟是麗雲的舊情人。為扶養和前夫生下的兒子，麗雲只能到酒家上班，竟意外與守義重逢，兩人一夜纏綿後，麗雲卻發現自己有了身孕，對秋薇滿懷歉意。秋薇獲知真相後痛苦萬分，最後旁人協調決定麗雲生

產後把孩子送給秋薇。半年後麗雲和其子在圓通寺遇到改過自新的前夫，重新回歸家庭。在這個故事裡，麗雲總在男人的關卡上跌跤，但性格堅強的她，儘管物質生活貧苦，但也建立了不需要依附男性、獨立扶養兒子、經濟自主的女性角色。雖然林摶秋影片中也有來自古典好萊塢傳統影響下，男性窺視女性身體的鏡頭，張美瑤的性感身體成為陽性觀眾慾望的客體；但另一方面林摶秋也給了她展現細膩情感的表演空間，包括麗雲與秋薇的女性情誼，以及詮釋底層女性主體對自身情慾的追求，特別是她與守義重逢後豐富的情感層次表現。

張美瑤擔綱演出的第一部國語片為《吳鳳》，由卜萬蒼執導，臺製廠出品。獨挑大梁演出女主角薩妲蘭的張美瑤，身為臺製廠力捧新星，扮演一位臣服漢人文化「進步性」的原住民協力者角色，烘托吳鳳作為漢人身分的族群優位性，但《吳鳳》卻是張美瑤演藝生涯自臺語片轉向國語片的關鍵。片中張美瑤飾演一個漢化成功的原住民女性薩妲蘭，無父無母，因生了一場重病未癒，被族人認為邪靈附身，而被綁在樹上鞭打，無家可歸。路過的吳鳳（王引飾）將她救下醫治，因此薩妲蘭認吳鳳為義父，隨侍在側。當吳鳳希望原住民能廢除獵殺人頭來祈禱豐收的習俗，最後卻捨生取義。因為《吳鳳》一砲而紅的張美瑤，從臺語片性感的「酒家女」形象搖身一變，成為支持民族神話符碼——吳鳳的「義女」。大銀幕上薩妲蘭最終「被消失的」原住民少女形象，不僅是影片中作為漢人吳鳳義女的角色設定，更給予作為「定居殖民者」的漢人吳鳳，一個合法治理的成功象徵。因此，「義女」成為了接合（articulate）「民族大義」的角色。然而正因為《吳鳳》在官方媒體操作下賣座不差，讓張美瑤一夕成為臺製廠的頭號女星，於是開啟她走向國際影壇的跨國路徑，「寶島玉女」除了文化冷戰的戰略意義，也有泛亞片場網絡下的商業賣點。

臺灣官方自一九五三年啟動的「影業即國業」的政策思維，一九六二年開始為拉攏香港影業，推動相關政策，包括管制外片措施、輔導設置國語影片貸款辦法，以及國語影片獎勵辦法。電懋出品、易文指導的《星星月亮太陽》上下集獲得第一屆金馬獎最佳劇情片，開啟了電懋在臺灣的知名度，也帶動了戰爭文藝類型片風潮。張美瑤參與演出的《諜海四壯士》一九六三年於香港上映，本片改編自小說《中日間諜戰》，此片更獲得一九六五年第三屆臺灣金馬獎最佳編劇及最佳發揚民族精神特別獎。以目前現存張美瑤主演的影片《敵後壯士血》與《雷堡風雲》為例，兩部片乃是具有反共意識的抗戰電影，前者為喪父卻智勇雙全的孤女，後者為支持抗日且貞潔的寡婦。相較臺語片的性感裝扮，《敵後壯士血》與《雷堡風雲》中的張美瑤皆以俐落短髮、長衫褲裝的英挺扮裝現身。張美瑤獨獲青睞，於港臺合拍的抗戰電影中擔綱女主角，除了她身為「寶島玉女」的聲望，更可以將她國語片時期的明星形象視為「文化冷戰」的後勤裝置。

張美瑤此時所參與的抗戰文藝電影，乃是透過電影敘事企圖駁斥中共捏造的抗日戰功，扭曲抗戰史實。《雷堡風雲》拍畢，失去陸運濤的電懋改組為國泰，與東寶和臺製廠合作了《香港白薔薇》和《曼谷之夜》，延續過去電懋和東寶合作的默契，都以日本導演搭配男主角日本演員與女主角中國演員的模式，女主角則由張美瑤取代「香港」系列的香港女星尤敏。諜報片《香港白薔薇》中，張美瑤飾演香港財閥的女兒，而《曼谷之夜》則是飾演放棄窮醫師的千金小姐。邱淑婷認為這兩部合拍片乃屬當時風靡歐美的「異國鴛鴦片」，大多安排了因為女方身分問題或道德枷鎖導致有情人不能終成眷屬的結局。

一九六〇年代臺港的電影交流，可視為亞洲「文化冷戰」的歷史脈絡，韓戰與越戰加速了全球左右政治版圖的分裂，由東北亞跨越至東南亞的跨域震盪，間接導致香港影壇左右翼鬥爭，兩岸國共對峙的政治情勢主導了臺港兩地影壇的合作與交流。作為臺製廠第一位簽約的臺語片演員張美瑤，不是以臺語片明星輸入香港影壇，反而是透過香港電懋與臺製廠國語片的跨國合作，成為一九六〇年代初臺灣傾官方之力輸出香港的跨國女明星。此外，不能忽略張美瑤銀幕形象的轉變軌跡，除了臺語片中性感的酒家女形象之外，也扮演了國語片中象徵中國民族主義抗日聖女造型。張美瑤自臺語片的潛力新星，轉向冷戰動員的協力形象，曾讓她從濃厚的地域色彩與草根性，躍升東亞右翼／反共體潛意識的後勤工具，最終成為類型電影的百變女星。明星神格化的過程幾乎都發生在女明星身上，因為在主流的性別意識型態語境中，她們往往最容易被塑造、被理想化，卻也最不真實。張美瑤跨國明星形象的生成，正是在「文化冷戰」的時空脈絡下，透過泛亞跨國製片網絡形塑了另類的女性銀幕魅力。

參考書目

艾德嘉．莫杭（Edgar Morin），《大明星：慾望、迷戀、現代神話》，臺北：群學出版，二〇一二。

邱淑婷，《港日電影關係：尋找亞洲電影網絡之源》，香港：天地圖書，二〇〇六。

徐叡美，《製作「友達」：戰後臺灣電影中的日本（1950s-1960s）》，臺北：稻鄉出版，二〇一二。

張美瑤，《電影與我》，臺南：中華日報，一九六五。

黃愛玲編，《國泰故事》，香港：香港電影資料館，二〇一八。

延伸閱讀

王萬睿，〈冷戰玉女：張美瑤明星形象的生成軌跡〉，《藝術學研究》第二八期，二〇二一，頁一二五－一五九。
王君琦主編，《百變千幻不思議：臺語片的混血與轉化》，臺北：國家電影中心，二〇一七。
麥欣恩，《冷戰時期香港電懋影片的「另類改編」與重拍》，香港：中華書局，二〇一九。
黃愛玲、李培德編，《冷戰與香港電影》，香港：香港電影資料館，二〇〇九。
蘇致亨，《毋甘願的電影史：曾經，臺灣有個好萊塢》，臺北：春山出版，二〇二〇。

《丈夫的祕密》（原名：錯戀）印刷劇照。（國家電影及視聽文化中心典藏）

飄移過海與從南方來：陳又津的家族與跨域書寫

李淑君

海是我們父母來的地方

海是我們父母來的地方，季風吹動亞洲的移民遷徙。
榮民與華人，男人和女人，這兩股歷史究竟是如何結合起來的？
——陳又津《準臺北人》

陳又津一九八六年出生於三重，出版《少女忽必烈》（2014）、《準臺北人》（2015）、《跨界通訊》（2018）、《新手作家求生指南》（2018）、《我媽的寶就是我》（2020）、

《我有結婚病》（2022）、合著《說他們的故事　讓我們改變——移工、新住民與臺灣律師生命交會的絢爛花火》（2016）等書，其著作勤奮為重要的千禧世代作家。《少女忽必烈》以挑戰體制的忽必烈交織都市更新、城市遊民的議題；《我有結婚病》則關注婚戀關係下的女性所面臨以及想逃離的社會框架；《準臺北人》、《我媽的寶就是我》則貼近自身生命經驗，寫下移民父母、混血二代的故事；《跨界通訊》則以生死越界通訊呈現老榮民的故事。不論小說、散文、紀實報導，陳又津筆下都隱藏著三重、印尼、中國大陸的多重地方感，訴說的是臺灣這塊土地兼容並蓄、海納百川的移民文化。

一九九〇年代的臺灣，族群的分布開始產生挪動位移。來自東南亞的婚姻移民從「外籍新娘」、「外籍配偶」、「新移民」、到「新住民」一路更名，看見他者命名、自我更名、到自我正名具主體辨識、認知與命名方式。然而，在一九七〇、一九八〇年代臺灣社會，便有不少東南亞女性與中國大陸老兵共組家庭，並養育兼具外省第二代與新移民第二代的子女。陳又津《準臺北人》中提到：

> 一九六〇到七〇年代，跨國婚姻業者將臺灣女性婚介到歐美、日本，同時將泰國、印尼的女性媒介到臺灣。一九七〇年代末到一九八〇年代初期，部分東南亞歸僑將印

尼、菲律賓、泰國、馬來西亞的女性介紹給退伍老兵。

我們需要將新移民的歷史再向前推移二、三十年。陳又津筆下，便書寫一九八〇年後來自東南亞的女性、一九四九來自中國大陸的男性、一九八〇前後出生的新二代與外省二代的故事。

以母系東南亞視角來說，陳又津是新住民第二代；以父系大陸外省視角來說，陳又津為外省第二代。在二十年前，「新二代」一詞尚未出現前，與陳又津同樣生命經驗的人，勢必以父系系譜命名為「外省第二代」。陳又津在受訪時便提到二十歲前，依照父親的籍貫自認為外省人，直到大學畢業後，才主動說明自己是跨國婚姻子女。然而，外省第二代無法涵蓋跨國婚姻子女的複數經驗，一直到「新二代」一詞的出現，才有了另一種標籤與辨識的方式。陳又津說著：「我這樣的孩子學名叫跨國婚姻子女，又名新臺灣之子，最可親的稱呼是新移民二代，簡稱『新二代』」。《準臺北人》便是書寫外省二代加上新二代的書籍，移民遷徙說的正是「海是我們父母來的地方」。

從南方來與飄洋過海——老兵父親與華僑母親

陳又津在《準臺北人》、《我媽的寶就是我》都著墨不少在母親的故事上。在尚未出現「外籍新娘」、「外籍配偶」、「新移民」、「新住民」的二十年前，陳又津經常會面對一個問題，那便是「你媽媽是外勞嗎？」來自印尼的華僑母親，從口音、生活、日常的差異而被區分為「非臺灣人」，而東南亞的「非臺灣人」所對應的僅有「外勞」的想像，跨越國界飄洋過海，面對的經常是不被理解、生命經驗被簡化、被單一的刻板印象。詹閔旭也評論「《準臺北人》這一本作品細膩描述異質（東南亞）文化VS.標準（中華）文化之間的緊張關係」。然而，其母親那時代從東南亞到臺灣的移民們，經歷過海外逃難、臺灣經濟起飛、家庭即工廠的女工世代。

陳又津母親出生在印尼的客家聚落，為求生存自小投入各式勞動當中，從灑水種菜、養豬拔草皆有其勞動身影，成長過程遇上反共大清洗而逃難，並在雅加達成衣工廠擔任女工：

我的外曾祖父從廣東梅縣移民到加里曼丹，在我外祖父那一代卻遭遇排華暴動，而我母親在加里曼丹出生，在雅加達工作，跟著當時的風潮嫁到臺灣，她從來不知道伊拉克那邊有戰爭，只知道雅加達隨時可能暴動。

她還是孩子的時候，差點搭上往上海的船，那時大伯一家先走，兄弟倆約定了隨後就到，結果等不到下一班船，清共暴動先來了。全家人離開了橡膠園和田地，輾轉投奔城裡的親戚。

後遷徙到臺灣的母親做過家庭手工、麵店工作等勞動。客廳堆滿裝零件的麻布袋，忙著做手工。在《準臺北人》中，母親在家庭工廠踩著縫衣機，賺取小孩的奶粉錢。在家庭即工廠的時代，一群女工撐起臺灣經濟一片天，混雜在其中的女性，就有來自東南亞的新一代移民。陳又津的父親母親彷彿為「平行線的愛情」，日常生活中各煮各的，父親與老鄉用餐；母親與陳又津吃飯。很少看書對讀書不太有興趣的母親，卻注意「跟她像平行線一樣的男人很喜歡讀書」。

陳又津將來自印尼的母親、來自中國大陸的父親，寫入虛構與非虛構的創作之中。《準臺北人》、《跨界通訊》都明寫或隱藏著從中國大陸飄洋過海的父親經歷。《跨界通訊》描述四十七位一九四九年前後從撤退來臺的老兵，成立「榮民四七」的聊天室。四十多位超過八十歲的老榮民，決定遊覽車環島並集體生命終結的故事，隱藏著對於父親一輩的書寫。《準臺北人》一開場就是父親的離世。陳又津追溯父親一生的足跡。一九二八年出生的父親，在一九四九年來到臺灣後的：

> 一九四九年，父親二十一歲，他已經有了一個老婆，年紀比他稍長兩歲，婚後沒多久父親就去了臺灣，夫妻從此分隔兩地不曾見面。父親七十歲的時候回福建老家，聽說她改嫁，生了三個兒子，婚姻也平安幸福，父親託人送了點錢去，但兩人始終不曾碰面。

兩岸分隔的故事，一別甚至是永別的悲劇，在眷村文學、老兵文學、離散書寫中各有殊異，卻共享了一個苦難的時代。陳又津說著：倘若沒有戰爭，父親可能會比較接近黝黑瘦小的漁民。然而，平行時空的另一種可能，卻在歷史的浪濤中沖散。「他必然和他同時代的人一樣，有著平凡的願望，希望戰爭結束、平安回家，還有成家立業。」當他在臺灣另組家庭成為父時，比其他人晚了二三十年。

經歷逃難的父親，逃難的經驗與遷徙的命運，似乎也影響著父親的性格。陳又津父親曾在海邊討生活、曾當兵、當董事長和做餅，最後是撿破爛。他經常撿拾垃圾回家，〈撿破爛〉一文寫著父親：

父親的確在撿破爛。

每天下班回家，他都會翻找路旁的垃圾堆，帶回被雨淋溼的紙箱、一整落捆好的過期報紙、還沒被壓扁的鋁罐和寶特瓶，這些都可以拿去賣；或是乾淨的衣服、發條斷了的玩具車、寫著友誼長存的風鈴、別人畢業不要的制服和運動外套。有時父親搬回一張破沙發、桌子或藤椅、舊電視，才發現東西壞了，他維修的錢往往比買新的還多。偶爾垃圾堆裡藏有破裂的碗盤、日光燈管或酒瓶、刀片，但我從來沒有見過父親戴過手套。

破敗、棄置的物品，都有其可貴之處，物品隱喻著一九四九年逃難來臺的移民生命經驗。陳又津父親甚至有時候撿狗、撿同鄉老兵回家，流浪狗、同鄉老兵與廢棄物，同樣需要安身之所，陳又津父親給予這些被遺忘的人／物一個安身之所，如同他自身所需。陳又津書寫父親也寫出那一輩人的孤獨與落寞：「我的父親在家很少說話，偶爾咕噥沒人聽得懂得福州話，在二十一世紀還會轉開華視看國劇。」父親有生之年，陳又津彷彿與父親隔了一層，是關於語言的，關於時代，關於世代。陳又津女兒聽不懂他那帶有濃厚福州腔的國語，這是語言上隔了一層。陳又津在書寫過程，重返父親的生命經歷：

一九四九年，這是那段時間的最大公約數，我對這了解得不多，因為父親沒說過他何時來到臺灣，急行軍的時候腳底是否磨出了血泡，前往基隆的船艙底下漂浮怎樣的嘔吐惡臭，同船都是些怎樣的人……

這是關於時代的隔閡。但陳又津的書寫，一次又一次的靠近父親。小說中已故老兵的喪禮上，陳又津寫著：「或許有人問過，這些老兵是否想回大陸落葉歸根？但我爸大概會說，就算回家，父母早就不在，撒進海裡也好。」老家人事已非，那究竟家是什麼，家在哪裡？《跨界通訊》寫著「我爸這一代人，大概都想回老家吧」。《準臺北人》：「父親在這世上的直系親屬，除了我之外沒有別人。在這塊土地之上，我們這個家族上且沒有親人埋在這裡。」究竟是落地生根或是落葉歸根？《我媽的寶就是我》給了一則隱喻：「後院的荒地要蓋大樓時，我爸留下的合歡花生得高大，撐破盆栽往下扎了根，帶不走，只好砍了插枝再種。」「只要長得夠久，說不定也可能變成一棵大樹。」日久樹能扎根，究竟落葉歸根或是落地生根？日久他鄉也許便是故鄉了。

混血兒的母系與移民追尋

陳又津是「混血兒」。是混大陸與印尼的「混血兒」。

儘管混血兒陳又津說聽不懂父親的福州話，也不懂母親的印尼語，然而，她透過一次又一次書寫，一次又一次返鄉，貼進父輩、母輩。

陳又津〈回家〉提及：「我五歲跟母親第一次回到印尼」。首次離返，也種下日後持續追尋母系遷徙的種子。母系系譜從廣東遷徙到加里曼丹、加里曼丹到雅加達、雅加達到臺灣，為了生存、為了逃難、為了更好的生活而展開世代的遷徙。在此遷徙過程，移民女性身上烙印、銘刻著多重的地方感，說著印尼口音的客家話，透露著多重遷徙的歷史。

多重遷徙的歷史卻有意味著多重邊緣的處境。陳又津追溯母親的遷徙歷史，得知大批的政治難民遷徙到雅加達，但政府實施長達三十多年的排華政策。禁止華文、關閉華文學校、停刊華文報紙。母親講電話的時候都用客家話，不在雅加達長大也不太會講印尼語。

母親在印尼成為非我族的他者；然而，來到臺灣後又再次成為非臺灣人的他者。

陳又津書寫母親經常面對左鄰右舍提問「她是印尼來的」，我族／他族、臺灣／印尼的非此即彼的區分被建立起來，然而，臺灣／印尼的邊界並非一刀二分，更多的是人群、文化、生活的交互移動與影響。此種區分也諧趣地會出現在陳又津母親口中，當她話語出現「臺灣人」一詞時，經常是負面的評價，藉此區分自身與未曾移動的臺灣人的差異性。一九八〇年代最早一批的東南亞婚姻移民女性：

一九八五年，我出生前一年。母親二十九歲。

說到印尼，第一個可能會想到「外勞」，直到我讀研究所，才知道這些只買單程機票的女孩，從事的職業叫做新娘——比家務移工更古老的行業。

買賣婚姻不一定個個幸福，但也不比自由戀愛更加不幸。

我的母親拿觀光簽證來臺灣，一邊在串珠工廠工作，一邊尋找合適的結婚人選，跟其他女孩不一樣的是，她自己收下聘金，而不是交給仲介。因為那張單程機票是她自己買的，光是這樣就花掉她所有積蓄，據說那些黃金足以在印尼首都雅加達買間房子。

她手裡握著兩樣籌碼，有限的青春和居留的時間，她必須在這段期間之內，一眼辨別相親對象的斤兩，迅速、果決、不能出錯，因為賭下去就是自己的一生。

陳又津筆下，二十九歲的母親將自己的婚姻、所有的積蓄下注在五十九歲的父親身上，是一場賭注、一場冒險、也是勇氣的展現。若說在印尼遇上動亂而逃難，是一場被動的移動；拿觀光簽證來臺灣自覓婚姻的遷徙，則是一場女性能動的展現。母親從此有了「新的國家、新的語言、新的生活」。

遷徙與跨域，也影響陳又津關切移工、新二代的紀實報導。在《說他們的故事 讓我們改變——移工、新住民與臺灣律師生命交會的絢爛花火》一書，寫下一九八七年，從印尼棉蘭到臺灣做工的阿財。二十一歲的阿財來到臺灣洗衣廠工作，卻遇上老闆跑了，阿財沒有拿回護照，在臺灣落地生根。二〇一五年，阿財遭管區警察送到收容所，欲送回印尼的故事。阿財的生命在陳又津筆下，對應印尼華僑、退伍老兵、泰緬孤軍這些跨海移動，互盪著生命的共鳴。除了對移民議題的關切，女性移民的書寫時時回應母親身影的追尋，如《我有結婚病》筆下不乏新移民母親的角色；《新手作家求生指南》也藏著母親的身影：「小時候，媽媽會在我的作文登上校刊的時候，認真的稱讚，雖然她根本不知道校刊是什麼東西。她會在我得到校內文學獎的時候，第一時間代我去郵局兌領支票，等待三天之後才會進入我帳戶的數字。一個母語不是普通話的異鄉女性，她的小孩終於可以不用像她一樣，因為語言的關係被指責為不是臺灣人。」移民女性面臨語言、文化的排除，混血第二代陳又津對於移民與母系的追尋呈現在書寫中，正回應她在《準臺北人》中所言：「海是我們父母來的地方，季風吹動亞洲的移民遷徙。」

參考書目

陳又津，《我有結婚病》，臺北：三采文化，二〇二二。

陳又津，《我媽的寶就是我》，臺北：悅知文化，二〇二〇。

陳又津，《新手作家求生指南》，新北：印刻文學，二〇一八。

陳又津，《準臺北人》，新北：印刻文學，二〇一五。

陳又津，《跨界通訊》，新北：印刻文學，二〇一八。

詹閔旭，〈南方與多元文化：二十一世紀初臺灣千禧世代作家的南方論述新貌〉，《中國現代文學》第四十一期，二〇二二年三月，頁四五—六六。

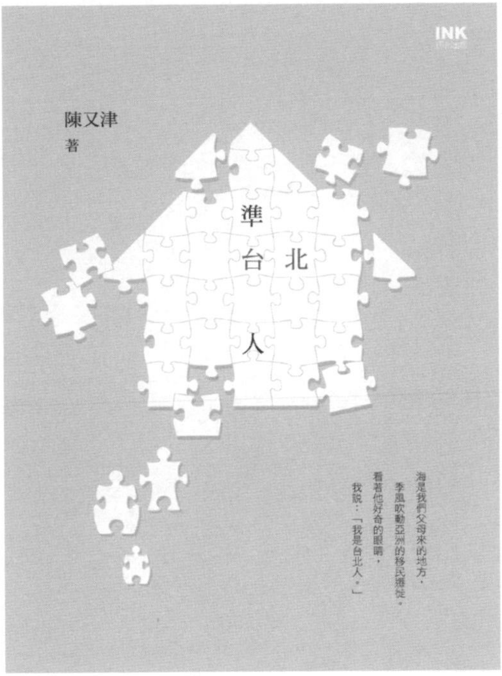

陳又津著，《準臺北人》書影。（印刻文學提供）

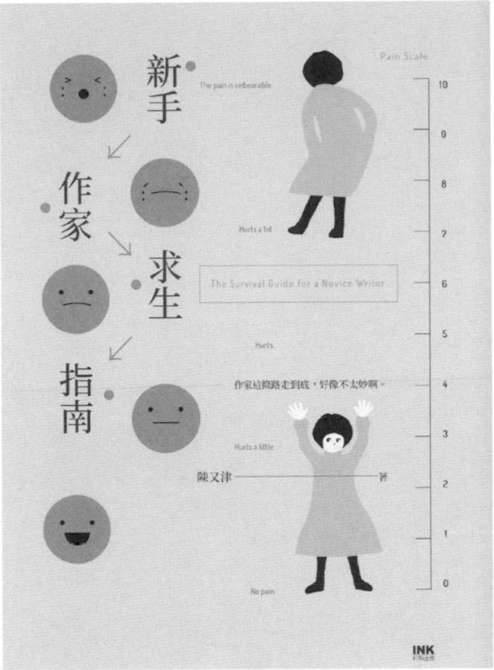

陳又津著，《新手作家求生指南》書影。（印刻文學提供）

陳又津著，《跨界通訊》書影。（印刻文學提供）

第三章　東方駐覽

敘述童年的方法：二戰與歐陽子

天神裕子

歐陽子，本名洪智惠，本籍臺灣南投縣草屯，一九三九年四月五日出生於日本廣島。在臺灣文學史上，歐陽子的名字與現代主義文學畫上等號，她一九六〇年念臺大外文系二年級時，和白先勇、陳若曦、王文興等同學們一起創刊《現代文學》，它是六〇年代臺灣文壇上代表現代主義的著名刊物，揭開臺灣文學的新一頁。

少有人知，歐陽子在廣島出生後，一歲到六歲在日本岡山度過童年，她父親是岡山法院的法官，一家人經驗了日本二戰末期的糧食克難時期，又遭到岡山大空襲而九死一生。因為種種原因，歐陽子將她岡山的童年記憶，封鎖在心裡，直到二〇一五年才發表了〈日本童年的回憶〉一文。在這長達四萬字的文章裡，她詳細敘述洪家在日本的二戰經驗，比如，他父親洪遜欣的家庭與時代背景，飢餓與克難的岡山生活，岡山大空襲，洪家避難小村矢原的鄉下生活，日本投降之後的情況，日本敗戰後臺灣人的身分大翻轉，父親對二戰史事的隨想，以及回臺灣的路程等。

洪家本來是十七世紀從福建漳州東渡來臺灣中部草屯的書香門第，並開闢了興旺的大農莊。父親洪遜欣於一九一四年出生時，臺灣已成為日本的殖民地，父親身為日本統治期的臺灣菁英，進入臺北高等學校，而後再到東京帝國大學法務部念書，以優異的成績通過考試，並獲得日本法官的職位。一九四〇年父親被分配到岡山地方法院任職，正式成為日本的司法官，母親，姊姊美惠，智惠，由紀子一家人搬到岡山市區的丸龜町。

岡山是規模中等的都市，旭川河流經，河西邊就是岡山的市中心，洪家住的丸龜町也在那兒。旭川東邊有日本三大公園之稱的後樂園，歐陽子隱約記得，有天一家人在後樂園的草坪裡野餐，那時小妹妹悠紀子大概一歲多，她把飯糰用力一丟，讓它滾下斜坡，她們看著哈哈大笑。後來再也不能笑這種事了，因為太平洋戰爭日本開始敗退，日本國內進入克難狀態，禁止一切的娛樂，糧食日益嚴緊。在這克難時期，父親儘管瘦了三十多公斤，堅守法官信念的他堅持不吃黑市米。戰爭末兩年為了補充缺糧，法官也種田，父親親自種了很多蔬菜，他種的臺灣花生生長蓬勃，在同事們中間很受歡迎。一九四四年六月二十八日的岡山大空襲，按岡山市空襲紀念館的紀錄，整個市區都為美軍攻擊的目標，歐陽子〈回憶〉裡提起當天夜裡她感冒發燒，父親夜裡十二點多想給她吃藥，一起來忽然聽到屋外傳來奇怪的聲音。呼——沙沙沙——咚！她昏沉沉坐起來，便見房間的大窗外，漫天都是火。那時四妹朋子一出生，未足歲，母親把朋子緊綁自己背上，阿姊仔就背智惠，三歲半的由紀子，和姊姊美惠自己逃走。

她們一家人一直往北走，部分人到後樂園逃避，沒想到美機轟炸緊追而來，死傷慘重。洪家幸虧能逃出火獄，後來一家人跑到岡山郊外的矢原大森諫治先生家避難。父親透過臺灣留學生認識大森，大森的女兒八重子曾經得了腎臟病，必須在岡山治療，在岡山洪家接受八重子，成就一段佳緣。大森家從事農業，食糧較為豐富，八重子帶來自己的米和鍋具，一介不取的母親將她帶來的米與自家食糧區分，小孩怎麼羨慕也不許偷吃。由於這樣的緣分，大森家也接受洪家避難到矢原，五歲的歐陽子初次體驗鄉下農村的生活，到矢原的第二天早上她聽到樹上的鳥鳴，覺得很新鮮。

〈回憶〉裡令人印象深刻的是日本敗戰後回來的三叔洪柳昇的故事。他在日本戰爭末期作為日兵到前線作戰，原以為是他父親來信敦促他當兵，可是後來知道這是被日本當局欺騙的信件，真相揭露後三叔對此事非常憤怒，十分喪氣，天天去岡山市作樂。三叔也曾經問姊妹你是哪國人？點醒小歐陽子去思索身分認同的議題，三叔說你不是日本人，你的國家是「吉－屋－卡－民－可－古！（用日語發音指中華民國）」，歐陽子從小在日本長大，以為自己是日本人，這是她首次知道自己是臺灣人。

歐陽子為何時隔七十年才寫出這個童年的回憶？她們一家人是在一九四六年三月回到臺灣的，智惠滿七歲，在戰前在日本社會受到尊重的父親，終戰後任教臺大法學院，他對姊妹說，現在回臺灣了，今後不准講日語，必須專心學習國語和臺語。姊妹閉口不談在日本的事，將日本之事視為禁忌了。

歐陽子在該文前言提到，首次打破禁忌的是一九七七年接受林海音二女夏祖麗的採訪，歐陽子回答家庭情況曾提到我是沒有童年的人。

但然後她試過寫童年的事，先給姊姊美惠看，並和在臺灣的父親幾次聯繫詢問當年的事，可是一九七〇年代末期，臺灣政治上還有不少限制，包括美麗島事件等，因此她的童年回憶又被擱置。然而一九七〇年代啟動臺灣人尋根的潮流，歐陽子尋找童年的旅程已然開始，她於一九七九年發表的文章中可以看到她內心所激盪的自我衝突，她當時的結論是家族根就是家人，家人所在的地方就是她依賴的所在。

再過三十八年後，歐陽子偶爾找到姊姊給她的信，這是七〇年代她向父親詢問在日本的童年往事，而這時候父母都已不在人世，姊妹也進入人生黃昏時期。歐陽子冒著失明的危險，因此她覺得寫作童年刻不容緩，歐陽子道出〈日本童年的回憶〉這個題目應該修正，不是回憶，而是記憶。她已經不追求對於童年的懷念，而是希冀把童年寫成一個紀實，其中包括二戰時期洪家在日本過的生活，與當地的日本人的結緣，為了記錄快風化的戰爭記憶而進行發表。

參考書目

歐陽子，〈日本童年的回憶〉，臺北：《印刻文學生活誌》一三七期，二〇一五年一月，頁三一－七一。

歐陽子，〈關於我自己回答夏祖麗女士的訪問移植的櫻花〉，《移植的櫻花》，臺北：爾雅出版，一九七八。

歐陽子，〈鄉土·血統·根〉，《中國時報·人間副刊》，一九七九年六月十一日。

歐陽子著，《移植的櫻花》書影。（爾雅出版提供）

重返心靈的故鄉：林文月與京都

李京珮

在七〇年代作家中，林文月具備有學者、散文家、翻譯家等多重身分。一九三三年她在上海日本租界出生，原籍是臺灣彰化人。幼時與家人居住於上海，進入專為日本人子弟設置的第八國民學校，使用的語言是日語。一九四六年太平洋戰爭結束，父親攜家返回臺灣，她在臺北老松國小重新學習中文，求學環境的轉變，使她自然具備了兩種語言能力。就讀臺大中文系時，由同學鄭清茂先生推薦，參與東方出版社少年版世界文學名著的翻譯工作，由近代日文版本譯為中文。臺大中文研究所畢業後，留校任教，與郭豫倫先生結婚，育有一子一女。

一九六九年，林文月受到臺靜農先生鼓勵，獲得國科會遴選，到京都大學人文科學研究所擔任研修員一年，預定的研究題目為「唐代文化對日本平安時代的影響」，平岡武夫教授指導。返臺後，她出版了第一本散文集、走向唐代文學對日本文學影響的比較文學研究，開始日本古典文學的翻譯工作，自此擁有了研究、創作和翻譯的「三種文筆」。京都生活，是她一生事業的轉捩點，在生命歷程中占有重要的地位。

從研究到創作：《京都一年》

身為學者，林文月的學士論文《曹氏父子及其詩》、碩士論文《謝靈運及其詩研究》，以及《山水與古典》、《澄輝集》、《中古文學論叢》等論著，研究題材集中在六朝文學。

一九六九年秋天，她初到京都，租住於左京區北白川通面臨銀閣寺疏水的木屋二樓的房間。生平第一次的異鄉獨居生活，幾乎每日前往京都大學人文科學研究所圖書館，查閱論文相關資料，甚至臺灣無法接觸的禁書。林海音談起從前在「聯副」工作，記得林文月曾投稿幾篇小品，後來到京都作研究，自己就「逼」她每月給《純文學》寫一篇散文，免得在異鄉想家想孩子。林文月認真守信，研究之餘，週末積極出遊，尋找題材，詳細觀察記述，散文創作從此成為論文之外提筆撰文的另一個空間，按時寄稿，離家的寂寞逐漸有了寄託。此一階段，她自述散文創作過程講究依據憑證，關於庭院樓閣寺院的書寫，越有名的古蹟，故事就越多，往往先寫空間，再補充這個空間的歷史故事，讓讀者清楚看到時與空。

《京都一年》一九七一年由純文學出版社發行。書中的山水景物、風俗節慶、人物故實等，引經據典標明出處，寫作方法猶是深受論文影響。〈櫻花時節觀都舞〉寫自己沉浸在觀賞祇園都舞的藝術饗宴之後，走出室外，人們醉在京都的春光裡。作者白描櫻花盛開的美景，篇末卻巧妙烘托自己的心境是不想查究人類哀榮底事、不願把任何俗務擺在心頭，寫出了由視覺印象引發內心微微激動的美感經驗。〈京都的庭園〉以細膩的筆法，說明「枯山水」的構成型態，白砂線條、奇石錯落其間的造景，推想古代貴族的風雅。苔庭上覆蓋紅葉的的斑爛淒豔，也讓作者印象深刻。寫景段落偶有一二評語穿插其間，透過視覺印象而來的觸發，文字簡練。此時她書寫景物是以客觀的態度「觀看」山水，眼前的山水可供我盡情賞玩，物是物、我是我，並非藉景抒情。〈訪桂離宮及修學院離宮〉也有類似特色，以平實的文字鋪敘描寫平安時代日本貴族模仿唐風為雅事，再解釋眼前景物帶給自己的感受：「靜對幽玄的枯山枯水，白色一片，你真的內心會有禪的意境產生，它帶給人的，與其說是眼睛的觀賞，毋寧是心靈的領悟。」〈鑒真與唐昭題寺〉在歷史背景敘述之外，兼及建築意象的描摹。她描寫寺廟屋宇的雕琢繁複，情調平靜冷冽。談到寺廟歷史與唐代文化的關聯，對照此地千年前的榮耀，則以冷筆寫空間，以熱筆寫時間。她早期創作受到謝靈運影響，承繼其記遊寫景而後巧妙轉換到抽象與情悟理的布局技巧，最明顯的部分在於寫景色彩豐富豔麗、感官印象的生動描寫。此書記述短暫出遊，或參觀古蹟文物等靜態與動態的場景，鮮明的筆觸，使人讀之有如面對佳景，文字華美穠麗。

關於創作風格的轉變，此書出版十年後，她在《遙遠》的〈後記〉回顧早期散文帶有典麗的風致：「往時寫作，喜歡鋪張掩飾，唯恐心中感知交代得不夠清楚，故而一提筆便洋洋灑灑不可收拾，《京都一年》那本記遊散文集中所收諸文，仍不脫此風。近來則自覺豪情與好奇已不如從前，寧取平實而不慕華靡，又覺得許多枝枝節節去之可矣，文章便也越寫越短，卻比較注意篇章結構與布局韻律。」《京都一年》之後，記遊相關散文已經鮮見大量鋪陳自然風光、異國風土的華麗意象，往往選擇其中最為特出的部分，以白描寫景，點染重心，每一個段落都承載了高密度的情感。她強調文字與結構的特色，可由兩個特點觀察：一是文字的凝鍊，二是篇幅的濃縮。散文的語言風格，慢慢脫離了六朝文學的氛圍。

京都作為一種方法：踏上翻譯之路

京都生活，林文月彷彿回到年少時以日語為母語的時光，乃重溫並自修更高深的日文。研究成果〈唐代文化對日本平安時代的影響——從日本遣唐使時代到白氏文集之東傳〉考察史料與文學作品，從遣唐使考、遣唐使對日本文化之貢獻切入，論述《源氏物語》與唐代文化的關係。她認為在平安初期（承和五年）之前白居易詩文單篇可能已由口頌或書寫而流傳於日本文士之間，頗受歡迎。平安時代受到白居易詩文明朗現實精神影響很深的漢詩、和歌及小說，分別是千載佳句、句題和歌及《源氏物語》，句題和歌收錄者尤其適合平安貴族文士的生活情調。

一九七三年，她將一篇在日本發表的論文譯為中文〈《源氏物語》桐壺與〈長恨歌〉〉，同時為了讀者的便利而譯出《源氏物語》第一帖〈桐壺〉。在《中外文學》刊登後，受到讀者歡迎，總編輯胡耀恆先生期望她能繼續這項重要的工作。她認為翻譯是有限的創作，必須揣摩原著的筆調與風格，每月按時交出一萬多字的譯稿，連載六十六期，從未延遲。將近六年的時間，專注於兩種文字的過渡與跨越，不能不視為生命中的龐大挑戰。其後她得知多年前豐子愷亦曾翻譯此書，兩人譯筆各有特色。翻譯和歌，她為了保留詩歌韻律且不悖離原旨，採取消極與積極的兩個努力方向：避免使用流行於日常生活的口語與歐化文法，再適時將文言字彙或文法摻入白話文之中。由譯作延伸而出的散文〈飄洋過海到東瀛的中國愛情典範〉，由《源氏物語》第一卷桐壺帝見到愛妃遺物睹物思人一事以及第四十卷光源氏悼念亡妻場景，比對紫式部如何吸取陳鴻《長恨歌傳》玄宗與貴妃七夕密誓、生離死別的情節，將其脫胎換骨，使唐代的宮闈愛情故事重現於日本平安朝廷。

《源氏物語》譯作單行本出版後，三十年來她積極從事翻譯工作。《和泉式部日記》的作者，是平安時代與紫式部、清少納言鼎足而稱為三才媛的女性作家。和泉式部以和歌記錄自己與親王的戀愛，記述女性對愛情的憂慮，在日本文學史上成為女性以和文書寫日記文學的經典之作。《枕草子》作者清少納言，此書多以回憶宮中舊事為主，透過詼諧爽朗的文字描寫感官經驗、捕捉剎那間的細緻情緒，譯者彷彿在實際生活體驗到，從文學中更深刻地看到自己的生活。《伊勢物語》是她選譯的古典文學名著中，唯一由男性作家撰寫的作品，鋪敘一位優雅的貴族男性（影射在原業平）一生戀愛的悲歡。全書真正的主角是時間，以及時間對人的影響，為讀者留下想像空間。《十三夜：樋口一葉小說選》，收錄十篇近代短篇小說。樋口一葉的創作蘊含憂國之思、民俗風尚、男女之情等，反映了明治時代日本文化思想及民眾生活。她的翻譯和創作雙線進行，如〈你的心情——致《枕草子》作者〉、〈清少納言與枕草子〉、〈H〉等，由個人趣味出發，從客觀的角度與文本對話。讀者與作者、譯者與作者之間，文學觀點建立在想像之上，想像使他們互相理解與交流。正如余光中所言，譯者在學問與功夫之外，所憑仍然是一顆敏感而溫柔的心。

採集時光的標本：散文的京都顯影

林文月散文的京都顯影，表現在審美意識上最為明顯。藉由自然景物的烘托，將人物內在心境對象化。〈關於秋天〉回憶年少時關於上海的秋天印象，多年之後在北四川路街道上放眼望去，成排的大王椰取代了當年的法國梧桐。以景物譬喻情緒，內心的印象已逐漸淡薄，是「來到」陌生的故鄉並非「回到」熟悉的故鄉。景物的變遷，引發淒涼之感。回想譯畢《源氏物語》時，收拾資料關掉燈，讓一屋子的黑暗掩蓋桌面久違的空白，走到院子裡呼吸草香和葉香：「自覺從來沒有這樣滿足過，卻也從來沒有這樣寂寞過。」她以敏銳善感的清新文字，側寫自己在夜色中微微的不安；這應當充滿成就感的時刻，卻在歡樂中隱然泛出憂思。〈風之花〉中，她望著京都難得一見的輕盈之雪，雪花飄落在摯友頭髮上；方才還讚頌著僊僊飛舞的「風之花」，一時之間卻不辨心頭的感受是讚賞還是感傷。篇末不同段落中，「有時彷彿聽見什麼人的腳步聲」句子重疊出現；顧盼回首，她想像自己與谷崎潤一郎、青木正兒、吉川幸次郎等文人學者在此相逢。自然景物的風雅優美、視覺經驗的和諧感受中，她習得並轉化了《枕草子》以隨筆形式點出自己超然物外心境的技巧。

書寫異國的友誼，她多半以疏淡的筆調「撤離自我」，依據文學的話題，將往事輕柔地分門別類歸檔。《京都一年》已有篇章敘寫師友的交往情形，此書出版三十餘年，她仍多次在散文中緬懷。〈A〉是少數具有豐富情節的篇章之一，小說筆法的穿插運用，文字裡聽得見騷動與惆悵。「我」每次相隔數年赴日，都會與京都好友料亭老闆娘A相聚。「我」身為旁觀的傾聽者，多年前在毫無心理準備的情況下，聽好友傾訴婚外情的始末，對話主導情節轉折。愛情現場的還原，在「歡愁無涯涘」中輕輕收束。人物的聲嗓和神情，重現當下的片刻和情緒的波動。她用對話重述人物，敘事聲音為文本增添無限的意義，隱喻層疊出現，對話的再現充滿了歧義性。

林文月曾經說：「京都，是我心靈的故鄉」，多次舊地重遊。一九七二年參加日本筆會舉辦的國際會議，竟有物是人非的感受。一九八〇年，應日本交流協會邀請，進行三週訪問，近鄉情怯，凝望異鄉的故地，彷彿時光靜止。九〇年代與昔日好友數度相見，面對衰老與生死議題，感傷時間的流逝。二〇〇八年，京都大學舉辦《源氏物語》千年紀念國際學術研討會，她受邀演講，重返哲學之道散步，佇立於舊居附近，回憶卻已無人分享。在咖啡館裡望著窗外流動的光影，映現了過去的自己。《源氏物語》對她而言彷彿不只是文字的，似乎更在她的記憶和身體裡。

數十年來，她在文本中頻頻回首，以深情之眼迢望京都，文字顯影了心靈的鄉愁。她書寫論文、散文和翻譯之間，享受到三種文體交互影響的愉悅。從一九七一年的《京都一年》到二〇一六年的《文字的魅力：從六朝開始散步》，她擅長「寫美好的一面」，八〇年代中期以後，逐漸褪去繁縟的文風，散文主張實踐承襲自臺靜農「澀」的創作自覺。她的散文未曾改變的是對於文化的使命感與人文關懷的意念，以及對師友情誼的珍視與感念，改變的是她的創作觀及文字風致。從典麗繁複到清和簡約，從細密堆疊到含蓄內斂，她開創了悠遠清雅的獨特風格。

參考書目

林文月，〈《京都一年》自序〉，《京都一年》，臺北：純文學出版，一九七一。
林文月，〈深秋再訪京都：《京都一年》新版代序〉，《京都一年》，臺北：三民書局，一九九六。
林文月，〈京都，我心靈的故鄉〉，《回首》，臺北：洪範書店，二〇〇四。
林文月，〈漫談京都〉，《文字的魅力：從六朝開始散步》，臺北：有鹿文化，二〇一六。
林文月，〈八十自述〉，《文字的魅力：從六朝開始散步》，臺北：有鹿文化，二〇一六。

延伸閱讀

陳芳明，〈她自己的書房——林文月的散文書寫〉，《深山夜讀》，臺北：聯合文學，二〇〇一。
陳明姿，〈林文月的文學與日本〉，《臺大日本語文研究》九期，二〇〇五年七月，頁四五－八〇。

張瑞芬，〈溫州街的書房——論林文月散文〉，《五十年來臺灣女性散文：評論篇》，臺北：麥田出版，二〇〇六。
何寄澎，〈林文月散文的特色與文學史意義〉，何寄澎編選《臺灣現當代作家研究資料彙編39：林文月》，臺南：臺灣文學館，二〇一三。

林文月著，《文字的魅力：從六朝開始散步》書影。（有鹿文化提供）

跨越時代交會在日語圈的「臺灣」與「韓國」：溫又柔與李良枝

李文茹

溫又柔（1980-）在臺北出生，三歲時隨著臺灣父母赴日旅居在日本，畢業於日本法政大學研究所。二〇一九年獲得日本文化廳長官表彰。當代日本文壇當中備受肯定的溫又柔，大學就讀期間曾接受小說家：司修、李維英雄；文學評論家：川村湊等指導。首部作品《好去好來歌》（2009，中文譯本 2014）獲得日本 Subaru 文學獎、二〇一六年《我住在日語》（中文譯本 2017）獲得第六十四屆日本隨筆作家俱樂部獎、二〇一七年〈中間的孩子們〉（中文譯本 2018）入圍第一百五十七屆芥川龍之介獎、二〇二〇年《滷肉飯的喃語》獲得第三十七屆織田作之助賞、《祝宴》也獲得野間文藝新人賞提名。其他作品還有《來福之家》（中文譯本 2014）、《機場時光》（中文譯本 2019）、《遠離「國語」》（2019）、《永遠年輕》（2022）等。其文學特色是透過跨越語言、國境、世代、時空的方式，描寫臺灣與日本、日語從過去到現在的種種無法切割的因緣交會。

中間的孩子

《來福之家》、隨筆《我住在日語》、《中間的孩子們》是初期溫又柔文學三部曲。其特色之一是描寫臺灣出生日本長大的臺灣女孩，在家庭或是日本、臺灣的生活中面臨到的語言、國籍、歷史、文化等衝擊時的內心糾葛。收錄在《來福之家》的〈好來好去歌〉女主角楊緣珠的四代家族史，描寫出臺灣與〈日本〉（近現代史）、〈日語〉（包含日治時期「國語」政策）之間濃密的歷史關係。三歲隨家人移居日本的緣珠是搖擺在日本與臺灣之間的「中間的孩子」。日本入境管理法規定，長期旅居日本的外國人都必須申辦「外國人登錄證」才能合法居留。從小就慣看媽媽將家人護照鎖在金庫的緣珠，孩童時期熟悉「護照」、「入管」（日本入境管理局）等日語詞彙。長大後聽到共同準備赴中國留學的日本友人說「沒有」護照，「出」國前必須「申請」時，內心感到衝擊。小學的時候，緣珠有段時間在家中只說日語，在面對父母與祖父母時，她常因為語言的關係對自我認同感到困惑。戰前出生的祖父母因為不懂「中文」，所以只能使用臺語或「日語」溝通。緣珠父母出生於五〇年代，接受的教育是禁止使用臺語＝「母語」。日本友人來訪時，母親那夾雜「不道地」的日文、閩南語、中文，讓緣珠不僅難於翻譯也感到羞怯，她甚至想過，會說日文的祖母如果是媽媽該多好。此外，自我認同的問題也困擾著緣珠。祖母說：「緣珠是日本人」。祖父喪禮的禮儀社業者用臺語指著說：「那日本女孩是誰？」時，緣珠在心裡吶喊著「我不是日本人」。而唯有母親會對著她說：「你不是日本人」。初期溫又柔作品纖細地刻畫初夾在臺灣／日本，甚至中國的「中間的孩子」。

溫又柔文學的背景音樂《機場時光》

短篇小說集《機場時光》是書寫《中間的孩子們》時醞釀出來的，這部作品刻畫出溫又柔文學中心思想——解構國語＝國籍的線性關係。

我的國籍。每當我思考關於國籍的問題，我的內心總是一陣波瀾。被日本人問到「妳是哪一國人？」時，我總是聽到自己的雙親回答「臺灣人」。因此當我被問及同樣的問題，也會回答自己是臺灣人。然而，對我究竟是什麼人總是感到疑惑的朋友，也大有人在。其中有些朋友無法區分臺灣人與中國人，也有些以為我是韓國人。讓我覺得好笑。

——不是啦。因為我不會說韓語啊。

——那妳用的是什麼語言呢？

——中文。

——所以，妳是中國人對吧？

——不對，是臺灣人優。

——Taiwan？講中文卻不是中國人嗎？

唉。這是怎麼回事呢？那是我十歲左右的時候發生的事。在經歷過這對話後，如今我仍一直住在日本。（《機場時光》，pp.141-2）

《機場時光》收錄十篇作品。從第一篇〈出發〉到最後一篇〈抵達〉都以臺日近現代史為背景，描寫來回臺、日機場的「臺籍」旅客們各種心情。主角當中，有人持「中華民國」護照、有人拿著日本發行記載著「永住者」的「在留卡」（外國人在留卡）。〈孝順〉提到國民黨教育世代與曾接受大日本帝國教育世代，兩者因史觀不同所產生的衝突，其中還提到二二八事件以及大陸返鄉探親。〈一百分滿分〉描寫從臺灣來到日本探親的祖父母，在與就讀日本國小孫女互動當中，回憶起自己在日治時期時的教室風景。當中也提到這位祖父與日本領臺初期受過漢學教育的自己的父親，面對二戰結束日本戰敗時不同的反應。

混合中文、閩南語、日語對話的《機場時光》或是溫又柔文學，彷彿是一座充滿各種語言的國際機場。原文與中譯本也分別呈現不同樣貌。讀者們就像是拿著護照的機場旅客。日文讀者是在羽田國際機場，中文讀者在松山國際機場。前者閱讀時會有日文、羅馬拼音、標示中文或是臺語發音的日語假名、繁體中文等，隨之傳來的是現代日語、臺灣日語世代的日語、中文或是帶著中文「特色」的日語、閩南話等。中文版本會出現繁體中文、日文假名、英文羅馬字、注音符號、羅馬拼音等，還有採用不同字體，或是文字旁加註各項符號的翻譯者的文字設計。

溫又柔文學刻畫出史料未記載的臺日情感以及東亞歷史傷痕。這些都是「日語」、「日本」在東亞近現代史上留下的腳印。

日語的枷鎖——與日治時期臺灣作家呂赫若、在日朝鮮人女性作家李良枝穿越時空的對話

溫又柔表示，從事創作之後開始意識「母語」問題，如果出生的國家與培育自己的國家都可以稱為「母國」的話，漢字是串連自己與兩個「母國」的文字。例如「溫」中文會唸成「wen」，日語發音是「on」。重新摸索熟悉的語言——「日語」的過程中，她開始思考在東京長大的自己與複數語言——日語、中文、閩南語的關係，直到確認自己「日語」的定位後，才從「國語」（日語）枷鎖解脫後。

在〈玉蘭花〉（呂赫若，1943）的引導之下，我終於開始閱讀呂赫若及其同世代臺灣作家們的作品。在這些臺灣人疑留下來的豐富日語「財產」前，我這個以日語寫作的臺灣人不禁思索。

在此之前，對我而言日語不過是在日本學校中與日本人共同學習的「國語」。超出「國語」規範的所有文字音聲，我都不承認那是日語。直到當我決定將身旁的中文與臺語的聲響也寫入自己的文章後，我才終於從日語才是「國語」的束縛中解脫出來。

（《我住在日語》，p.241）

日治時期臺人作家日語文學之外，在日朝鮮作家李良枝（1955-1992）也是影響溫又柔日語文學世界的重要人物。溫又柔碩士論文題目是《非日本人的日語作家——李良枝的主題與作品》（法政大學，2006），二〇二二年出版的《李良枝選集》是由她擔任編輯與作品解說。解說文〈切実な世界性を帯びた李良枝の文学〉中溫又柔提到，自己受到李良枝文學很大的影響。

不同時空背景的兩人，在面對日語／母語、日本／民族（國籍）議題時有著類似經驗。李良枝父親在一九四〇年十五歲時，從濟州島移居日本富士山山腳下，以姓氏「田中」生活。九歲時隨父母歸化日籍的李良枝，戶籍上「本名」為田中淑枝。家中父母幾乎不說日語也不吃韓國泡菜。在日本生活與接受教育的她，曾經覺得說韓語的親戚們在文化層面上落後且「野蠻」。然而高中時無意間發現戶籍謄本上記載著自己是朝鮮人之後，曾一度想否定自己並嘗試隱藏身分的她，偶然間看到身著朝鮮傳統服飾、口說韓語的高中生之後，開始積極學習日本與朝鮮半島的歷史關係。一九七五年進入早稻田大學後開始學習韓國傳統樂器伽耶琴與韓國舞蹈。為了正式學習伽耶琴獨奏與傳統清唱歌謠（二〇〇三年被列為聯合國世界無形遺產），二十五歲時她首次踏上韓國土地，隔年考進首爾大學國語國文科，但不久後就辦理休學（一九八三年復學）。踏入韓國那年，正值民主運動光州事件發生期間。

獲得第一百屆芥川龍之介獎的代表作《由熙》，是以日文、韓文以及標示著韓文讀音的日文片假名所寫成的。由熙是「在日韓國人二代」的女性。在日本長大的她為了尋根，抱著理想到韓國留學。居住在親戚家的她並不積極學韓文，而且幾乎窩在家中不斷地閱讀日文小說，並寫下約兩萬字的日文稿。對韓國人、韓國生活感到諸多格格不入的由熙，最後發現自己無法愛「母國」而決定離去。作品中，在韓國土生土長的「我」與由熙成為對比，「失去語言拐杖」的兩人在無法跨越「日本（語）」／「韓國（語）」界線時，備感心理糾葛。作品直到完稿大約花費兩年。李良枝表示，創作過程中最艱辛的是刻畫出自己內心深處的「由熙」的部分，但作品完成後也意味著自己將告別「由熙」，並以新型態建立與母國間的關係。李良枝文學當中，何謂「母國語」、「母語」、「母國」是重要議題。二〇二二年出版的《李良枝選集》收錄了〈對我來說的母國與日本〉（韓日文化交流基金會舉辦的演講紀錄、日文翻譯：安宇植。1990.10）

M/other('s) Tongue(s)——跨越時空背景的對話

溫又柔大學期間在上海語言留學過四個月。作為在日本長大的臺灣人的她感受到在上海旅居時間越長，越難找到容身之處。可是回到法政大學準備報名參加留學甄試時，發現自己的語言能力無法超越中文優秀的日本人。當認識到無法填補自己與中文之間的空白地帶時，她在日記中寫下——要是能乾脆地讓自己與中文不要有任何瓜葛，那將會多輕鬆！

溫又柔抒發心情時只能用日語。與由熙、李良枝一樣，越是對自己認為的「母語」感到疏離，就越能用「日語」寫下自己的感受。日語是她們的內心支柱，而她們感受到的「痛」來自於「母國語」與自己的母親的語言、「母語」並非相同，成長的地點也並非「母國」。換句話說，她們是被「母語」=「母國語」=「國語」的規範排除在外的存在。

何謂「語言」？加拿大詩人 M.NourbeSe Philip 在詩作〈Discourse On The Logic Of Language〉寫到：

> English is my mother tongue/ A mother tongue is not a foreign/ lan lan lang language/ languish anguish/ a foreign anguish

English is my father tongue/ a father tongue is a foreign language/ therefore English is a foreign language/ not a mother tongue/ my mammy tongue/ what I my mother tongue……（以下省略）

Mother's Tongue（母語）去掉字首M就成為 Other's Tongue(s)（他者的語言）。Language（語言）去掉字首「L」就是 anguish（苦惱）。動物用舌頭舔著尚沾滿羊水的初生之犢一樣，生命誕生瞬間開始母親就用自己的語言／舌頭（Tongue）、自己的母親的母親的，甚至更早之前就已經存在的母親們的語言，舔吻著新生命。Mother's Tongue 會成為 anguish 的原因來自於「母語」往往也是「父語」（Father Tongue），Father 也意味著父權、國族（Nation）。

近代國族物語發展建立起「母語」＝「母國語」＝「國語」規範，同時也將無法納入規範內的對象排除在「想像的共同體」之外。詩的結尾「English is a foreign anguish」。Philip 的詩，將 English 換成 Japanese，正可以說明溫又柔與李良枝感受到的 anguish。這股對日語所感受到的苦惱造就出溫又柔與李良枝豐碩的文學世界。也正是如此，她們的世界蘊含著解構「國語」（日文／韓文／中文……）的力量。

參考書目

李良枝，《李良枝選集》（李良枝セレクション），東京：白水社，二〇二二。
笹沼俊曉，《流轉的亞洲細語》，臺北：游擊文化，二〇二〇。
溫又柔，《滷肉飯的喃語》（魯肉飯のさえずり），東京：中央公論新社，二〇二〇。
溫又柔，《祝宴》，東京：新潮社，二〇二二。
溫又柔，《遠離「國語」》（「国語」から旅立って），東京：新潮社，二〇一九。

照片攝於新宿大久保，李良枝的房間。（温又柔提供）

與恩師李維．英雄合影。（温又柔提供）

温又柔著，《我住在日語》書影。（聯合文學出版，翻攝）

李琴峰與千禧世代女同志的跨國飄浪

詹閔旭

飄浪同志

談到移民與跨地域移動，我們不可忽略同性戀者的獨特移動經驗。何以獨特呢？因為，無論是遷移動機、新居地挑戰、或者對家庭的想像與思考，同志移民均呈現出與異性戀移民迥異的面貌。舉例來說，文學作品裡的異性戀女性移民經常觸及移民第一代與第二代的認同衝突，展現出所謂的母女情結，亞美作家譚恩美（Amy Tan）的《喜福會》（*The Joy Luck Club*, 1989）是經典例子。相形之下，同志移民往往絕緣於此議題。這背後原因不應該被簡化為同志沒有下一代，而是「成家」不見得是同志切身相關的主題。

臺灣同志文學學者紀大偉在《同志文學史：臺灣的發明》（2017）主張：「要罷家，才能做人。」他認為許多經典臺灣同志文學一再描寫同志與父母關係崩裂，進而離家的場景，折射出同志與家庭體制永無止境的衝突與互相耗損。換句話說，如果「從一個家庭到另一個家庭」是異性戀女性移民的終極考題，「罷家」或許更適用於理解女同志移民的跨國飄浪境遇。

晚近崛起文壇的李琴峰同樣擅長捕捉同志族群的跨國飄浪。李琴峰，一九八九年生於臺灣，二〇一三年赴日留學，日後定居日本，並在日本展開寫作事業。自二〇一七年出版第一本日文小說《獨舞》（獨り舞）以來，李琴峰的著作不輟，出版多部以移民為主題的日文長篇小說與短篇小說集。近年，具有臺灣背景的東山彰良、溫又柔均憑藉移民題材在日本文壇嶄露頭角，但李琴峰不只捕捉在日本的臺灣移民，筆下角色更包括同性戀、雙性戀、跨性別等性少數移民族群的跨國飄浪，陡然拓寬移民書寫的面向。

李琴峰的創作才能深獲日本文壇肯定，獲群像新人文學獎，亦入圍野間文藝新人獎、三島由紀夫獎。她更於二〇二一年憑藉小說《彼岸花盛開之島》（彼岸花が咲く島）獲得日本文壇最高榮譽芥川賞，成為第一位榮獲此殊榮的臺灣人。

值得注意的是，儘管李琴峰創作成績斐然，但「李琴峰」並非本名，她的出生與成長背景亦不詳，讀者只知李琴峰是一位來自臺灣，如今移居日本的作家。這不禁讓人引發聯想：作家刻意抹去本名，抹去自己的家庭軌跡，在異鄉闖出一片天地，此舉是否側面見證

「家」與「移動」之間益發複雜的辯證？這是否呼應紀大偉所謂的「要罷家，才能做人（作家）」？

易名與新生

「要罷家，才能做人」是李琴峰作品時常出現的情節，我想特別提兩部作品。第一部是長篇小說《獨舞》，這是李琴峰的第一本正式出版作品，許多日後作品的關懷都可以在這一部作品裡找到雛型。《獨舞》講述遭性侵女同志的自我精神療傷歷程。該書敘事者趙迎梅是一名女同志，高中畢業前夕遭到歹徒強暴，此後憂鬱纏身。家人的不理解，周遭朋友對她抱持異樣眼光，讓她陷入無止境的內心折磨。為了擺脫不堪回首的過往，趙迎梅不但遷居日本，更改名趙紀惠。斬斷過去，求取新名，以獲新生。

李琴峰《獨舞》細膩描寫趙迎梅選擇遠走他鄉的心理轉折：「渴望逃離這座島的念想不斷糾纏著我，我好想，好想把過往的可憎記憶棄置在這座島嶼上，逃到沒有人認識的地方，重新開始。」逃離。棄置。重新開始。《獨舞》的離家衝動反覆浮現在李琴峰日後作品，成為關鍵敘事情節，這充分彰顯紀大偉所謂的：「要罷家，才能做人」。

我想談的第二部作品是《北極星灑落之夜》（ポラリスが降り注ぐ夜）。這是一本短篇小說集，小說挑選亞洲最大的同志區日本二丁目為舞臺，聚焦女同志酒吧 Polaris 裡不同國籍、身世、情感經歷客人的故事。《北極星灑落之夜》不少篇章均呈現罷家情節，尤其是其中一篇講述跨性別者生命歷程的〈五劫〉，把「離家的衝動」與「成為自己的慾望」畫上等號。

〈五劫〉的故事主角名叫曉虹。曉虹是一名跨性別者，自大學時期接觸跨性別一詞之後，開始重新正視自己的內在慾望，最後決定離家出走，拋棄原名陳承志，並接受變性手術。曉虹不但拋棄姓名，更拋棄性別；或者，與其說曉虹拋棄姓名／性別，不如說她試圖去尋找最真實的自己。離家，尋找最真實的自己，曉虹毅然決然離開原生家庭，踏上前往日本的旅程。〈五劫〉細膩刻劃跨性別者在臺灣傳統家庭制度下所面臨的挑戰，尤其是父祖輩的不諒解，致使曉虹不得不離家飄浪。

問題是，無論是《獨舞》的趙迎梅或〈五劫〉的曉虹，離家與易名只是重生的第一步，卻非終點。即便移居日本，《獨舞》的趙迎梅總需要擔心女同志身分是否有曝光的疑慮，影響她在職場的位置。她也畏懼與臺灣熟人重逢，重新喚回創傷記憶。〈五劫〉的曉虹雖然離家、易名，她在學習成為女人這一條路仍需經歷五劫，包括學習女人動作姿態、施打賀爾蒙、執行變性手術等，而過去的男性身體與記憶如同鬼魂，永遠揮之不去。換言之，李琴峰一方面編織各種易名與新生的故事情節；另一方面，她也明知新生的不可能而為之。《獨舞》裡一位心理醫生的話直接道破：「但我想妳很清楚，就算妳能逃出臺灣，也逃不出自己的人生。」

這一句話呼應這篇文章開頭提到的，異性戀移民與同性戀移民之間的區別。同性戀者的跨國飄浪之所以是「飄浪」，正是因為無法像異性戀者在異地安身落地，另起爐灶。面對長久存在於世界各地不同社會共有的種種歧視、誤解、與刻板印象，同志只能永遠在路途上飄浪。如同《獨舞》的趙迎梅，她毅然決然離開臺灣，重新在日本建立起全新人際網絡（新家），最終又不得不棄絕日本一切，放逐全世界，帶出同志走向跨國飄浪的宿命。從這個角度來看，「要罷家，才能做人」，離家的最終目的不是為了反抗家庭，而是學習如何安置自己的內心，與自己的和解。

千禧世代的困境

李琴峰作品除了格外關注性少數移民群體的困境之外，她的作品也展現千禧世代作家對於自我價值的思考。美國評論家尼爾・豪（Neil Howe）和史特勞斯（William Strauss）在《崛起的千禧世代：下一個偉大世代》（*Millennials Rising: The Next Great Generation*）把戰後美國社會分為嬰兒潮、X世代、千禧世代、Z世代四個世代，而千禧世代指的是一九八〇年至二〇〇〇年左右出生的世代，他們已逐漸成為美國社會中堅分子。千禧世代有其獨特的自我認同與世界觀。他們成長於全球化浪潮、跨國資本主義、數位通訊媒介急遽發展的時代，而臺灣千禧世代更經歷解嚴、民主化、本土化意識高漲、平權意識等多元文化湧現的當口，形塑不容忽視的世代意識。

綜觀全球文學市場，千禧世代作家也已經陸續交出為世代情感經驗發聲的代表作，如愛爾蘭作家莎莉・魯尼（Sally Rooney）的《正常人》（*Normal People*, 2018）、美國作家馬玲（Ling Ma）的《人生切割術》（*Severance*, 2018）都是很好的例子。一九八九年出生的李琴峰恰好屬於臺灣千禧世代作家，從她的作品可一探臺灣千禧世代的成長背景與關懷。

《獨舞》除了描述受性侵女同志避走日本的療傷之旅，書中其他臺灣人為何選擇到日本工作呢？他們離開故鄉的動機為何呢？尤其相較於臺灣，日本對於LGBTQ+議題的接受度較為保守，何以這些性少數者寧願移居日本？小說裡的其中一位角色小書認為這和千禧世代的生存困境息息相關。她直指：「如果你在臺灣工作過就知道，臺灣讓人作不了夢，連夢想的尾巴都看不到。每天起床就是夾在一大群機車裡去上班，工作累得像狗一樣，領那一點吃不飽也餓不死的薪水勉強維持生活……」

小書的說詞呼應「崩世代」一說。林宗弘在《崩世代：財團化、貧窮化與少子女化的危機》主張，臺灣自一九九〇年代以來新自由主義帶給臺灣社會與經濟的重大衝擊，包括國家債務、失業率攀升、青年貧困、少子化，尤其是世代正義成為難以迴避的挑戰，崩世代逐漸成形。臺灣過去二十年來的社會變遷導致青年世代向上流動的機會停滯，難以改變自身的社會地位，因此只好透過打工度假管道赴他國當臺勞，甚至尋求日後移民的可能性。換句話說，就移民動機的理由而言，性別政治不見得是《獨舞》眾多角色的首要考量因素。儘管同性戀移民在日本也須面臨不少挑戰（職場出櫃是大忌），但小說裡描寫的女同性戀移民者顯然更看重薪資、生活品質、個人夢想等面向，導致他們毅然決然離開臺灣。

有意思的是，儘管李琴峰作品意識到千禧世代的生活困境，但她的作品卻甚少處理到世代對立的議題，反而批判性檢視同一世代內部的異質性。〈太陽花們的旅程〉（收錄於《北極星灑落之夜》）是值得一提的作品。這一篇短篇小說描述主角參與太陽花運動，在占領立法院期間結識一位同性別戰友（該友實際為跨性別），曖昧情愫在兩人之間發酵。李琴峰在臺灣通過同婚法案之前，編織一場立法院內同性情誼流動的圖景，無疑耐人尋味。

不過，李琴峰這一篇小說更著力在基進社會運動帶來的傷害。小說敘事者數年前為了爭取同婚，上街抗議，與反同陣營正面對決：「我和你們哪裡不同？為什麼要剝奪我的權利？」然而，當敘事者再次為了反服貿協議占領立法院，讓議場升起彩虹旗，表達同志的政治關懷時，卻導致議場內部領袖的分歧意見：「認為最好不要掛反服貿無關的彩虹旗，避免損及運動形象、造成反服貿訴求失焦。」結果彩虹旗不到一天就被撤下來了。〈太陽花們的旅程〉既點出太陽花運動陣營內部的異質性，提醒我們留意同性戀者在臺灣的處境，更重要的是，它標示出李琴峰的寫作位置：既非邊緣，亦非反對派；而是邊緣裡的邊緣，反對裡的反對。

李琴峰獲得芥川賞的得獎作品《彼岸花盛開之島》正展現相仿精神。這一本小說描述一群遭到放逐的女性，在荒島重建社會秩序。但為了穩固好不容易的家業，最終卻不自覺複製故鄉覆轍，成了新的霸權。反對，終有一天將成為新的霸權。為此，李琴峰有意識把自己定位為邊緣裡的邊緣，反對裡的反對，警醒地與所有既有社會秩序保持距離，批判所有僵化與即將變成僵化的體制。這並非李琴峰獨有特色，而是反映許多千禧世代作家的共通特色。千禧世代成長於臺灣民主化與資訊流通發達的年代，導致他們易站在相對後設、批判性、懷疑的位置。

新一世代聲腔

這一篇文章試圖介紹李琴峰創作的獨特之處。綜觀臺灣文學裡的移民女作家系譜，李琴峰無疑非常特殊。第一，從創作語言來看，許多移民第一代往往選擇使用中文為創作語言，如聶華苓（移居美國）、陳玉慧（移居德國），但自小在臺灣生活的李琴峰卻以日本文壇和日文為主要根據地。第二，從創作世代來看，李琴峰屬於千禧世代作家，細膩捕捉這一世代的成長環境與遷徙動機。第三，也是最重要的一點，從創作題材來看，李琴峰作品格外關注女同志「要罷家，才能做人」的思考，描繪出與異性戀女性移民截然不同的移動挑戰與條件。

移民、千禧世代、性少數，這三個向度共構出李琴峰創作世界，也銘刻了臺灣新一世代女性移動者的獨特聲腔。

參考書目

Neil Howe and William Strauss, *Millennials Rising: The Next Great Generation* (New York: Vintage, 2000).

李琴峰，《北極星灑落之夜》，臺北：尖端出版，二〇二二。

李琴峰，《獨舞》，臺北：聯合文學，二〇一九。

林宗弘、洪敬舒、李健鴻、王兆慶、張烽益等著，《崩世代：財團化、貧窮化與少子女化的危機》，臺北：臺灣勞工陣線協會，二〇一一。

紀大偉，《同志文學史：臺灣的發明》，新北：聯經出版，二〇一七。

作家李琴峰，攝影師大坪尚人。

李琴峰著、譯，《彼岸花盛開之島》書影。（聯合文學提供）

第四章　南方遊旅

跨域流動的歲月：冷戰時期謝冰瑩的南洋經驗與書寫

王梅香

提起謝冰瑩（1906-2000），一般的印象是她從小卓爾不群的性格，流淌著抗拒傳統的血液，凡是母親希望她做的事，如少讀書、纏小腳、學女紅以及媒妁之言的婚事，謝冰瑩往往反其道而行。一九二六年，她為了抗拒傳統婚姻投筆從戎，翌年，參與北伐戰爭，是中華民國第一位女兵，後完成家喻戶曉的《一個女兵的自傳》（1936）。近年來，隨著各種研究材料的挖掘，如王鈺婷在香港友聯出版社的刊物《大學生活》上，發現謝冰瑩的作品蹤跡。〈怎樣學習古文？〉刊登在《大學生活》上，成為對海外華人讀者學習和閱讀古文的指引，「謝冰瑩提出讀古文除了要了解作者的思想、生活與價值觀，最重要的是培養中國古典文學之修養，深入理解文化傳統之價值，以凝聚民族情感為號召。」以上都是我們熟悉的謝冰瑩，從中國來臺，擔任臺灣省師範學院教授，兼具學者和作家的身分，向讀者提倡她所認知的五四新文化。一九五七年八月，謝冰瑩在教育交流的機會下，前往馬來西亞的太平，在太平華聯獨立中學執教，前後在馬來西亞停留三年又一個月的時間。謝冰瑩開啟她的南洋之旅，也是冷戰時期，身為一名女性知識分子跨域生命經驗流動。

榴槤和山竹：南洋風味的初經驗

謝冰瑩對於南洋的想像，應該是從南洋食物榴槤膏開始，南洋的滋味對她而言是全新的味蕾挑戰。一九五四年左右，她收到澄真法師由香港託朋友帶給她的一小包東西，打開紙包，一股難聞的臭味直衝入鼻孔，使人有嘔吐的感覺。她是如此描述榴槤膏：「我開始懷疑。紙包裡面，只有兩個大約兩寸半長的東西，用細竹條編成中間大，兩頭尖的小簍子，光看外表，像兩個小玩具，非常好看；於是我性急地打開來，裡面是一條直徑大約有四分左右，顏色烏黑的軟糖，我咬下一點嚐一嚐，天！這完全像貓狗的大便！我雖然沒有正式吃過大便（卻曾在上海法租界巡捕房，吃過沾有大便的飯。）；但是那顏色和臭味，實在和狗屎太像了，我馬上把它丟在垃圾桶裡。」（聯合副刊「萬象」版，1960.10.22）

謝冰瑩使用非常直白且絲毫不掩飾情緒的文字，描述第一次的南洋食物體驗，從一九五〇年代迄今，榴槤一直都是南洋的代表水果，對於謝冰瑩而言，南洋食物初體驗雖然不甚愉快，然而，在命運巧妙安排下，她自己也沒有想到有一天會前往馬來亞。

謝冰瑩抵達馬來亞太平的華校教書，到了馬來亞的第二天，她描述在一個偶然的機會，接受太平華聯附小教師湯美雄的招待，品嚐椰膏和山竹的滋味。湯美雄和梅小姐說道：「謝先生，到南洋來，首先要請你吃珍貴的點心和水果，你知道榴槤嗎？它是果中之王；山竹，是果中之后。榴槤的性質熱，山竹的性質涼，所以吃榴槤的時候，最好和山竹一塊兒吃；要不然就會上火，今天因為市面上沒有好榴槤，所以我只買了些果后來招待你，請你原諒！」（聯合副刊，1959.1.30）雖然謝冰瑩並沒有描述食用果后的感想，但從她的文字中，可見南洋華人對於謝冰瑩的熱情款待。

「南遊寄語」：來到南洋的自由中國教師

雖然南洋華人細心接待謝冰瑩，初來乍到馬來亞的謝冰瑩，對於日常生活瑣事，花了相當一段時間調適，包含吃飯、洗衣這些看似日常生活的大小事。她在馬來亞寫給臺灣讀者的文章中描述道：「我如今也把大部分時間浪費在做飯洗衣上面，因為這裡人工最貴，衣服包給人洗，一個月至少每人要十元叻幣，兩三天來一次，如果要等著換洗，那才急人哪！除非你每種衣服有半打以上的數字；要不然，衣服包給人洗，非但貴，也太不方便了。其次再說吃飯，這裡的人大半不喜歡煮飯，而高興買麵包，吃罐頭。在臺灣，到處有傭工介紹所，要找工人，實在太容易，而這裡卻比登報徵求人才還難，有些做短工的印度女人，每天來幫你洗洗衣服，打掃房子，一個月起碼是四十元（一元叻幣約合臺幣拾元餘）還要供給她一頓早點——咖啡和麵包。」謝冰瑩透過文章和臺灣讀者分享她的南洋經驗，因為不同的國度和文化，謝冰瑩發現，連日常生活、食衣住行這類的事情都必須重新適應，剛開始，一切生活對謝冰瑩來說都是陌生不習慣，她的內心常常想回臺灣，她在後來出版的《生命的光輝》中提到：「三年零一個月的日子其實很短；然而在我看來，它卻比三十年、四十年還長。我永遠忘不了初抵馬來亞那時的生活，每當我聽到那些馬來歌聲、印度音樂時，我便特別想念臺灣」。

日常生活中的語言使用，也不斷挑戰著謝冰瑩的中文觀。根據許文榮的研究，謝冰瑩一開始聽不懂，後來覺得好笑，之後覺得有趣而記錄下來，完成〈馬來亞僑胞的口語〉一文，後收入《馬來亞遊記》中。謝冰瑩在該文中記錄下許多南洋的慣用語，然後加上自己的解釋。例如「吃茶」，指的是喝咖啡、茶、汽水等統稱，「人腳不夠」就是「人手不夠」，「你走先」就是「你先走」，和「巴剎」就是「市場」等。這些南洋詞彙，後來也出現在〈愛與恨〉的小說中，故事以描述馬來亞當地的情殺案為主題，在其中，可以看見謝冰瑩對於「吃茶」和其他南洋詞彙的使用。

即便馬來亞的生活讓謝冰瑩思想情切，但馬來亞仍有讓謝冰瑩留戀的地方，就是太平的氣候！她說道，來到馬來亞之後，當地的朋友相當熱情，認為她不應只停留二、三年，而應該長住二、三十年，每每聽到這樣的慰留，謝冰瑩都會膽戰心驚，事實上，她是十分想念臺灣的一切，除了一點，就是馬來亞太平的氣候讓她留戀。她說：「也許因為初來，一切生活都不習慣，老念著回臺灣，只有一件事，使我們留戀的，是這裡的氣候太好了。你一定奇怪，人家都說南洋最熱，為什麼我反而讚美它呢？且慢，我指的是太平的氣候，這裡真是四季如春，最熱的時候，曾到過九十度；但一到下午四點以後，暑氣便慢慢地消了。晚上睡覺，一定要蓋毛巾被，或者絨毯；否則，就會受涼。現在進入雨季了，幾乎每天要下一次驟雨；至多半小時之後，就停止了。那種雨過天晴，涼風習習的味道，使人感覺非常舒服，有一點兒寒意，實在像國內的秋天。」然而，謝冰瑩對於太平氣候的眷戀，仍是因為太平的氣候像極了臺灣，所以歸根究柢，對於太平的眷念實則是對臺灣的想念。

謝冰瑩與《學生周報》

《學生周報》和《蕉風》這兩份刊物，是香港友聯在馬來亞所發行的刊物。「前者為文藝性的刊物，後者為綜合性的學生刊物。若以編輯部想像潛在讀者來區分兩份刊物，前者屬於大學生或是在地作家閱讀的雜誌，而後者則明顯地針對中學生。但總括來看，兩份刊物就是針對『海外華人青年』（Overseas Chinese）」（王梅香，2022:23）。謝冰瑩作為「成熟」作家，向馬來華人青年說明成熟作品的範例，以作為讀者寫作小說的參考。何謂成熟作家？什麼是成熟作品？從金輪版的刊登情況分析，在香港的作品，以黃思騁、黃崖的作品為主，前者南來馬來亞之前，即以小說著稱，後者是於南來之後，開始接觸現代文學寫作；在臺灣作家的部分，主要以軍中作家司馬中原、蔡文甫，和女性作家童真、謝冰瑩為代表。其背後的意義是，金輪版透過臺港作家的作品傳遞文學作品（小說）的寫作技巧和典範。

謝冰瑩〈秀妹〉這篇小說，描述從檳城遷居怡保的女子秀妹與王子通的戀愛故事，在追求自由戀愛的氛圍下，抵抗傳統禮教加諸於女子身上的束縛，然而，秀妹自己的理念，和母親堅持儒家式的傳統禮教，構成秀妹內心掙扎和痛苦的根源。小說採取「現在、過去、現在」的鏡框式寫法，小說的一開始，謝冰瑩鋪陳一個懸疑的開場，秀妹和母親偷偷摸摸的搭乘夜車趕赴某地，在倆人不時地爭執、衝突、悲傷和崩潰的情緒鋪陳下，透過淚水滴落在顯微鏡上的比喻，謝冰瑩擴延出秀妹的往事。〈秀妹〉的故事描述情竇初開的少女秀妹，在初中金馬崙畢業旅行時，和同學王子通陷入愛情，就像愛情電影所展示的戀愛情節，秀妹因自由戀愛而後懷孕，和母親所灌輸的傳統禮教和羞恥感相衝突，最終成為秀妹痛苦、憂鬱、想要自殺的源頭。這篇小說，最後以秀妹躺在手術臺上而作結，謝冰瑩並沒有給我們一個答案，讀者僅看到因為胎兒太大而猶豫不想犯下殺人罪的母親，以及不論如何堅決想要拿掉胎兒的秀妹，在一連串的刪節號作結之後，留給讀者各種可能的想像。這篇小說的場景和空間是馬來亞，然而，故事的情節卻是相當具有普遍性，尤其是出現在現代自由戀愛和傳統婦人禮教的華人社會中，這也是謝冰瑩生命經驗和創作中的核心主題，只不過將空間背景置換成馬來亞。

如果說〈秀妹〉這篇小說仍是承接著謝冰瑩過去書寫的主題，在《學生周報》第二〇六期上，謝冰瑩寫作〈熱〉這篇散文，則是具體描述她在馬來亞的感受，呈現她在散文寫作內容的改變。在文章的一開始，謝冰瑩比較了她駐足過的城市，從中國的漢口和南京，到臺灣、泰國、菲律賓和馬來亞，謝冰瑩的生命本身已是跨域的流動，在不同空間的移轉中，她能敏銳地比較不同國度、城市的氣候以及隨之形成的文化。例如她印象中最炎熱的城市是中國漢口和南京，所以，每到久旱不雨的夏天，她總會看到睡在江邊的男人，以及在院子裡拿著扇子呵護孩子的女人，即便孩子被炙熱的溽暑折磨得嚎啕大哭，但謝冰瑩發現，他們總是充滿盼望的眼神，因為他們知道，立秋之後，天氣就會轉涼。然而，馬來亞的天氣四季如夏，對於習慣四季變化的謝冰瑩，難以想像沒有四季變化的國度，一開始，她覺得新奇且高興，因為穿衣服不用發愁，每天都可以看到朗朗晴空。慢慢地，她卻開始覺得害怕，眼睛開始對強烈的太陽感到敏感，眼睛開始發熱、脹痛和流眼淚，但她無法告訴任何人。也因為炎熱的氣候，她慢慢發現，「每天一到十一點以後，我的頭腦開始昏亂，我不能思想，也不能看書；可惜我不會游泳，不然，我可以整個下午泡在水裡。」從這篇散文中，謝冰瑩以寫實的筆法，描述了馬來亞的「熱」事實，也描述自身對於馬來亞氣候感受的轉變。

我們生活在大自然裡：謝冰瑩為「生活營」寫作

有些來自臺灣的作家，也會參與馬來亞《學生周報》之友（學友會）生活營的活動。

所謂生活營就是在馬來亞每年特定假期中，由各地學友會派出學友，聚集在吉隆坡總會，然後選擇一個定點（如金馬崙）舉辦活動。一般而言，每一期生活營約有三十到四十位學員，時間橫跨三個星期，以營隊長度來說算是長時間營隊，每次生活營內容也不相同，端看當時講師情況而定。活動內容包羅萬象，例如演講比賽、辯論會，這些活動的構思，都以能夠對青年產生啟發為前提。謝冰瑩曾應《學生周報》編者姚拓的邀請，針對《學生周報》生活營做一紀錄、報導。時間是一九五九年十二月十三日至十八日，地點是八打靈福隆崗。謝冰瑩除了記錄八打靈這個地方山明水秀，以及他鄉遇故知的快樂，其中一天描述生活營的課程內容辯論會，題目是：「金錢與學問哪樣重要？」透過青年學子辯論過程，學子學習辯論應該有的態度和方法。翌日，謝冰瑩記錄她在生活營的授課，主題是〈創作的準備〉。謝冰瑩描述這些青年當時上課的環境，令她十分難受。她寫道：「他們都坐在圓凳上，垂著腰在寫筆記，我看了十分難受。劉國堅先生說，這是給他們的生活考驗。」從中可見生活營對於馬華學子的訓練和要求，而謝冰瑩同樣被要求寫作，在營隊結束時，必須繳交兩萬字的中篇小說，而後她完成〈福隆崗日記〉，後收入《馬來亞遊記》（1961），該書也是第一位臺灣作家的馬來亞遊記。

透過謝冰瑩的跨域移動，我們看到一位女性知識分子，如何感受馬來亞氣候、食物、語言和生活各個面向的挑戰，在其中，也看到作家與在地華人的互動溫情。謝冰瑩在跨域移動的過程中，重新組合了自己的生命經驗，即便身在馬來亞，但過往的中國、臺灣和菲律賓生活經驗，都因為她身在馬來亞，而重新透過文字而集合、濃縮在同一空間之中；也正是在空間的轉換中，她重新反芻了自己的各種情感，重新疊加、再次肯認自己生命中眷戀的所在。

參考書目

王鈺婷，〈冷戰時期臺港文化生態下臺灣女作家的論述位置——以《大學生活》中蘇雪林與謝冰瑩為探討對象〉，《臺灣文學學報》第三五期，二〇一九，頁九九－一二六。

王梅香，〈香港友聯與馬華文化生產：以《蕉風》與《學生周報》為例（1955-1969）〉，張錦忠、黃錦樹、李樹枝主編，《冷戰、本土化與現代性：蕉風研究論文集》。高雄市：國立中山大學人文研究中心，二〇二二。

許文榮，〈當正統中文遇到異言中文：謝冰瑩與鐘梅音的個案〉，《興大中文學報》第三八期，二〇一五，頁二〇一－二一三。

謝冰瑩，〈南遊寄語〉，《聯合報》三版，一九五八年二月二日。
謝冰瑩，〈榴槤和山竹〉，《聯合報》七版，一九六〇年十月二三日。
謝冰瑩，《馬來亞遊記》，臺北：海潮音月刊社，一九六一。
謝冰瑩，《生命的光輝》，臺北：三民書局，一九七一。
學生周報社，《學生周報》第一八三－二〇六期，吉隆坡，一九六〇。

延伸閱讀

崔家瑜，《謝冰瑩及其作品研究》，臺北：文史哲出版，二〇〇八。
陳室如，《近代域外遊記研究，一八四〇－一九四五》，臺北：文津出版，二〇〇八。
張瑞芬，《五十年來臺灣女性散文·評論篇》，臺北：麥田出版，二〇〇六。
應鳳凰、鄭秀婷，〈馳騁沙場與文學創作的不老女兵——謝冰瑩〉，「五〇年代文藝雜誌及作家資料庫」，取自 http://tlm50.twl.ncku.edu.tw/wwxby1.html
謝冰瑩，《臺灣現當代作家研究資料彙編54：謝冰瑩》，臺南：國立臺灣文學館，二〇一四。

謝冰瑩（左）與友人於馬尼拉合照。（國立臺灣文學館典藏）

詩馨菲華：由臺灣到菲律賓的謝馨——詩與詩人的故事與故事的故事

侯建州

菲律賓有多少島嶼？

島嶼乃各式體積不等的
石之陳列
一如諸般容量迥異的
詩之展示
在靈感汪洋中沉潛

或浮現
的自然現象　水升或水降
潮漲或潮落，其實
石　總是在那裡等待著
詩　永遠在那裡存在著

去年環球小姐選美在菲律賓舉行，智力測驗時，菲律賓代表抽到的問題：「菲律賓有多少島嶼？」此妞並未刻板地按地理教科書上的數字死背回答，卻以「高潮或低潮？」風趣地反問過去，然後才說出正確的數字。贏得全場一片掌聲。菲律賓乃「千島之國」，菲華文藝界有「千島詩社」，選美會上的一個輕鬆問答，有時，也能激起一些有關詩的聯想呢！

——願以此詩與「千島詩社」諸詩友共勉之

此詩詩名〈菲律賓有多少島嶼？〉就石破天驚、非同凡響，是目前所知全世界第一首以此為名的華文詩作，以一個具體的問題起興，直接扣問以「千島之國」別名的菲律賓究竟有多少島嶼？直接將整首詩與島嶼連結，也與菲律賓這個國家共生。若以新批評的角度直接討論詩作，文本中的詩與石，在虛與實的心思中相互流轉，指涉了「菲律賓有多少島嶼」中隨著潮起潮落的海浪而時有變化的冒現島嶼（水降而石〔島〕／實出；水升而石〔島〕／實沒），教科書上「有多少島嶼」的標準答案反而有了虛構、延展、變化的流動可能；又同時開展了「詩」的哲思辯證，詩如抽象真理永恆存在，亦在具體現象界中變動不居，在整首詩作的字句間形成相互定義的多義編織與互為文本。詩作除了靈巧地運用聲調的升降，對照視覺形象海浪的潮起潮落，也進一步連帶引動被現實浪潮或顯或隱的具體視覺形象「石」（島），牽動讀者舌頭位置與聲調隨意念再次移動，在具象的「實」象，轉向後設之「思」。自然而然地滑轉踰越而愉悅於文字閾限與慣習的認知框架，在菲律賓文學文化中以華文詩寫澆灌璀璨琳瑯之字花，也在華文文學文化中借力使力，讓立足菲律賓的島嶼與海洋開啟華文詩寫的祕境。

島嶼與石、詩相互轉注；汪洋與靈感亦可互相假借，潮漲潮落也與聲響的沉浮升降彼此牽引，一座座體積不等的島嶼在詩思的祕響旁通下成了一首首化為石的詩，存在而等待會心的發現與再現，島嶼與石、詩不再只是指涉事物的符號言辭，亦是氣質體性、文化情境，乃至自然現象天地萬物的表徵，汪洋、靈感與潮水亦如是，謝馨此詩善用華語漢字的形音義的挪借錯置，交互類比跨越，讓口語的聽覺聲響滲透書面的視覺圖像，交會於意義的婉轉徘徊，盤根錯節的脈絡，開展出語言、文字、文法、文學、文化跌宕迴旋，多元而豐富的意涵。

若進一步討論詩註相證與文字外時空脈絡的互文，那自然可放大格局見此詩與當時世界人間的文化政治而反／翻／返思。詩人自陳此詩的因緣，其一來自創作此詩的前一年，環球小姐選美比賽在菲律賓舉行，菲律賓代表抽到的智力測驗問題即是「菲律賓有多少島嶼？」。讓詩人與全場觀眾欣賞的是該代表（詩人用此妞，讀來充滿了愛護認可與親切兼有自豪之意）善用「智力測驗問題」之「智」與「問」，並未刻板地按地理教科書上的數字死背回答，以「高潮或低潮？」風趣地反問過去，然後才說出正確的數字。贏得全場一片掌聲。其中以「高潮或低潮？」風趣地反問，是受試者面對世界級挑戰時風趣兼具風采的機智與從容。根據詩人的描述，這位菲律賓妞反問後，說出正確的數字，顯然不是因為不知道制式的標準答案無法回答，而想藉反問逃避問題。她的反問在電光火石間扭轉了選美比賽的慣性邏輯，讓被觀看甚或被宰制的選美代表當下掌握了主控權，以更高明與後設地反問回應問題，揭示該問題實可有更多思考，而這些思考未必是主持人或出題者甚至所有的觀眾已見已思，其後再成竹在胸地告知所謂正確的數字。從一被動受測驗者轉化成測驗者，又不讓主持人與場面尷尬，風趣反問後又能自我化解「贏得全場一片掌聲」，顯然成功地引導全場的觀眾關注並欣賞此反「問」的「智」與「趣」。此一操作讓原本「一問一答」的制式節奏，有了停頓與延長，由平面的你問我答，轉成立體的你問我反問並回答。全場一片掌聲，想必也或多或少在心中問了自己對於「高潮或低潮？」的思考，對於「菲律賓有多少島嶼？」也有了進一步的好奇。畢竟，該年度這場比賽是在菲律賓舉行，而這輕鬆風趣的問答正是由菲律賓代表進行實踐的。

詩註中緊扣立足「菲律賓」場域的人事時地物，與詩主體細密呼應，不只如前所論，其詩寫聯想起興於環球小姐選美會上一個輕鬆問答，詩人亦如那名菲律賓代表借力使力，更轉智成識而銘刻成詩。此詩寫就的另一因緣，即是為了有「千島之國」之名的菲律賓華人社群文藝界的「千島詩社」：「選美會上的一個輕鬆問答，有時，也能激起一些有關詩的聯想呢！」。詩人在詩作結束前，稱願以此詩與「千島詩社」諸詩友共勉之。實際上是詩人將其文學體悟、藝術理念與創作體驗鎔鑄為一，當場示範、現身說法，金針度人。換言之，這亦可視為一首詩的構成的示現。從日常生活中抉拈蘊藏詩意的種子，或可稱為靈感，經由詩藝將其完成。此詩之創作與在菲律賓這個群島組成的新興民族國家密不可分，標題「菲律賓有多少島嶼？」其實就已關涉國家的領土與領海，而興發此詩的關鍵事件是一九九四年在菲律賓國際會議中心舉辦的環球小姐選美會，菲律賓國家代表在智力測驗的輕鬆問答。此事當然是歷史洪流中的一樁小事件，這場比賽的冠軍環球小姐是印度的代表，並沒有把該年度環球小姐制式的冠軍獎項留在菲律賓。不過，謝馨的詩作卻用了另一種形式把這位菲律賓代表風趣的問答化為永恆，超越了時間的限制與現實俗世的設定價值。

但若深刻思索，亦可抉發其深層意義，視其為菲律賓奪回在地主體性的事件。詩人謝馨將此事件置入詩註中，可視為以史為詩，以詩帶史，詩史相成的妙法，更重要的是此詩靈活展示詩詩，將菲華文藝界的「千島詩社」自然藉此詩緣連結「千島之國」的菲律賓。此詩以華語漢字寫成，思索的是由島嶼為意念起源開展的詩學，由島嶼轉喻為石、再轉化為詩，亦指涉實中之虛、時中之變，連串詩的實踐與實驗，乃示現映照別具意義的環球選美一件菲律賓歷史軼事。是島嶼之詩，詩寫的在菲律賓發生的菲律賓之事，當然是一首菲律賓的詩，詩人為菲律賓的「千島詩社」而寫，也為菲律賓這「千島之國」而寫，更為詩而寫。這是用華文詩書寫建構的菲律賓歷史，更是菲律賓文學文化。

詩與美的呈現／選與被選

這首詩，收錄於菲律賓的代表性詩人謝馨（Grace Hsieh-Hsing, 1938-2021）二〇一五年出版的《哈露．哈露——菲島詩情》華英菲三語詩集，首次收錄在二〇〇一年詩人第一本在菲律賓出版的詩集《石林靜坐》中的「菲島記情」。號稱世界史上任期最久的報紙總編輯，亦是五、六〇年代「菲華文藝工作者聯合會」與八〇年代「菲華文藝協會」的關鍵發起人與領導人施穎洲（1919-2013），曾在其寫於一九九一年的〈六十年來的菲華文學〉中，將當時回推的六十年菲華新文學分為播種時代（1930-1949），耕耘時代（1950-1979）及成長時代（1980-1991）。更明白指出無論以作品的質或量而計，成長時代首五年的成就已超越過去五十年。施穎洲在討論菲華成長時代的主要作家時，將謝馨列於詩人之首，更指出「謝馨是今日最多產的菲華主要詩人」。足見一九八二年（時年四十四歲）才開始寫詩的謝馨在菲華文學史上就已有其無法取代的代表性。值得注意的是，謝馨不只知名於菲律賓的華人華語社群，她更在二〇一三年以華文詩作獲得由菲律賓作家聯盟（UMPIL）頒發描轆沓斯文學獎（Gawad Pambansang Alagad ni Balagtas），此獎是菲律賓的最高文學獎：謝馨也是菲籍華文作家中第一位得此獎的女性，成就斐然。換句話說，也就是謝馨其人其作在菲律賓受到認可，在菲律賓的華語語系社群自不待言，也受到菲律賓非華語語系族群的認可。尤可注意的是，謝馨的華語詩作甚至讓捷克大使小雅羅斯拉夫．歐利沙（Jaroslav Olša Jr.）將其與菲律賓國父黎剎（Jose Rizal）等人的詩作放在一起翻譯討論，視為認識菲律賓文學的代表。這固然是殊榮，如果知道在菲律賓的華人所占人口比例，一直都低於百分之二，則更能體會其難能可貴！

曾任菲律賓教育部長的重要學者阿歷罕德洛．羅細士（Alejandro. R. Roces, 1924-2011）在閱讀謝馨詩集後，曾盛讚她「是一個真正的詩人——天賦具有內在的視野。你不是讀她的詩。你體驗它們。我看完她的書，接觸到一個偉大的靈魂。」更指出：

> 詩都有傳記性。謝馨的詩更具有赤裸裸的傳記性。〈職業：空中服務〉和〈機場〉反應她當空中小姐的日子。她在馬尼拉的歲月永存不朽於她的詩篇，而且非常深刻地進入菲律賓的事物：〈鬥雞〉、〈HALO HALO〉，還有，對了，甚至〈鴨仔胎〉，有她從進化論兼佛家的觀點透視。

正如羅細士所言，謝馨的詩有其傳記性。不論是擔任空中小姐或居住於馬尼拉的生命經驗都能入詩，傳述記錄了她傳奇而豐富迷人的生命歷程。若以此脈絡思索，赫然發現謝馨之所以別具隻眼地以「選美」入詩，也與她的生命經驗有若隱若現的互文交映。謝馨曾在星雲法師一九六三年九月的日記文字中出現：

> 我們的民航飛機，呼嘯著向白雲深處升騰，我已無心看窗外的景色，埋頭趕寫我的海外日記。正當我寫得入神時，空中小姐謝馨向我問道：「法師！你們到各國訪問，一定辛苦了。」……當然，我不會給這位曾當選中國小姐的謝馨小姐問住，我稍楞了一下，我也把臺北的諸山長老和道場名稱，搬出來說給他聽。徘徊在宗教之門外，很想進入佛教大門的，不是謝馨小姐一人，不知有多少青年，等待著我們佛教去接引呢，我們大家要振作，要努力啊！

若考索資料，謝馨以第一名考取民航公司空中小姐，其後參與一九六〇年第一屆臺灣舉辦的全國性選美（在一九六〇至一九九〇年代稱為「中國小姐」）還曾被多次報導。報導中也提起當時她在影劇界已有名氣。無怪乎星雲法師一九六三年在空中與謝馨交談後的日記會特別提起其選美經歷，由此看來，謝馨關注舉辦在菲律賓的環球小姐選美比賽，並在親身參與選美比賽的三十五年後以此興詩，正如羅細士所言有其「傳記性」，有其生命經驗的意義脈絡、銘刻再現以及越界創新。換言之，這首具選美因緣的詩作，自然而低調地連結起謝馨在臺灣成長的經驗。的確，曾於一九五五年入學就讀國立藝專影劇科第一屆，受業於崔小萍的謝馨，不但曾演出舞臺劇，也曾服務於基隆海關聯檢處、擔任正聲廣播公司的國語播音員，更曾參與電影《金色年代》、《鐵甲雄獅》，後來也被中影情商調借參與影片《音容劫》的演出。在她於一九六四年因與菲華的李益三先生結婚，而定居菲律賓前，她在臺灣的生活已多姿多采，參加選美、擔任舞臺劇與電影演員、播音員等種種經歷，著實精采非凡，也涓滴化成詩人與詩的一部分。換句話說，詩與美的呈現與再現／選與被選，都在各種因緣中彼此成全而相互成就，緣緣相緣。

一九九〇年謝馨在臺灣連續出版了個人的首兩本詩集《波斯貓》與《說給花聽》，詩集中就已有許多膾炙人口的菲律賓在地書寫，如〈HALO HALO〉、〈混血兒〉、〈三把吉他〉、〈鬥雞〉、〈鴨仔胎〉、〈牛貝虎螺〉……等詩，其中第二本詩集《說給花聽》更是整本漢英對照的規模出版，在當時實屬罕見，這表示詩人已考慮到跨語言文化的受眾。一九九九年謝馨於馬尼拉出版了《謝馨新詩朗誦》CD，從文字的視覺具體交感聯衍語言的聽覺，亦是當時華文詩人罕見的文化生產行動，二〇〇一年則在菲律賓出版個人第三本詩集《石林靜坐》。一九九一年，已經是「菲華文藝協會」、「千島詩社」、「萬象詩社」成員的謝馨正式加入臺灣的「創世紀詩社」，可以說用另一種行動與哺育她成長的臺灣再度連結。可見在其創作實踐中，與臺灣的連結始終密切。一九九三年謝馨在新加坡舉辦的第六屆國際華文文藝營特刊「亞太時代的華文文學」中接受訪談以〈繆斯選擇了我〉為篇名刊出，其中自敘過了四十歲才開始寫詩的人似乎不多，「現在，詩，已經成了我生活的一種方式」或許是「繆斯選擇了我」。她回應提問「中國、臺灣、菲律賓三地的生活經驗對你的作品有何影響？」如下：

> 我出生在上海，正值中日抗戰時期。隨父母逃難到四川，住了八年。**一九四九年到臺灣，所以從小學到大學的教育都是在臺灣接受的。進入社會後，我在廣播電臺工作過，拍過電影，又在航空公司服務了許多年。**六四年我到菲律賓，除了在電視臺擔任過一陣國語新聞播報員之外，一直是個家庭主婦。
>
> 我對童年的記憶非常模糊。在我詩中出現的也不多。我有幾首詩是寫在臺灣那一段經驗，像〈聲音的小站〉。八二年我開始寫詩，那時我已在馬尼拉住了十八年了。詩中當然有許多就地取材的作品，風俗習慣、地理歷史方面都有，像〈鴨仔胎〉、〈搬

家〉、〈王彬街〉、〈王城〉、〈席朗女將軍〉等。我現在正計畫出一本全部有關菲律賓的詩集，希望很快能付印。以菲律賓為題材的，只是詩作的一部分。我取材很隨意，一切都可入詩。

綜合這些經歷，可以知道謝馨不但在生活體驗與創作實踐的空間上跨越國界，隨意隨緣，但珍惜生命流轉中的每一份值得珍惜的心意與善緣。在訪談中，也表示她認為一個作家作品的深度與廣度是由整個時空與生命－思想感受；整個宇宙－眾生萬物來決定的。或許曾擔任空中小姐的生命經驗，讓謝馨的生命經驗比起一般人常有更離地數萬呎的獨特經歷，或許正因此而讓她的目光與心思，在扎根於落腳處的同時也能有深遠幽邈的視野。從出生地隨緣流轉到臺灣成長工作，再隨著生命的歷程移動至菲律賓終老，謝馨隨遇而安地落地生根，一如她的詩作內容不但根植於菲律賓，也能綰合生命經驗的銘刻與脈絡，進行變化萬千的再現與重構，更能善用其海洋島嶼詩寫的流動特質，結合流行文化與族裔文化議題，具體實踐 Halo Halo 的異質混雜，以華語漢字為主的詩寫菲律賓文化與全球共振，以小見大也以簡馭繁，不只是本文所舉的〈菲律賓有多少島嶼〉，可謂是「有根的世界性」，以詩啟興也啟馨，讓菲律賓華語語系文學文化創作成為菲律賓文學文化的重要資產。當然，謝馨的創作也讓菲律賓華語語系社群成為華語語系創作中的重要風景，闢拓了全球華語語系的創作題材與面向。

參考書目——

侯建州，〈菲華詩人謝馨的島嶼與海洋詩寫〉，「文學／海洋／島嶼」國際學術研討會，臺北：臺灣大學，二〇二二年六月二十至二十二日。
侯建州，〈道地風味：菲華詩人謝馨的菲律賓飲食書寫〉，「誰的東南亞？海外華人視野下的區域研究與文化再生產」亞太論壇，臺北：中央研究院，亞太區域研究專題中心，二〇二一年十一月二十一日。
侯建州，〈哈露Halo——菲華詩人謝馨的文化身分認同與實踐〉，「二〇二〇臺灣文學學會年度學術研討會：想像二〇一〇年代臺灣文學史，臺中：中興大學，二〇二〇年十月十七至十八日。
侯建州，〈馨香的移植〉，《文訊》四三四期，二〇二一年十二月，頁五八－六一。
侯建州，〈馨願．馨緣〉，《創世紀》二一〇期春季號，二〇二二年三月。

洪淑苓，〈菲華現代詩中的「華」文化與在地經驗——以雲鶴、和權、謝馨詩作為例〉，《中國現代文學》三十五期，二〇一九年六月二十日，頁八九－一一二。

李癸雲，《朦朧、清明與流動：論臺灣現代女性詩作中的女性主體》，臺北：萬卷樓圖書，二〇〇二。

延伸閱讀

李瑞騰等，〈菲律賓華文文學特輯〉，《文訊》二十四期，一九八六年六月。

施穎洲等，《來中望所去．去中覓所來——謝馨詩作賞析》，臺北：秀威資訊，二〇一〇。

謝馨，《波斯貓》，臺北：殿堂出版社，一九九〇。

謝馨，《說給花聽》，臺北：殿堂出版社，一九九〇。

謝馨，《石林靜坐》，馬尼拉：永久出版社，二〇〇一。

謝馨，《禮物》，臺北：秀威資訊，二〇一〇。

謝馨，《脫衣舞》，銀川：陽光出版，二〇一二。

謝馨，《哈露．哈露——菲島詩情》，Manila: Philippine Chinese Literary Arts Association，二〇一五。

一九九〇年八月羅門蓉子賢伉儷訪菲時，菲律賓現代詩研究會在王彬大餐廳宴請他們。後排立者左一為一樂、戴墨鏡者為和權；前排坐者由左而右依序是羅門、蓉子、謝馨。（和權提供）

赤道之眼走天涯：鍾怡雯的越界書寫

施慧敏

鍾怡雯（1969-）出生於馬來西亞霹靂州怡保，後遷居柔佛居鑾。一九八八年赴臺就學，開始在各大文學獎嶄露頭角，並陸續以八本散文集《河宴》（1995）、《垂釣睡眠》（1998）、《聽說》（2000）、《我和我豢養的宇宙》（2002）、《飄浮書房》（2005）、《野半島》（2007）、《陽光如此明媚》（2008）和《麻雀樹》（2014），在臺灣文壇奠定了女性散文作家的一席之地。二十幾年的創作生涯，她一直著力於散文的語言聲腔、謀篇布局與修辭技巧，在書寫策略上翻陳出新，求變的企圖心和實踐力贏得諸多美譽。題材上卻一再往復於具體又抽象的原鄉、臺北和中壢的日常，以及各地的行旅。來回的移動中，三軌並行的地景、三重地域的凝視成了相互的對照點，文字中追索和再現的記憶，讓作者確認了自己站立的位置。

「野性南洋」是鍾怡雯截至目前為止的創作母題，也是她有意為之的殊異風格。早期的《河宴》和《垂釣睡眠》二書，她以童年和少年的視角回望半島的荒野莽林、山澗流水、天井茶樓、鄉間鄰里以及人事舊情，描摹如一塊夢土。因此，故里不僅是一個回憶，同時透露出一種似近實遠，既親卻疏的浪漫想像，充滿了熱帶的生態、植被、花名果諱、禁忌與祕方。雖然，〈我的神州〉、〈可能的地圖〉、〈葉亞來〉等文，已經明顯分別父輩的情感源頭，還原地緣意義上的實體家鄉；但此時，這個敘事策略折射出八、九〇年代臺馬兩地的文化風潮，隱含著拒絕「中國性」的幽靈魅影，來依託身分認同。空間只是作為一種文學的技藝，通過地理和往事構建了一個（對讀者而言）異域風情的家園；界定了一個（對自己而言）的原鄉座標。故鄉和異鄉的張力尚未出現，文字喚起的家庭記憶仍然穩定而牢靠。

到了《聽說》〈候鳥〉一文，從返馬找不到回家的路，睡房變成妹妹的育嬰室、儲藏室裡待清理的舊物、鄰居搬離；到新鋪蓋的柏油路、預售屋、商場購物大樓林立，城市文明入侵……外在事物的變化，讓作者初次意識到自己和家之間的罅隙，無意間感受到了一種「他者」的自覺。離家雖是自主的選擇；但恆定不變的家才蘊涵著認同的向度。根柢動搖，時間的角力開始了，文中的感觸層層遞進，以致發出：「這真是我的家嗎？」、「我是在某個似曾相識的地方旅行吧？」、「它近得比什麼都遠。」在陌生和黯然中，她不得不正視了「家」的失落，如其他篇章裡，紀念鑰匙再也打不開童年的門、回望裡的可可晒場總是一片迷濛，巧克力癮則是青春記憶連結的替代品……鄉土對應的是不可逆的年光，和變動不居的景物。由這本書起，作者的筆端才開始流露真情實感，原來老在外溜達等著路燈亮起的少女，早已背向人口擁擠、氛圍沉重的家，堅定地望向遠方；之後被臺北訓練出來的走路節拍，則是連她自己也不知不覺地異化。由此，她決定「當一隻快樂的候鳥，年年南飛，年年北回，翅膀上除了輕快的雲，再也沒有其他重量。」

這隻快樂的候鳥，其實「對壅塞的城市沒有熱情」。她穿梭在一個解嚴後的資本都城，物質文明高度發展，加上臺灣九〇年代文學副刊和雜誌性質的轉變，後結構、女性主義等理論興起，日常俗世的文化現象湧現，《我和我豢養的宇宙》不免託物起興，寫彌勒佛墜子、玉手鐲、椰殼戒指、髮蠟、唇膏眼影、篦、老棉被、車子、餐桌、中藥膳品、針灸推拿等，寫一個女子的感官世界。「在地」的體物寫志裡，當然不乏馴化的景觀，足見作者一邊排斥，一邊寄託這個漸漸有故事可說的街道和城市，甚至「以假亂真的讓他鄉變故鄉」，來接受在自己的國家像外人的現狀。即然是以假亂真，多少仍側漏情感上的搖擺，所以回憶如影隨形，〈蝨〉、〈懷被〉、〈隱形〉、〈豹走〉等，皆帶著「模糊的，我從不承認的鄉愁」。當人情物事隨著時空瓦解，故鄉變了，我也變了，雙虛的認同感，給了她的創作一個游移的路徑，地域性的意象取代了原有的生活場景，那什麼才是「鄉愁」所指？

於是有了《漂浮書房》裡既背離又依附的情感，〈不老城〉、〈濕婆神之鄉〉、〈糖水涼茶舖〉和〈飽死〉各文中，煎堆、甩餅、摩摩喳喳、文頭浪、老鼠粉、六味糖水、印度炒麵等南洋美食，構成了隱蔽的思鄉之味。即便人在臺灣，空心菜地瓜葉也全以大量的辣椒和蝦醬爆炒，顯然「故土」不盡然指涉畛域，頑強的官能記憶，強化了無法回轉、卻也無法取代的、往昔的生活情調及飲食習慣。但作者無意深化故鄉的召喚，離開了讓她快節奏走路，結果用更快的節奏逃離的臺北後，她寫下了六年的新店山居歲月，以及定居中壢的常日和教學點滴。這是她迴盪在兩個緯度之間的十七年，是她成年後的平日縮影。其中〈魔幻歲月〉、〈幽黯的皺摺〉與〈你拜了嗎？〉上承〈靈媒〉（《河宴》）、〈禁忌與祕方〉、〈漸漸死去的房間〉（《垂釣睡眠》）和〈凝視〉（《聽說》）；下啟〈過敏的靈魂〉（《陽光如此明媚》）系列篇章。鬼影幢幢的鄉野民俗，屬於另一個意義上的越界。這「難以啟齒的神祕經驗」，並非源於志怪傳統的文化心理，而來自南島童年陽光底下層層疊疊的幻影。即是強烈的身心體驗——壓床、頭痛、夢魘、幻聽，也是書寫題材和敘述策略的試探。她把草莽的、野地的、駁雜的元素，納入都市文明和身分認同的評價體系裡。所以，無論是膳食還是鬼魅，藉著身體，過去成為真正的現在，得以在異鄉證成一個未被馴服的自我。而〈回家的理由〉繼〈候鳥〉之後，她越發清楚自己的漸行漸遠。若說後者是家鄉的景物變化引發了失落感；前者卻是與家人起居上的牴觸，和生活脫節留下的尷尬空白，「我總是在問細節，要把家裡的大小事都縫合起來，把斷裂的時間重新接好。於是，變成一個專門打岔的人」。雖然十九歲留學的她，早已自主選擇了一條不歸路，但沒意料家人之間的生分，彼此熟悉又陌生得令人難以適從，久了更是索然無味。可見一個沒有共識的返家者，內藏不為人知的受創情感。因此，〈回家的理由〉真正拉開了序幕，之後鍾怡雯在《野半島》爆發的創作能量，並非出自一個離家的人，而是源於一個「逃離者」的複雜心境。

《野半島》是鍾怡雯文風變異最顯著的一本，也是創作意義上真正的「越界書寫」。她曾宣稱：「我喜歡混血的東西，血統不純正是我最大的資產和驕傲。」從《河宴》以降，她就充分善用熱帶的風土人情、種族之間迥異的習性、文化，乃至食物口味，加諸奔放的想像力，在行文中彰顯了馬來的南蠻形象。《野半島》更是集大成者，原鄉在她一次次的回溯、凝視和勾勒中清晰起來。文中節奏明快的短句，多語夾雜，生動地表現族群混居、人影參差的社會，凸顯了原生、放任、豐饒又蕪雜的野性特質。這是異言中文，是她的美學選擇和書寫姿態，更是她在華人傳統、印度風俗、馬來制度還有西方殖民的「接觸地帶」生活的天然情感。然而，她話語愈能捕捉綠海叢林，她出逃的慾望就愈強烈；她經由寫作返回抽象的、紙上的故鄉，她愈明白「離開才得以看清自身的位置，在另一個島，凝視我的半島，凝視家人在我生命的位置。」所以「疏離對創作者是好的，疏離是創作的必要條件」。三千里外的空間距離，二十幾年沈澱的時光，馬國經驗不只是野蕨蠻纏、飛禽走獸繁衍的油棕山林，以及打上暗影，充滿象徵意義的人種混雜的世界，而是「我忘記了——其實，我根本無法忘記」的成長痛和家族史。

事實上，寫作就像顯影劑，需要時間讓經歷和追憶的眼光合一，閃躲在字裡行間的心事才會一一的浮現，露出本相。《聽說》裡的〈凝視〉一文，寫的是老屋高掛的曾祖父母的照片，以父輩的威嚴與訓誡，永遠的監視著她。這暗喻了緊張的家庭關係，卻被童言童語消解掉了。〈候鳥〉側露了和父親之間的小心翼翼；《我和我豢養的宇宙》的〈隱形〉拐彎寫出難堪的、沉重的餐桌；《漂浮書房》的〈大哉問〉開始略提兩人之間的摩擦，到了《野半島》〈他以為他是一首詩〉、〈無所謂〉、〈什麼都不說〉等各篇章諸多段落，她才終於直面了彼此迂迴試探和拔劍弩張的父女關係。祖父思想傳統，重男輕女，獨裁壓迫，《陽光如此明媚》的〈今晨有雨〉寫出「長孫而為女身」的原罪。父親順從祖父，背負著傳宗接代的壓力，七個孩子的重擔，以致「終日掛著一張灰濛濛的臉」，「搖頭、嘆氣、沉默」，讓孩子「這輩子，欠他一個快樂不起來的人生」，成為鍾怡雯一生的陰影。她自知不能效仿父親，否則會毀滅在鍾家斯巴達式的家規裡。《野半島》〈北緯五度〉裡更是直言：「受不了家的管束、受不了溺斃和窒息之感、我不要被綁在家裡。」由此，離馬之際，「我獨自推著大行李在機場行走的模樣」，是沒有離情地奔向新生活，是一個女性走向認識自我的過程，更是勇敢的歷史性姿態。她從父權家庭退場，成了蕭紅張愛玲系譜以降「逃家的女兒」，藉著流動的能量來置換個人的成長，以及未來的形狀和位置。正是遠行拉開的時空距離，往後她才能生出對父親的同情和理解。縱然沒能找到適應彼此的方式，但「我，又，沒，有，叫，你，生，我，出，來」的尖銳，日復日化解成了「讀詩的方法」；也才有帶著依戀和惆悵的〈錯過〉，是她身為「父親的女兒」一次深情的回眸。

當她一次次的撕裂傷疤、凝視過往之事，也愈來愈看見命運緩慢地現形。或者說，在《漂浮書房》的〈不可兒戲〉裡，她花了一整卷來討論「生不生孩子」的話題，〈賭一把〉就是答案的蛛絲馬跡。而後，在《野半島》裡，她終於坦承即使她逃到天涯海角，也難逃鍾家的天性。她以為她反抗的只是父權，誰知道父親火爆脾氣來自祖父的遺傳，而祖父承自曾祖母的瘋狂基因，鍾家後輩一直擺脫不了與精神病院打交道的命運。她才曉得她想要背棄的是血緣，她想逃離的是宿命，她渴望的是自由。「自由」在她的書寫中，一直有著兩重性：前者是急於出走的家庭，跟父親的關係降到冰點後，她一口氣報考商業文憑考（LCCI）、高級會考（A-LEVEL）和教育文憑考（SPM），這是她獨立謀生的利器，即便之後完全派不上用場；後者是勃鬱奔放的油棕園，她曾經被囚禁的、無邊無際的綠海，卻在文字裡構成了一個野趣橫生的異質場域，並且保留了原生態的自己。即使落足臺灣，她還是「從生命到心情都屬於蒲公英的人類。」這兩者看似矛盾，卻同樣探索女性自由的可能性。自小，當同齡的朋友到處瘋玩，她卻長姊如母，〈老大的質地〉、〈黃昏的幻影〉和〈紗籠與繩子〉裡記錄了過早體驗的母職束縛，以及被剝奪的童年。因此，對於母親的生命形態，她避之不及。〈隱形〉的餐桌是難言的創傷記憶，「一群只懂吃飯和唸書的小孩是罪源」；《聽說》裡的〈廚房〉「是個深不見底的大洞，一點一點吸納女人的青春與光華」，為免重蹈覆轍母親、祖母的命運，她乾脆把廚房充作另一個書房。原本揮汗炒菜的父系文化場所，轉變成一個乾淨明亮的地方。她再也無須擔心作業沾染油漬，愧疚忐忑去上課，表明女性頑強的心志養成。所以她在《漂浮書房》〈天生的母親〉裡說：「我對生命的想像，完全以我媽為反面教材」、「她把銳角磨掉，我用銳角橫行。我很高興成為和我媽不一樣的女人。」鍾怡雯抗拒的不僅是母親的生活模式，還是她所代表的女性（背負著傳承、孕育的）精神和身體上的傷害，以及被無視的實際處境。母親沒有選擇的餘地，只有完成於否的問題；她則通過個人取捨表達那個年代不曾允諾、也不存在的女性自主。當她決然說出：「我不要生孩子，我要成為和我媽不一樣的女人。」這話語的潛臺詞就是：我要確立「我」與「我自己」的關係，我要確立我的身體和我的意志的關係。這是女性建立主體的過程中最複雜也最關鍵的一步。

曾經鍾怡雯遠離庖廚，卻慣用飲食表現鄉愁。《漂浮書房》卷一的〈濕婆之鄉〉，《野半島》裡〈虐待舌頭〉、〈難以承受的酸〉、〈原始人的食譜〉等，皆熱衷於赤道的滋味。在異地，大概食物與語言是最直接的「他者」感受，提醒自己來自另一個族群系統，也經此回返重構的島嶼。一如〈流失的詞〉，寫的是江河日下的客家話，意味著《野半島》有意為之的多聲道，母語的修辭方式，外語揉雜，只是創作上刻意拾起的聲腔。到了《陽光如此明媚》〈以前的胃〉已經失守，她摒棄濃郁的榴槤，熱愛起臺灣米飯。再來《麻雀樹》的〈從榴槤到臭豆〉，以口味習性上的變與不變、或相應的調整，指涉了「那是十九年的重量，也是二十五年裡的曲折」。作者明確感知時間的伏流，感知家鄉日漸減弱的潛在影響力，暗示逐步消解的故土情結，也流露比較複雜的文化遷徙，足見她對臺馬兩地多重與多元的情感認同。隨之而來的，是她「自己摸索著做菜，打理自己的家，建立屬於自己的生活方式」，開始重新定義自己的人生座標。

其實，鍾怡雯的馬國經驗書寫裡，一直是「故鄉」與「家」雙線並行，前者從虛實想像到凝視回顧，從實體符號變成精神象徵；後者則是不斷去釐清家族裡一些糾纏不清的思緒，離家後重頭思考家的意義。在《野半島》〈那些曾經存在的〉一文裡，當父親退休搬離油棕園，從南部北遷，她徹底跟家告別，成為東南西北人。所以，開始自覺不用「回家」而改成「回去」這個詞。同時，對於〈候鳥〉時期的沮喪，她也終於釋懷，雖然地理上的家消失了，但生活裡不期然就被一個畫面或一句話提醒，還有「人」和「回憶」的牽絆，聊以自慰。《陽光如此明媚》的〈位置〉裡，她說起和家人的關係是：「一個旁觀者，住在她自己的島上。」她不僅愈來愈坦然「家」的轉變，也循序漸進地明白自己遠年近歲的態度和界線。到了〈麻雀樹與夢〉，母親驟逝之後，她和馬來西亞的關係出現了「裂痕」，「家」的歸宿感才真正崩解，「走起路來腳底沒辦法著地似的，成了斷線風箏在空中飄浮遊蕩，不知什麼時候能夠降落，落點又該在哪」。她在死亡剩下來的空缺裡，看樹、發呆、讓時間經過，裡頭有不甘，有懊惱，有疼痛、有太複雜沒辦法言說的感受。父親再婚、弟妹們早已各自成家，這不是主動選擇而是被動接受，真的無家可回了。她在失序的狀態裡，試圖回到穩定的節奏，回到新的平衡，因而釐清了「家」的屬性，終於認知到：「我得回到日常生活。我家在這裡。」

留臺工作後，鍾怡雯選擇定居在粗野又帶土氣的城鄉混合地。家在田中央，小徑是坑坑洞洞的黃泥路，與半島上的記憶相連接。《漂浮書房》裡記錄了她初來「邊罵邊買房子邊認真當個中壢人」的心情。但在《麻雀樹》裡，她提及防颱準備而感嘆：「如果沒有家，就不會生出這些那些擔憂和牽掛」，並且說：「這些年來，我在行旅中慢慢確認也願意承認，自己的家在一個島上，而不是半島。想回去的地方是中壢，不是馬來西亞。這裡才是白手起的家。半島已經是前世了。」從《河宴》至《麻雀樹》，她的每一本書，行旅一直是其中重要的主題。行旅得以成立，有賴於「家」的先驗性存在；行旅最重要的意義，就是出發和回返的「家」。她經由一次次的啟程，在異地他鄉，回頭確認了自己的定位。顯然地，家是一條迂迴的時光之路，她曾經義無反顧逃離油棕園，卻用了往後的二十五年不斷反芻十九年的自己。因為越界，才得以回望生命中第一個「家」：父母，理解原生家庭是她必須克服的命運，並在家族關係中尋得自己；同時，家也是她在這個世界徒手掙來的一個位置，一個空間隱喻，「我家在這裡」有地域認同以外的內涵，有著個人獨立的意義。

參考書目

鍾怡雯，《河宴》，臺北：三民書局，一九九五。
鍾怡雯，《垂釣睡眠》，臺北：九歌出版，一九九八。
鍾怡雯，《聽說》，臺北：九歌出版，二〇〇〇。
鍾怡雯，《我和我豢養的宇宙》，臺北：聯合文學，二〇〇二。
鍾怡雯，《飄浮書房》，臺北：九歌出版，二〇〇五。
鍾怡雯，《野半島》，臺北：聯合文學，二〇〇七。
鍾怡雯，《陽光如此明媚》，臺北：九歌出版，二〇〇八。
鍾怡雯，《麻雀樹》，臺北：九歌出版，二〇一四。

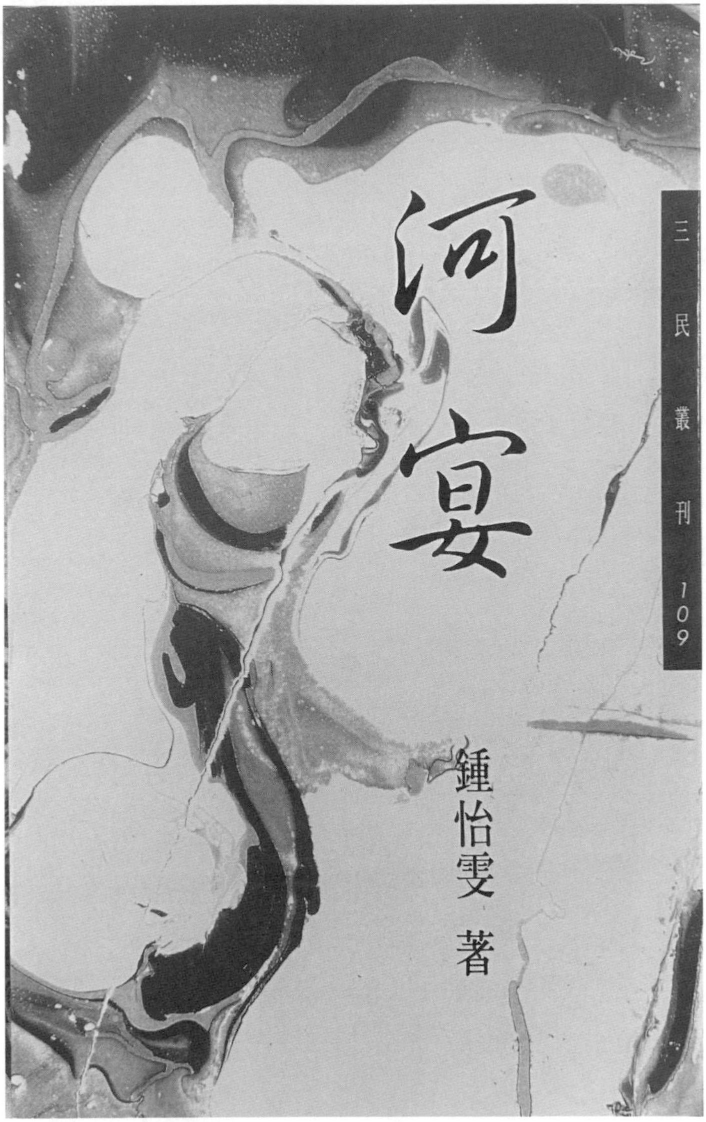

鍾怡雯著，《河宴》書影。（三民書局，翻攝）

以食物記憶一座城市：蔡珠兒的雲吞城市及南方行旅

羅秀美

蔡珠兒「熱愛植物及食物，自封為專業的家庭主婦，全職的自然及社會觀察員」（《南方絳雪》扉頁）。其主要生命空間包含英國倫敦、香港、臺北等地。南投埔里人的她，成長於臺北，一九九一年赴英留學，旅居英倫。一九九六年底再移居香港大嶼山愉景灣，專事寫作。復於二〇一五年定居臺北至今。蔡珠兒熱愛旅行，跨域足跡遍布世界，雖然（尚）未出版旅行散文專著，但蔡珠兒大多以飲食記憶旅行足跡，已出版的飲食散文多可見她旅遊各地的印記。其中，蔡珠兒的「南方」跨域旅行包含旅居十八年的香港，以及澳門、越南、柬埔寨、泰國、緬甸、新馬、印尼、印度與澳洲等更南方的旅行經驗。

「南方」絳雪的雲吞城市之飲食文化觀察：旅居香港離島

蔡珠兒旅居香港十八年期間，也是她創作與出版最豐沛的階段，其六部散文集，除《花叢腹語》外，幾乎都可見最接地氣的香港生活經驗與在地飲食風俗的觀察。

自二〇〇二年《南方絳雪》開始，蔡珠兒已然開始展現她對於「南方」深刻而精采的文化觀察，包括〈南方絳雪〉、〈今晚飲靚湯〉、〈一隻虛妄的老鼠斑〉、〈嶺南有嘉魚〉、〈春羽〉等。與書名同名的〈南方絳雪〉敘寫定居香港後對於「南方」名物荔枝的飲食經驗與其身世及文化記憶之考察。〈嶺南有嘉魚〉的標題轉化陸羽《茶經》的「嶺南有嘉木」，書寫定居「嶺南」（香港）之後看魚與吃魚的生活。〈今晚飲靚湯〉則敘寫「香港最獨特的味覺景致，是尋常人家的老火煲湯」，而且它最能撫慰香港人的身體：

> 這是一個只有鼻子才能領略的風景，不管是淺水灣的豪宅還是深水埗的屋邨，黃昏夕照時，必定都浸淫在一片芬郁的湯味裡。在這個全世界貧富對比最尖銳的城市，只有一鍋「家常老火湯」鑽破了地域與階級的藩籬，日復一日餔養著香港人的身體，滋潤著香港人的靈魂。

可見煲湯文化在香港人的飲食生活中的重要性。

二〇〇三年的《雲吞城市》幾乎都是蔡珠兒對香港文化的觀察紀錄，書名「雲吞」即粵語的餛飩。蔡珠兒在自序〈家住鳳凰山〉自承一開始「不喜歡香港，非常不喜歡」，但也因為對香港無知，反而開始好奇，逐漸發現香港的語言、食物、風土與民情都有獨特的風味，如今自認愈來愈像香港人：

> 說話急走路快，嗜飲奶茶和鴛鴦，愛吃雲吞麵和牛腩河（粉），每天要煲老火湯，幾天不飲茶不吃蝦餃就腿軟心慌。我熱愛「行山」，喜歡這裡山寬海闊的壯麗形象，熟悉鳳凰山和港九各處的山徑。我學會辨識這裡的植物和動物，見過本地特有的吊鐘花、燕鳳蝶、紅嘴藍鵲和中華白海豚，知道這小小的島有三千多種花木，兩百多種蝴蝶，四百多種鳥類，兩千多種蛾類，豐富多樣遠勝英倫三島。

因此，書中滿是蔡珠兒身為「香港人」的在地飲食書寫，如〈補肺住家飯〉的板藍根涼茶、鱷魚肉、杏汁豬肺湯、蟲草燉水鴨；〈涼茶鋪〉的二十四味、五花茶；〈蟹與蠔〉的大閘蟹與生蠔；〈大笪地〉的大排檔小吃（蛇羹、缽仔糕、碗仔翅等），都是最地道最草根的庶民飲食文化書寫。李歐梵在推薦序〈文化的香港導遊〉也稱許蔡珠兒已成為「『道地』的香港人」，並指出蔡珠兒對香港的文化觀察「植根於日常生活的食衣住行之中」、「她的著眼點永遠是出自草根階層的庶民」，誠然。

此後二〇〇五年的《紅燜廚娘》同樣也有鮮明的香港風土與飲食文化的紀錄。包括〈酗芒果〉、〈舞絲瓜〉、〈飛天筍〉、〈香蕉之死〉、〈柳丁情結〉、〈楊枝甘露〉、〈煮玫瑰〉、〈醬炒過貓〉、〈麻婆在哪裡〉、〈響螺蜜瓜湯〉、〈鴨肝肥腸〉、〈鵝回來了〉、〈火宅之人〉、〈豬油拌飯〉、〈甜鹹之間〉、〈米香裊裊〉、〈一杯春露冷如冰〉、〈燕窩迷城〉、〈極度黃油〉、〈砌盆菜〉、〈彈牙魚蛋〉等。其中有許多香港特色美食，如〈鴨肝肥腸〉的廣式燒臘、威靈頓街的「鏞記」鵝肝腸、閣麟街「蛇王芬」的鴨肝腸；〈鵝回來了〉的「鏞記」和「深井」燒鵝；〈彈牙魚蛋〉的咖哩魚蛋及魚蛋河粉；〈砌盆菜〉敘寫歲暮港澳舉辦的盆菜宴，「本是香港新界鄉下的風俗，既是食物也是一種儀式」。凡此皆可見香港市井的飲食風貌。

而二〇〇六年《饕餮書》也是一部以香港飲食文化為主題的專著，輯三「食物之香港氛圍」包含〈茶餐廳地痞學〉、〈打一場 party 的硬仗〉、〈煞食與口腔〉、〈私房菜社會學〉、〈沒有雞吃的日子〉等五篇最有香港氣味。以〈茶餐廳地痞學〉為例，茶餐廳是最地道的香港特產，深入香港人生活的平民食肆代表，其前身是「冰室」和「咖啡室」，模仿西餐廳與英式下午茶，並與粵式燒臘店、粥麵店、潮州粉麵店，甚至甜品店合流，又吸收街頭大排檔的特色，因此兼容並蓄各種華洋中西菜色，也可說「整個香港其實是一間大型的茶餐廳。」此外，輯一「食物之春秋代序」的〈粽子，傻子與魔鏡〉、〈二十四張祕密菜單〉、〈憂鬱的老火湯〉、〈切一片月亮嚐嚐〉；輯二「食物之身世查考」的〈鮑魚的糖心術〉、〈大閘蟹的美味神話〉、〈蝦碌之王〉、〈炒飯的身世之謎〉；輯四「食物之小道可觀」的〈米酒、伏特加與二鍋頭〉，也都是以香港在地的飲食風俗為主題的佳作。

時隔六年後的二〇一二年，蔡珠兒推出的《種地書》仍以香港飲食生活為主題，但更偏重她在香港住家「種菜」（卷一「傻婆荷蘭豆」）與上街「買菜」、在家「做菜」（卷五「時間的逃犯」）的體驗、香港在地行旅（卷四「叮叮見聞」）。其中卷一的〈挑燈夜耕〉、〈傻婆荷蘭豆〉、〈紅鳳碧菱〉、〈難以自拔〉、〈紫花小院〉、〈自食其果〉、〈老菜種瓜〉、〈菜田有條龍〉、〈我好土〉、〈嫁果子〉等書寫她在後院種地的體驗，鮮活而扎實的體力活，可以直接收成最新鮮的家蔬入菜，由產地到餐桌的最佳示範。卷四的〈叮叮見聞〉，敘寫香港最老的電車「叮叮一二〇」，綠鐵皮、木頭椅、黃燈泡，一九四九年出廠，古色古香，最有市井生活的氣味：

不只有風景，而且有聲有味，有見有聞，一路漂來煮牛雜，烤白薯，鹽焗蛋，或者混濁的街市味，我頭也不抬，繼續看書，聞了就知到哪站。

而卷四〈上環夢華錄〉最能見出蔡珠兒對香港城繁華面貌的掌握：

參茸海味，舊樓老街，上環像迪化街加鹿港，殘破裡嵌著富泰，滄桑中暗含華麗，又有幾分《東京夢華錄》的氣息。

燕窩鹹魚雪耳花膠，金澄紅豔，百物豐饒，夥計凝神挑蟲草，花貓在櫃上呼嚕大睡。紙紮鋪有豪宅和 iPad，蛇店和茶樓緊挨著現代畫廊，臘味廠和棺材店旁有型格酒館，古今交纏，新舊摩蹭擦撞，步步蓮花，處處驚喜。

再者，卷五的〈市場癲婆〉是自封「買菜狂」的蔡珠兒之香港買菜史，自離島超市到港九新界的街市以及鋪頭，她對所有好料最地道的店鋪都能如數家珍，她說：「對買菜狂來說，香港確是購物天堂。」誠然。

香港這座雲吞城市之於蔡珠兒，不只是她人生重要的驛站，它的飲食風土也是蔡珠兒記憶這座城市的主題，無論種地、買菜、做菜與吃菜，香港的活色生香盡在其中矣。

多元混雜的「南方」飲食文化：文化研究背景下的食物考察

蔡珠兒的「南方」行旅多以食物為主題，融行旅於食物書寫中也正是蔡珠兒的旅行書寫特色。

口味史的活化石：澳門

鄰近香港的澳門是香港的後花園，蔡珠兒《雲吞城市》的〈三盞燈的雞蛋茶〉描寫某次澳門美食之旅。蔡珠兒指出雅廉訪大馬路附近的「三盞燈」（起名於圓環中央的葡式街燈）一帶人稱「小仰光」，盡是緬甸菜館，椰汁雞麵、魚湯河粉和緬甸撈麵，最老牌的店家是「雅香」。由此不免提及荷蘭園大馬路附近則是「小曼谷」。蔡珠兒說澳門的飲食是「口味史的活化石」，雜交配種出非洲雞、咖哩蟹、燒羊扒等澳門特有的「土生菜」，也保存遵古法製的粵式傳統風味。但最特別的是炭燒，不是葡式燒烤，而是真的乾柴烈火燒的，如豬扒包最有名的「大利來記咖啡室」的麵包就是用柴爐烤的；更罕有的是炭燒蛋茶，在「三盞燈」的墨山巷，勝叔用柴火細熬慢煮的燉蛋和桑菊蛋茶，簡直是澳門傳奇。

此外，澳門有許多葡國菜餐廳見證了它曾為葡萄牙殖民地的歷史印記。《紅燜廚娘》的〈慾望焦糖〉提到的葡國蛋塔正是澳門特產。〈星期天在法蘭度〉則書寫某星期天在澳門路環島臨黑沙灘的葡國菜餐廳法蘭度的食記，葡萄牙鹹鱈魚馬介休鬆軟鹹香，炒蜆肥濃辛香，蟹煲清新蘊藉，燒乳豬肉質甜軟，琥珀色的脆皮遠勝粵式乳豬的粗粒麻皮。

河粉作為平民國食：越南河內、柬埔寨金邊、泰國、新馬

河粉也是蔡珠兒鍾情的食物，《紅燜廚娘》的〈河粉悠悠〉敘寫旅行至越南河內，一想到飯店早餐有現煮的香茅雞絲河粉，令人振奮。其實河粉是潮汕特產，隨著移民從嶺南傳到東南亞各地，在名稱上留下其旅行的痕跡，香港簡稱「河」，越南稱 Phở，泰國和馬來西亞都叫粿條。因此整個東南亞到處都有河粉，香港的魚蛋河，新加坡和泰國的魚丸粿條，都是南洋化的潮汕口味。越南的生牛肉河粉，柬埔寨的金邊粉，泰國的炒粉，香港的乾炒牛河，新加坡和馬來西亞的炒粿條，都是平民國食。蔡珠兒說：

原來河粉不止是我的懷舊，也是許多亞洲人的鄉愁，它是米漿做成的通行證，一路透迤穿過南方，出入市井爐灶，沾滿平民滋味，悠悠不盡如灌稻之水。

可見河粉隨華人而移民南洋，名稱雖異，美味穿越南中國海，至今綿延不絕。

味覺上的「哈泰族」：泰國曼谷、清邁、清萊

《南方絳雪》之〈辛香失樂園〉自述十餘年來多次前往泰國旅遊而愛上泰國，她自述泰國的魅惑來自食物：「這樣的魅惑，尤其被食物所激發和勾引，一旦吃過道地的泰國菜，口舌感官被引領到一個新天地之後，我就再也回不了頭，從此成了味覺上的『哈泰族』。」她甚至認真地遠赴泰北清萊學做泰國菜，其自喻「哈泰族」洵非虛言。而《紅燜廚娘》之〈冬蔭功情人〉的主角正是泰國菜的國粹酸辣蝦湯（冬蔭功），蔡珠兒甚至可以精道地指出自己在曼谷的新派泰菜館吃到的冬蔭功不夠味。《種地書》之〈時間的逃犯〉則敘寫特地飛到泰國過年：

柚子沙拉，紅咖哩鴨，青檸檬蒸魚，冬蔭功蝦湯，芒果糯米飯。這也是我的年夜

飯，在燈火流麗的湄南河畔，或是稻花飄香的清邁山間，樹影撩亂，蟲聲唧唧，今夕不知何夕。

這些美味的泰菜對於海外過年大有加分作用。

娘惹混搭風情：新加坡、馬六甲與婆羅洲

《紅燜廚娘》的〈叻沙迷情〉敘寫她旅遊至馬來西亞馬六甲，在小店享用酸辣香濃的叻沙（Laksa）。叻沙來自馬來半島的「土生華人」（Peranakan，又稱「峇峇娘惹」），揉合福建、馬來和印度風味，即興又隨意地把熱帶風味加入中式麵條和米粉湯裡，「創造出瑰麗的複合體」，「唯有混血的雜種文化，才能如此狂野放誕。」而叻沙又分為酸香和椰香兩大宗，前者以檳城叻沙為代表，以鯖魚和羅望子煮出的酸湯為底，在馬六甲吃到的叻沙即屬前者；後者以新加坡叻沙為代表，椰汁濃稠而略甜。叻沙可說是新馬的「國食」，馬來西亞柔佛與砂拉越古晉的也很出名。

而〈婆羅洲便當〉則是在婆羅洲參與一場蒸汽火車之旅，英殖民時代的經濟命脈，現在是懷舊的玩物。列車由馬來西亞沙巴首府亞庇出發，最後抵達三十三公里外的小鎮巴吧

再折返，回程供應午餐。逛完巴吧市集後，拎著山蕉、小豆蔻和一堆土產上車時，蔡珠兒說午餐的排場竟也不馬虎，除虎牌啤酒沙巴紅茶外，三明治餐盒裝滿粉紅色的馬來炒飯、沙嗲等特色食物，以及炸雞翅、鮪魚沙拉、水果等。蔡珠兒寫道：

陽光豐沛地灌進來，風景是最好的下飯菜。我嚼著飯喝著啤酒，看著窗外的叢林沼澤，聞著焦香的木味，瞥見雲絲般的炭灰浮在臂上，聽著火車的叫聲——回程時他更嘮叨，一路哼哼唧唧，帶著誇張撒嬌的語氣。

婆羅洲的景致如在目前。

其他的南方旅遊如《種地書》之〈神都住在山上〉敘寫印尼峇里島旅遊，以靜坐、發呆、睡覺，拜神（拜訪神聖的阿貢山）為主。《紅燜廚娘》之〈一杯春露冷如冰〉提到印度旅行，在旅館煮咖啡時才發現印度的水質帶鹽滷味。因此推想印度茶多以牛奶和香料烹成，濃馥鹹甘，除了口味問題，很可能與水質有關。《種地書》之〈時間的逃犯〉敘寫出國過年在澳洲藍山雨林過年，蘋果、礦泉水、烤雞三明治和口香糖權充年夜飯。

「市場癲婆」的南方菜市場行旅：出國旅遊買菜

蔡珠兒不只熱愛做菜，也愛買菜，甚至出國買菜。《種地書》卷五「時間的逃犯」的〈市場癲婆〉與〈市井之徒備忘錄〉便書寫異國菜市場的買菜經驗。

世界是個市場：親自宅配異國食物的買菜狂

蔡珠兒〈市場癲婆〉提及自己酷愛買菜，甚至出國回家前買好當地的菜，直接送上飛機：

> 對買菜狂來說，香港確是購物天堂，不只有各國醬料食材，且自由開放，只要不帶穿山甲，魚肉果菜入境無礙。我的菜市版圖，因而延伸到附近城市，反正我到哪裡都要去逛市場，一逛就眼花心亂，很快淪陷陣亡；後來學精了，搭機前再去市場，親自宅急直送，確保生猛新鮮，有時還趕得及做晚飯。

可見蔡珠兒之酷愛做菜、買菜已至入魔的境地。因此，蔡珠兒的南方旅行往往有菜市場行程：

回臺北固然要大肆補貨，去上海、成都、曼谷、吉隆坡、東京或雪梨，我也常順便買菜帶回來，不是什麼珍品，無非是火腿、豆腐、魚乾、辣蓼、櫻花業和山椒芽等物，不是軟脆易折就是鹹溼濃味，無法入箱寄艙，只能肩挑手提，一路小心呵護。

出國採買的淨是些家常食材，是以她也自承：「對買菜狂來說，世界當然是個市場，海角天涯皆可血拼，不僅為了品嚐風物，更為了汲取當地的聲色情味。」只有菜市場才能真正反映當地的真實風貌。

市井之徒的南方買菜史：婆羅洲、河內、仰光、吳哥窟、墨爾本

蔡珠兒〈市井之徒備忘錄〉記錄在異國逛菜市場的買菜經驗史：

不管到哪裡，我總要去逛市場和墳場，因為比起博物館來，那裡面有更多原汁原味的真相。一個在中心，一個在邊緣，中間圍起的是人生，看看人家怎麼吃食，如何死

去；生活樣貌，大抵就在其中。

她的異國菜市場之旅自留學的英國伯明罕老市場一路展開，包含旅居地倫敦哈洛斯（Harrods）百貨公司的食物廳；非洲突尼斯的阿拉伯市場；亞洲日本和歌山的漁港、大馬婆羅洲的碼頭菜市、泰國清邁的河邊花市、越南河內的市場、緬甸仰光的市場、柬埔寨吳哥窟的暹粒（Siam Reap）市場；澳洲墨爾本的維多利亞市場（Queen Victoria Market）等。

奇妙的亞洲市場

《種地書》的〈市井之徒備忘錄〉其中一節「鮪魚青蓮蝦醬」書寫亞洲菜市場的採買體驗，蔡珠兒說：「亞洲市場最奇妙，黎明黃昏，正午凌晨，城裡山外，湖心水上，無時無處不可買賣。」是以，如她在婆羅洲的碼頭菜市採買可做叻沙的食材、香料：

> 晚餐時分，婆羅洲的碼頭菜市卻正熱鬧，一把把芬馨的香茅，飽滿的綠胡椒，油翠蜷曲的過貓，還有清馨粉嫩的薑花芽，我買回來插了幾天，然後撥下來煮叻沙。

又如她在中南半島（河內、仰光、吳哥窟）菜市場所見多為野味：

什麼都有得買。河內的市場有鴨仔蛋和藥燉狗肉，仰光的市場有賣鹽酥蟬蛹、香炸蝗蟲，以及像隻黃板鴨的咖哩山鼠。而走進吳哥窟的暹粒市場，爛泥盈踝，幽暗陰涼，擺滿各式魚露蝦醬，腥悶黏稠，深灰暗紫，看起來都像爛泥，當地人才分得清年分與鹹淡。

這些野味與魚露蝦醬展現的陰暗黏稠，令人大開眼界，全然是另一個異世界。

澳洲墨爾本

〈市井之徒備忘錄〉其中一節「維多利亞的祕密」，書寫的是澳洲墨爾本的維多利亞市場（Queen Victoria Market），這座南半球最大的市場寬綽敞闊，有近千個攤檔，集合了魚鮮熟食果蔬雜貨。不只好東西很多，小店也各有特色。蔡珠兒說這是當地人的驕傲：

這裡有新世界的鮮亮富庶，卻又封存了維多利亞的情調，新知舊雨交融互生，墨爾本人深以為傲，經常問來客，「去逛過市場沒？」不懂行沒關係，市場有專人導覽，介紹食材土產，沿途讓你試吃試喝，還有烹飪學校可供深造。吃飽了走累了，就坐下來喝咖啡，聽路邊的手風琴和爵士樂。

當然，蔡珠兒也認為這是她心目中的理想市場，美食天堂。因此，蔡珠兒的南方旅行，豐富多采，永遠都新鮮而有意思。

參考書目

蔡珠兒，《南方絳雪》，臺北：聯合文學，二〇〇二。
蔡珠兒，《雲吞城市》，臺北：聯合文學，二〇〇三。
蔡珠兒，《紅燜廚娘》，臺北：聯合文學，二〇〇五。
蔡珠兒，《饕餮書》，臺北：聯合文學，二〇〇六。
蔡珠兒，《種地書》，臺北：有鹿文化，二〇一二。

延伸閱讀

何寄澎，〈試論林文月、蔡珠兒的「飲食散文」──兼述臺灣當代散文體式與格調的轉變〉，《臺灣文學研究集刊》第一期，二〇〇六年二月，頁一九一－二〇六。

張瑞芬，〈南方城市的腹語──讀蔡珠兒《雲吞城市》〉，《文訊》二二一期，二〇〇四年三月，頁三〇－三一。

張瑞芬，〈食神，花語──論蔡珠兒散文〉，《五十年來臺灣女性散文──評論篇》，臺北：麥田出版，二〇〇六。

黃基銓採訪、蔡珠兒講述，〈樂當味覺飲食的吃主兒──蔡珠兒〉，《野葡萄文學誌》，二〇〇六年六月號。

羅秀美，〈蔡珠兒的食物書寫──兼論女性食物書寫在知性散文脈絡中的可能性〉，《臺灣文學研究學報》第四期，臺南：國家臺灣文學館，二〇〇七年四月，頁一三九－一六五。後收錄於羅秀美，《從秋瑾到蔡珠兒──近現代知識女性的文學表現》，臺北：臺灣學生書局，二〇一〇。

二〇〇九年五月五日，蔡珠兒應邀至中興大學中文系之「飲食文學」專題演講，講題：「立夏要吃什麼？——食物的風土與人文」。（羅秀美攝）

當煙霞進港：張曼娟的香港情緣

陳秀玲

張曼娟以初聲之作《海水正藍》（1985）崛起臺灣文壇，從此與「暢銷女作家」身分形影不離。她的文字曾經陪伴五、六年級生度過那段封閉、苦悶，對愛羞於出口卻又極度渴望愛的青澀年少，而當人生步入社會、婚姻、子女，甚至恍然踱過半百，青春是走遠了，張曼娟依然以一貫抒情、溫柔、坦然面對生命的文字力量，活躍在書市排行榜上。在張曼娟筆耕不息的創作生涯中，文字裡無所不在的文藝氣質和浪漫情調，將她的文學表現定格在青春永駐的大眾範疇。女作家並非拒絕長大的永恆少女，而是她的真誠浪漫足以穿越世故，投射到現實世界成為她的生命風景。張曼娟寫下希願自己「像鷹眼一樣銳利地，成為美的發現者」，揭示女作家對「美」的純粹性追求，浪漫是她看待世界的一種態度，也是她深獲讀者喜愛最直觀的特質。

張曼娟的極致浪漫表現在對香港的迷戀，她從不隱藏自己的愛港成痴，書寫香港的文章散落在不同出版品，時間跨度長達二十年（1993-2012），隨後集結成《今日香港有煙霞》一書，香港限定發行。香港是一座充滿故事的城市，它的殖民地性格散發出異國情調，它的身世帶著「似城又似邦」的曖昧，和臺灣牽繫著命運共同體的想像。在張曼娟筆下香港是「異鄉與故鄉的混血兒」，無論她以作家、教授或公職身分居留，香港在她心目中已然是另一個家。一九九七年回歸後的香港，成為上個世紀港人的鄉愁烏托邦，那一年，張曼娟接受香港中文大學的邀約，赴港專任教職一年。那並非是她與香港的首次情緣，一九九五年，她追隨相戀的男人到香港短暫生活，愛情在紙上開展了五頁便黯然落幕；而在更早之前，那年她九歲，父親因故被調派到香港從事地下工作，所有擔心害怕又不能言說的想像，讓香港蒙上一層神祕色彩。二〇一一年，張曼娟接下「香港光華新聞文化中心主任」一職，接受媒體訪問喜愛香港的原因，她不假思索地回答：「香港是這麼一座奇幻的城市，怎麼能不喜歡她？」

張曼娟對於香港的「奇幻」景象如數家珍，就像看著情人般細察每一條街坊巷道的風情細節，因而她喜歡搭乘緩慢的電車和渡輪。她喜歡坐在電車上層將街道收盡眼底：「因為有年歲，因為它穿梭在最陳舊破敗的地區，也經過世界一流的頂尖建築物」，殖民地百年建築和現代化高樓見縫插針似的緊鄰彼此，在電車叮－叮－叮聲中輪轉香港的奇幻。她喜歡一個人搭渡輪，因為天星碼頭上演過無數的等待戲碼，「我一直對香港的碼頭有種莫名的戀慕，可能是在閱讀張愛玲小說時，就埋下的情愫。」記憶隨著海潮不斷回放，畫面中白流蘇就站在船頭，看著撐傘等待的范柳原。漫步在淺水灣金黃沙灘上，看著天上一輪明月默想：「這是張愛玲逝世以後，香港第二次的月圓了。因為閏八月的緣故。」行經舊報攤被撩撥的不是小道八卦，而是心裡想著：「文壇巨星張愛玲也說，她喜讀『小報』，藉以諳熟人性。」張曼娟眼裡的香港處處有驚喜，而驚喜裡處處有張愛玲的蒼涼。

張曼娟不斷被問到，為什麼喜歡香港？答案裡總是有「老鷹」。走在一座繁華、喧囂而擁擠的城市裡，一般人很難有餘裕抬頭探索天空，張曼娟曾經在三十樓高的酒店窗邊，與一隻鷹隔著玻璃對望，叩窗的不速之客還送來小魚乾作為禮物。這聽起來像是一則童話，卻是如此真實闖入張曼娟的生命經驗，自此相信老鷹是她的守護者。在她被世俗羈絆而無法掙脫時，便抬頭搜尋翱翔的鷹，「看牠怎樣駕馭著風；怎樣翻轉著氣流；怎樣疾行；怎樣凝定」。當一隻鷹從山與海的交界，優雅而緩慢地朝她飛來，她天真期待著：「是牠嗎？曾經凝視過我的那隻飛鷹？」這是張曼娟情不自禁的浪漫，總是能在這個不怎麼完美、不怎麼仁慈的世界，敏銳且寬容地找到愛這個世界的理由。

香港是一座越夜越美麗的港口城市，維多利亞港灣閃爍如星芒般的璀璨燈海，夜幕裡美得像一場夢。到了白天，只要住得夠高，天空夠清明，窗外的無敵海景就在腳下不遠的地方。視野之所以不夠清明，是因為海上的霧漫進了城，張曼娟常對造訪友人說：「你現在看不見港島的美景，因為今日本港有煙霞」。一句讓她「覺得齒頰生香」的日常氣象用語，植入女作家書寫香港生活的浪漫基調，而「煙霞」正如這座港島的氣息，一吐一納皆自在，一如她的來去。

參考書目

張曼娟，《人間煙火》，臺北：皇冠文化，一九九三。
張曼娟，《夏天赤著腳走來》，臺北：皇冠文化，一九九八。
張曼娟，《溫柔雙城記》，臺北：大田出版，一九九八。
張曼娟，《青春》，臺北：皇冠文化，二〇〇一。
張曼娟，《今日香港有煙霞》，香港：明報出版，二〇一二。

張曼娟著，《今日香港有煙霞》書影。（陳秀玲提供）

走覽世界的起點：胡晴舫與香港

石曉楓

「世界人」經歷：永遠的旅者

要談胡晴舫（1969-）的香港，首先必須先談胡晴舫的世界。胡晴舫自臺灣大學外文系畢業後，便前往美國攻讀戲劇學碩士。從臺北出發，先後在香港、上海、北京、東京、紐約、巴黎、倫敦等處落腳，她在〈無名的人〉（收於《無名者》）一文中曾提到自己「既輕且重」的人生：

> 比起同齡人，我算活得輕了點。因為我的人生分散在不同城市，每回遷徙，便捨掉

> 了一部分。倒不是為了上路輕便，而是人生帶不走的部分總是多過帶得走的。……然而，比起大部分常人，我又算活得重了點。因為我的行旅背囊裡畢竟裝了好幾段城市人生，令我走起路來腳步不免沉了些。

這種多年來遊歷四方的生活型態，杜念中謂其為「類」新游牧族。事實上，胡晴舫游標不斷移動的生命經歷，表徵了廿一世紀以來不同於前代的旅遊及生活方式，此種高速、自由的流動狀態，讓她能在不同城市的穿梭與行走中，以「身在其中又不在其中」的姿態，感受、思索世界性情境，並由此與臺灣社會產生參差的對照。也因為總是「在路上」，便不免有了家鄉、他鄉的思辨視野，甚至由此進行「故鄉」意義的再創造。

胡晴舫愛世界，樂意向世界開放自己，在訪談中她曾明確表態：「全球化本身問題很多，但在大原則上，我擁抱全球化，相信流動與自由，所以我拆解它，理解制度的利弊與權力的來源。」換言之，在移動的過程裡，看世界的視角也應是流動、自由而警醒的，詹宏志便曾說她早期的《旅人》是一部「永無止境移動觀點的旅人之書」。旅行作為現代人移動的方式，確實可以是觀察，也可以是一種「發現」，其中最重要的意義更在於發現自我的偏見，因此胡晴舫特別提示「第三人」觀點，所謂第三人正是置身於道德之外的那個人，是獨立於僵化價值系統外的思索者，旨在保有不拘泥於固定角度的世情觀照。比起絕大多數人，胡晴舫顯然更能享受世界主義的情感樂趣和知識高度，其散文中的知性氣質，或許也源自於此種自由廣闊的視野。

「亞洲女性」對照記

在不同的城市中遷徙，以旁觀角度看各色人等，是令人著迷的觀察與體驗。胡晴舫的取景框裡，開了許多人物視窗，《無名者》中有固然有很多人物刻畫，《她》則更是一部亞洲女性面面觀，在〈後記：她的第三隻眼〉中，胡晴舫提到了亞洲女性的觀看與被觀看，其中所涉及的是「位置」問題，當一向被「我」在書裡觀看的對象，從現實生活中投來「直接，冷漠，好奇中帶有殘忍，理性中含有分析，喜愛中具有排拒」的眼神後，身分問題被提出來進行再省思。一如臺灣的位置是透過移動游標進行參照與定位，自我的身分亦需透過周遭無數「她」的言談舉止、思想行為以及表演姿態等進行疊照、映射或交鋒。《她》全書以中性、冷靜但犀利的筆觸，描摹了五十一名人物的行為言語與姿態，此種「寫真式描寫」，論者以為成就了跨國／跨界／跨域的女性觀察視角。

胡晴舫取材印度、新加坡、馬來西亞、上海、北京、東京、濟州島、曼谷、峇里島等地的旅遊經歷，書寫旅途中偶遇的每一個「她」。這裡面有世故的印度小女孩與印度女性家庭生活觀察、受虐的河內少女驚人的韌性、馬尼拉女律師的「性別正確」論、韓國女知識分子的自嘲、對中國女性的觀察，還有日本媽媽的婚姻「性福」論以及家庭主婦看不見的競爭壓力。或折射或對照，透過全球化視野，思考女性在家庭、職場甚至國族間的想法和自我定位問題。

其中關乎香港女性的書寫，有〈瑪莉亞〉、〈銅鑼灣的電腦明星〉、〈離別是成長的記憶〉、〈睡美人〉、〈外遇〉等五篇。其實《城市的憂鬱》輯Ｖ中也有大量的人物書寫，諸如〈大人物先生〉、〈醜聞小姐〉、〈女店員〉，可視為香港或任何一座城市中所常見的人物典型：優雅、勢利而虛偽，全心全意攫奪身邊可用的資源。《她》裡所聚焦刻畫的香港生活女性，也多有異曲同工之妙，例如〈瑪莉亞〉來自馬尼拉，在香港嫁為人婦後，便視菲律賓人為低等動物。同樣擁擠的人潮，在故鄉是嫌惡，到了香港則轉化為熱鬧的表徵。也只有香港，容得下這樣一位為達目的而與中年法國老公先孕後婚的年輕女子，〈瑪莉亞〉令人想起張愛玲〈傾城之戀〉裡的白流蘇，無論亂世荒原、繁華盛景，香港都能以其廣漠的冷淡，包容各種意有所圖的女性。

〈銅鑼灣的電腦明星〉裡，年輕女孩則將工作中如電腦般精確的身段展示，移植到日常生活裡的自我表演，「她在兩眼之間掛上眼鏡。我再也看不見她完美的睫毛。」胡晴舫以白描筆法展示香港這座城市的冷淡、有禮與浮夢連翩。但在旅人的眼睛裡，明澈理解到的是「有人看，就得有人演。看與被看之間，是權力關係，是含有默契的協定，是一種交換行為」。這是創作者意在言外的警醒。〈離別是成長的記憶〉同樣寫在香港長大的少女，銅鑼灣女孩渴望成名後離開，少女則必須不斷學習離別，一幅浮城圖景就刻畫在成長過程裡，凡此無不彰顯冷淡、日常或許反而是在香港得以安身立命的真相。

〈睡美人〉將觀察視角轉向熟女交際，寫被冷落的富商之妻，重視皮相保養與脆薄如紙的尊嚴，在健身、美容、美髮、睡眠美膚等例行性儀式裡，將自己養成美麗得體，卻夫妻關係冷淡的女人。〈外遇〉則寫另一種婚姻關係，即在婚外維持與小五歲男子約會的女性，她覺得外遇迷人、婚姻平和，兩邊都不想分手，而唯一的原因竟只是自身的懶散與缺乏熱情。胡晴舫所描繪各種類型的「她」，彷彿都表徵了香港這座城市的千般面向與性格。人與城互為映照，真實體現了浮世情感的風流雲散，以及借來空間裡的醉夢浮華。

東方明珠的多角折射

二〇〇一年的《她》，致力於以「人」映照「城」；隨著時局變化，二〇一〇年的《我這一代人》，則有胡晴舫對九七後香港的觀察。借來的空間之外，九七前後的香港，更處於借來的時光中，政治來到眼前的迫促性，讓人更不知道自己是誰，但「城市還是要發展，人依舊要努力活下去」，胡晴舫由城市氣質的差異性，精確點出香港「視交易為本命，把現實當事實的處事邏輯」，臺北則「追求優渥文化、講究靈性提昇的生活態度」，雙城對照下，她對共同在經濟前提下將社會、政治問題視而不見的態度提出警訊。這些觀察還延續到《第三人》裡，如〈買樓像女人買手袋〉談到豪宅所驅動的經濟與城市虛榮，〈封在時空膠囊裡的波兒故鄉〉談到環保關懷，〈城市之癌〉討論開放觀光後中港居民所產生的衝突，並由此論述香港自由、開放、法治所形成的歸屬感與基本精神，所以香港人〈要飲茶也要投票〉，因為自私求生的特點讓她更需要民主法治，以保障私人財產與機會均等的基本權益。

在時局惘惘的威脅裡，胡晴舫當然也深入日常，從而看到市井小民最真實的生活姿態。《我這一代人》裡〈陸羽茶室殺人事件〉、〈北京來的知識分子〉二文可互為映照。

〈陸〉文描摹香港茶室裡的生活文化與熟客認證契約，闡釋茶室是香港的生理密碼與歷史記憶，城市生活的意義就從這些場所開始。換言之，人在茶室的「在家感」，便彰顯了萬事處變不驚的老香港性格。在此種場所空間所凝聚的熟人文化裡，難怪〈北京來的知識分子〉更強烈感受到香港的排外性與現實性，中國的知名作家來到香港覺得寂寞，對於是否回返北京又充滿猶疑，此中有對專制政權的疑慮，當然也有對香港這座城市又愛又恨的情緒。那麼迷人又那麼冷淡，所以胡晴舫要說：「香港，就是香港。一座城市。她彷彿北非的卡薩布蘭卡，像是一顆孤星漂浮半空，有著自己的時空，活著自己的邏輯，周圍儘管發生戰爭、國族對抗、區域衝突，她沒所謂。她專心關注自己的小方圓，飲茶、旅行、買靚衣是她認證幸福的指標。」

「那片我稱之為家的燈火」

這樣迷人又這樣冷淡的一顆孤星，就是香港展現出的特殊氣質。生活於斯地，胡晴舫一方面寫香港嘈雜、快速的生活節奏，粗暴、不留餘地的生活方式，她說「我夢不見香港這樣的城市。上帝創造不出香港這座城市，只有人類自己才有能力」。另一方面，她又寫繁華背後的虛惘，遠眺中環、金鐘、灣仔一帶的輝煌燈火，天星小輪上頓生悲傷；老屋人避疫、樓淨空的的安靜淒美，又讓人覺得「好像時間是一片大海，而這棟樓正不知要漂往哪裡去」，從驚詫、適應到同理同感，在〈那片我稱之為家的燈火〉（收於《無名者》）裡，當胡晴舫二度指陳「我夢不見香港這樣的城市。上帝創造不出香港這座城市，只有人類自己才有能力」時，其中的情感含量與意義已截然相異。

由此或許也可以理解，作家為何會脫口而出「香港是我的家」。《第三人》中有篇〈再看一眼，一眼就要不見了〉，胡晴舫藉由王家衛電影看一座城市的身世，她認為王氏電影並不破碎，其中一以貫之的邏輯是香港記憶。城市在如夢的幻境裡追尋真實，在真實中恍惚驚夢；鬧鐘設了、時間在走，卻永遠不想走到盡頭，因此破碎、凌亂而日常的鏡頭，正是王家衛（也是一代港人）記憶城市的方式。節奏快速、過眼即逝的香港表面上適合遺忘，其實更適合記憶，胡晴舫說：「每個住在香港的人都想忘記，每個離開了香港的人卻只記得。」即使最終出走了，「香港就像長了腳的舊情人，會遠度重洋跟過來」，這是借他人酒杯澆自己胸中塊壘了，因為如夢、因為有時間性，所以香港更需要被記憶。

〈再看一眼，一眼就要不見了〉及〈那片我稱之為家的燈火〉二文，是胡晴舫少見的動情文字，〈再〉文尚置身事外，以王家衛印證自身「記住此刻，永不遺忘」的召喚；

〈那〉文則更深情細訴了與一座城市的相識、相知與相惜。香港為什麼值得被記憶、被想念？我想「城市」與「人」之間，應當存有某種氣質相應相和的頻率，多年在不同的城市中遊走，胡晴舫當已養成散淡隨緣的人際交誼之道；而香港，做為亞洲最國際化的城市，其交通的便捷通暢、群己的疏離關係，正符合旅人大隱於市的條件，「在人群中遺世獨立，這是我在香港品嚐而且習慣了的奢華」，於是胡晴舫要說：

香港之所以是家，只因在這座浮城，我與世界之間的關係忽然沒有了時空的羈絆。我的近鄰是我的遠方，我的他方是我的故鄉，我沒有了歷史，卻身不由主在時代載浮載沉，這種奇異的生命漂泊感，卻給了我一種心靈上完全的獨立與自由。

這裡頭有城市氣質的融洽與共鳴、有自由的召喚與實現，也有旅人被接納卻不被過度牽纏的自在。在鄭順聰所做的專訪裡，胡晴舫更明確表態：「我認為的原鄉，是你到某個地方，當地的人愛你，你也愛他們，地方與人的氣質融洽，也就是俗話說的『有家的感覺』。」可見這個「家」不以籍貫、成長地為標的，而更在於城市與自我生命的映照、群己關係的拿捏以及調性頻率的扣應與相合，是在這樣的感知裡，旅人得以更認識自我，遂能成就其跨域的自我追尋、自我理解與生命實踐。

從香港到世界

走覽世界，胡晴舫自有其關於城市的思考，在全球化時代裡遊走於眾多城市，旅行的意義其實在認識世界之外，更重要的是認識到自我的渺小。愈至晚近的著作，胡晴舫的體認與感慨愈發深切，《無名者》裡有多數篇章可以為證，例如在〈無名的人〉裡，她說「城市遷徙幫助我提早經歷死亡，領悟死亡的發生不一定與呼吸吐納有關。你只要像水蒸氣一樣蒸發掉就行了」；「當我離開一座城市，那段人生就結束了，對原來的城市來說，我已經死了」。在〈沒有歷史的人〉裡，回顧生命中遭逢的幾次世紀性災難，她說「每場戰爭爆發，每次洪水淹沒，每回火山爆發，無名的人全以相同的面目集體走進歷史，即一名舉無輕重的亡者」。而在〈終於日本的村上先生〉裡，胡晴舫所反覆闡述的，也無非是旅行本身正提示了人在世界上的過渡性質。

這些行過中年、走過風景的體悟，扣合到作家居之停之、念念不忘的香港，更有其根源意義。在〈我慾望一座城市〉（收於《城市的憂鬱》）裡，胡晴舫曾說：「我如何慾望我的城市，我就得到如何的城市。」同理，我們或也可以說，作家如何慾望自己，就得到如何的城市。香港作為一座六親不認的城市，正與作家對自我的理解相合，因此在此城，她可以「把自己放到最小」，可以做無人知曉的平凡人，在路上觀察、體驗，在城市裡慢慢腐朽老去。正是香港的浮島特質，強化了這種漂泊感與微渺的生命本相。

香港對胡晴舫的第二層意義還在於，它內在的國際化性格，形塑了作家日後走覽世界的基本配備。在訪談中胡晴舫曾自述：「我這一輩人很多都很早在外工作、在世界各地奔波、與不同背景身分的人相處，在這種移動的過程中，要如何定義『我是誰』？對上一代人來說，出國是很難得很遙遠的大事，但對我來說，移動和身分重組，卻是每天都在發生的事情。」確實，廿世紀末以來由於資訊傳播的快速與資本的高度流動，時空隔閡已迅速縮短甚至瀕於瓦解，現代人於是有了大量移動的自由與便利。一九九九年起，胡晴舫在香港居住十一年，因工作需要經常往返北京、上海，自二〇一〇年起，在日本東京居住三年，其後遷居紐約，乃至於二〇一六年以來，她先後任職於香港光華新聞文化中心、臺灣文化內容策進院、巴黎駐法臺灣文化中心，從這些移動及工作經歷可見，作家所旅居走動的城市，往往是各國經濟動脈之所在。而香港作為亞洲最高度現代化的城市，在基源處擴展了胡晴舫的視野與內在國際性格的養成，使其得以在全球化資本主義充斥的工作環境裡，游刃有餘地持續豐富的跨國移動體驗。胡晴舫以愛情言其對這座城市的感情：

也許，對大多數人來說，最愛往往是我們時常想起的那個人，我們在人生的某個時刻遇見了，認識了這個人，形成了一種固定的想像，往後人生無論遇見多少人，我們都不斷回想此人的身影，並默默將新人與之比較。

這是胡晴舫對城市的想像，也是她對香港的深情致意。學習、探索是旅人的基本精神，從香港到世界，胡晴舫將繼續做一名孤寂但自在的旅人，繼續其關於「我仰望，只為反抗虛無。沒有幻想，只是提醒」的書寫立場與身體實踐。

參考書目

胡晴舫，《旅人》，臺北：八旗文化，二〇〇九。
胡晴舫，《她》，臺北：八旗文化，二〇一二。
胡晴舫，《我這一代人》，臺北：八旗文化，二〇一〇。

胡晴舫，《第三人》，臺北：麥田出版，二〇一二。

胡晴舫，《無名者》，臺北：八旗文化，二〇一七。

延伸閱讀——

胡晴舫，《城市的憂鬱》，臺北：八旗文化，二〇一一。

黃詠梅，〈寫下一個分號；之後——訪「胡晴舫這一代人」〉，《文訊》二九九期，二〇一〇年九月，頁二七－三二。

鄭順聰，〈胡晴舫在其中又不在其中〉，《聯合文學》三三六期，二〇一〇年十月，頁二六－三一。

朱于君，《性別？旅行？全球化：胡晴舫作品研究》，臺南：成功大學臺灣文學系碩士論文，二〇〇九。

胡晴舫、童偉格，〈【往復書簡 DAY.1-DAY.7】胡晴舫×童偉格〉，《聯合文學 unitas 生活誌》。（二〇一九年八月七日－十三日）網址：https://www.unitas.me/archives/10213

香港的廟街夜市。（胡晴舫攝）

天星小輪遠眺港島燈火。（胡晴舫攝）

第五章 向西漂移

女子西行：徐鍾珮與鍾梅音的歐美遊記

陳室如

一九四九年戒嚴以來，臺灣隨即進入鎖國時代，直到觀光局於一九七九年發放第一本觀光護照，臺灣民眾才得以觀光名義出國。將近三十年的時間，臺灣人民無法輕易跨出國門，徐鍾珮與鍾梅音在這段期間出版的歐美遊記，成為當時讀者窺探世界的難得途徑。

女子有行：隻身獨行／與夫同行

在極度封閉的保守年代，兩位女性旅人得以出發上路，主要與丈夫的職業特性有關。一九四八年遷臺之前，徐鍾珮曾於南京出版散文集《英倫歸來》，描述她於一九四五至一九四七年擔任《中央日報》倫敦特派員的觀察與雜感。一九六四年《英倫歸來》和駐英期間的新聞通訊稿、專欄隨筆結集為《多少英倫舊事》一書，出版後極度暢銷。

遷臺前的徐鍾珮隻身獨行，以中國第一位女性記者的身分出國，展開為期兩年的駐外生活，駐歐期間藉採訪新聞的機會，參與多項重要國際會議，開啟了極具國際視野的女遊書寫。遷臺後的徐鍾珮，旅行形式也開始轉變，由於夫婿朱撫松擔任外交人員，徐鍾珮於一九五六年開始隨丈夫展開長期的海外生活，先後去過美、加、西班牙、巴西、韓國……等國，並於一九七六年出版《追憶西班牙》一書，介紹西班牙歷史文化與海外旅居生活。

從單身獨行到與夫同行，徐鍾珮的旅行身分轉變，也反映了臺灣早期女性旅人的出國困境，在出國不易的半鎖國時代，海外旅行是特殊階級方能進行的活動，鍾梅音同樣因丈夫工作之故，才有機會以眷屬身分跨越國境，一九六四年丈夫余伯祺時任臺肥總公司業務處長，因業務出國考察，鍾梅音與之同行，八十天內遊歷亞、歐、美，走遍十三個國家、二十五個城市，回臺後先於《中央日報》副刊連載，後自費出版《海天遊蹤》二冊。

儘管旅行活動受限，徐、鍾二人的異國見聞卻在五、六〇年代受到極大關注。徐鍾珮《多少英倫舊事》於一九六四年在臺灣出版後極度暢銷，一九七七、一九八五、一九八七、一九八九年陸續由不同出版公司多次再版。鍾梅音《海天遊蹤》除文字外還附上數十張銅版紙印刷的彩色圖片，以當時少見的圖文並茂形式呈現異國風情，該書被譽為「最完美的遊記」，暢銷達十六版，二書所受到的熱烈歡迎，也說明了臺灣讀者對外在世界的好奇與嚮往。

以歐美為鏡：異域映照的家國身影

五、六〇年代的臺灣甫經戰亂，急須重建復興，相隔遙遠的歐美象徵進步文明，正是臺灣學習的對象，徐鍾珮所出版的海外遊記以歐洲國家為主，鍾梅音的旅行足跡遍及歐美亞，但遊記中卻透露大量對西方文明的肯定。二人的歐美之旅，不僅只是單純的異國見聞，她們所選擇的觀看視角與再現手法，反映了更深層的家國觀照。

同樣以女性角度呈現異國見聞，徐鍾二人的歐美之旅仍有一定差異性。遷臺之前，徐鍾珮已具備豐富駐外經驗，遷臺後所展開的海外行旅主要為配合丈夫的外交工作，不論遷臺前後，她的旅行皆以長期旅居形式為主，對於異地的觀察也更為深入。鍾梅音的《海天遊蹤》為八十天內匆匆旅行多國的紀錄，旅行國家雖多，但個別停留時間短暫，一九七二年她曾再次展開為期兩個月的歐美之行，隔年出版《旅人的故事》加以記錄，整體旅行形式以短訪居多，與徐鍾珮在歐洲展開的長期旅居生活不同，兩人的觀看角度自然也有所差異。

徐鍾珮以新聞特派員身分赴英，遊記具有新聞報導的特殊性，多次透過中英比較檢討中國社會之不足，遷臺後此一英倫系列作品依然受到大眾歡迎，作品所流露的愛國情操，正呼應了戒嚴時期臺灣社會講求勵精圖治、努力建設的時代氛圍。徐鍾珮的英倫系列散文多處對比英國與中國處境，派駐員的居旅形式使她得以更深入生活層面，身歷其境體驗戰後英國政府種種的節約措施，從倫敦菜市場、民生物資配給、婦女穿著打扮……等具體細節，反思自我家國。她推崇戰後英國民生凋敝卻仍力圖振作的情景，對照中國貧富不均的現象，更是提出沉痛反省：「這不能是我的祖國！遍體鱗傷，而又混身錦繡，病骨支離，而又塗脂抹粉」，報導中陳述戰後英國的國際情勢：「它雖仍身在列強，能朝野一致以『我們是二等國家了』為警惕」，亦不忘檢討中國的自大自滿：「我們却只記得自己是五強之一，只記得自己上了樓，忘記自己又在下樓，常愛談五強，不愛檢討實力」，徐鍾珮旅行雜感所描述的對象雖是英國，夾雜其中的中國身影卻頻繁出現，在對比的張力下更顯清晰。

六〇年代出走的鍾梅音以感性美文聞名，卻相當清楚自己的遊記定位：「願它不只是一部增益見聞怡情悅性的遊記而已，更願它能為這充滿因循敷衍與僥倖心理的社會打開一面天窗」，屢屢對歐美值得臺灣學習之處大力著墨。不同於徐鍾珮遷臺前的遊記，鍾梅音六〇年代的旅行從臺灣出發，她精確掌握歐美不同國家的具體特色：「瑞士的山水最美，德國的人物最美，義大利的歌聲最美，巴黎的情調最美；倫敦適於訪古，紐約適於學習，養老最好在火奴魯魯」，從自然地理到人文風景各有其獨特正面形象。遊記中常見她對歐美的崇拜與讚嘆，文末卻往往筆鋒一轉，附上對國人的檢討與期許，例如她盛讚歐美人民的和善：「遍遊歐美，所遇之人不論識與不識，大多恂恂有理，樂於與人為善」，對應的卻是臺灣民眾令人搖頭的服務態度；見到挪威、比利時、瑞士……等小國表現優異，對比臺灣情境，更發出沉痛呼籲：「我覺得我們用『頭痛醫頭腳痛醫腳』的辦法去對付若干必須從根本解決的問題，只求得過且過，卻把一切寄望於反攻大陸以後，是不成其為理由的，我對自己的國家確有『恨鐵不成鋼』的感慨……，戰亂也不應作為不上進的藉口」，所流露的家國情懷與徐鍾珮遷臺前的遊記作品極為相似。值得注意的是，除了讚美先進國家的優點外，鍾梅音更不忘藉此批判共產主義：「卻又令人驚異於為什麼人類不能以友誼的態度相處，來共同享受這勤奮與愛心所灌溉的甘美果實，而有人必須以掠奪他人為生存手段，以奴役屠殺來鞏固政權？……共產主義企圖將整個人類的生活納入一種方式，不只違反天理，也是愚蠢的行為」，呼應戰後國民政府一再強調的反共意識。

全然嚮往歐美，時時檢討自我家國不足的寫作模式，到了兩人後期的作品已有所調整。以美國為例，鍾梅音在《海天遊蹤》裡，毫不保留地表達對於美國的全然欣羨，例如當她參觀完尼加拉瓜大瀑布後，以近乎誇張的語調，充分表現出對於美國的無限崇拜：「只有美國人民那種開朗的胸襟，才配擁有尼亞哥拉大瀑布；也只有美國政府那種奮發的朝氣，才能擁有尼亞哥拉大瀑布」。等她一九七二年重遊美國，在《旅人的故事》中，開始以客觀持平的態度，看待美國的黑暗面，不再只是一味讚嘆，當她見到白宮外的嬉皮，已開始思索背後所隱含的社會問題：「我也不完全同意美國的生活。不同意的事太多了，過分發達的工業，養成只顧孳孳為利的風尚；鼓勵消費的市場竭澤而漁，準備把地下的資源坐吃山空」，顯然已不同於初訪時的炫奇驚豔，不再僅是強化西方的光明面。

徐鍾珮於一九七〇年隨夫婿出使西班牙，當年四、五月間於《中副》發表〈我看鬥牛〉、〈悠閒〉、〈觀光和觀光客〉三篇文章描述旅居生活，一九七六年所出版的《追憶西班牙》除收錄上述三篇文章外，其餘大部分內容多為針對西班牙歷史文化的報導介紹，前期英倫作品中頻頻以西方為對照、勵精圖治的檢討筆法已不復見，取而代之的，是對歐洲文化更深入的描述，遊記中仔細介紹西班牙歷史、人文和政治，在〈觀光和觀光客〉一文中，更直接點出她所體驗到歐洲不同國家的人民特質：「如今去歐洲觀光，法國掛著長臉，瑞士人淡然處之，義大利只想欺生，在西班牙人臉上，還可以找到和顏悅色，這也許比太陽光更值錢」，凸顯西班牙人民的和善熱情，透過旅人之眼，徐鍾珮將歐洲國家相互參照比較，而非概括為同一整體，對異國內在本質的認識更為深刻。

感性與理性的擺盪：被調和的西方風景

儘管徐鍾珮與鍾梅音的歐美遊記均映照出鮮明的家國身影，但彼此的文筆風格仍有極大差異，所呈現的異域風情也各有不同。

徐鍾珮具新聞專業背景，一系列英倫文章均發表於報紙媒介，有別於五、六〇年代臺灣女作家筆下常見的唯美風格和閨秀氣息，她的遊記多是報導形式，著重記敘和議論，沒有太多抒情成分。在報導異國見聞之餘，經常巧妙以中國作為對比，藉由諷喻、諧擬、幽默、正言反說……等敘事策略引出反思議題，例如〈她們的腳大了一號〉幽默說明了英國主婦每日上街排隊領配給的物資而常常站著，所以戰爭以來女人的腳平均比戰前大了一號，但她們在辛苦之際，依然努力維持新女性全能形象，文末對比京滬列車上氣焰高張的中國太太，以英國太太們竟不及中國婦女的「自由與解放」作為反諷，觀察深刻且文筆犀利。

在《追憶西班牙》中，徐鍾珮詳細介紹西班牙歷史文化，敘及歷史人物之際，除了客觀的史實說明外，也加上更細膩的體會與同情，例如〈多少真命天子〉描述帝王之家的不幸與痛苦，提及菲力普五世生前堅持死後不葬在皇陵裡，她亦深表同情：「如果我是皇帝，我也決不願到那架上去。」〈我看鬥牛〉中，更是一改先前冷靜客觀的報導者姿態，藉由觀賞西班牙特有鬥牛場景的過程，生動呈現自己如何真正融入當地文化的過程。徐鍾珮前幾次觀看鬥牛的經驗為「手心出汗，坐立不安」、「勉強看完第三條，匆匆出場」，無法接受牛隻被鬥牛士刺殺的血腥畫面，旅居日久，再次與西班牙同伴一同觀看鬥牛時，她卻有了截然不同的轉變：

> 我急忙站起來，我一直錯交的同情到今天才有一個正當的出路。我熱烈的鼓著掌，對那條血漬斑斑的牛：你鬥得太勇敢，因此給人割去雙耳，不得全屍而死。我鼓掌非特鼓得熱烈，而且鼓得虔誠，是誠心誠意的鼓掌，絲毫沒有作偽，就在這時，我後座的一個先生稱讚我：Señora 真是西班牙化了！

從西班牙友人的觀看態度中，徐鍾珮逐漸明白當地習俗背後所代表的意義，進而從不同的角度重新審視牛與鬥牛士的角色扮演，跳脫出原先所認定的血腥偏見，轉而欣賞勇氣的藝術化，開始認同異國文化。徐鍾珮如實再現刺激場景，在介紹鬥牛相關知識之餘，完整呈現自我從衝突、排斥到接納的心境轉折，作者的刻意現身與介入，也使得她的後期遊記具有更深的感染力。

鍾梅音的遊記則感情充沛、擅長抒情寫景，《海天遊蹤》對異國風光精細描繪，充滿大量的驚喜與讚嘆，擅長化用古典詩詞的美感造境，調動熟悉的中國古典元素，將遙遠陌生的異域風景轉化為另一個習慣的想像空間。以她筆下的英國的溫莎古堡與漢普頓宮為例，當參觀結束後，她最終聯想到的是元稹詩句「寥落古行宮，宮花寂寞紅」，藉由穿越時空的同情共感抒發自己的淡淡憂鬱。鍾梅音的遊記中常以富中國古意的小標如「六朝如夢鳥空啼」、「人間天上宮闕」、「長使英雄淚滿襟」、「芙蓉如面柳如眉」……等再現歐美風景，籠罩於刻意營造的傳統氛圍下，西方世界的獨特性也隨之消解，看似瀟灑出走的旅程，實質上卻又再次回歸旅人所強烈認同的自我文化。

感性浪漫的文字是鍾梅音遊記的一大特點，在法國參觀約瑟芬故居時，她回想起約瑟芬與拿破崙的情感，將滿院寂寞的海棠比擬為女主人枕上的斑斑淚痕，遲遲不肯離去，最後忍不住為約瑟芬掬一把同情之淚：

從約瑟芬臥室的窗戶，可以一眼望見瑪爾梅莊的後園，三兩隻白鵝，幽靈一般徜徉在池塘中。滿院寂寞的海棠，紅得蒼白，淡得傷心，依稀是約瑟芬昨宵枕上的斑斑淚痕。當嚮導女郎頻頻促駕，我還癡癡地立在窗前。

我發現，我也哭了。

從文學想像到篇章結構的刻意安排，充分展現抒情美文特色，藉由古典意象所引發的共感連結，鍾梅音以感性文字巧妙將自我情感投射於不同時空的異國人物，婉轉細膩的抒情筆法強化了遊記作品的浪漫特色，對比同時在旅途中檢討自我家國不足的嚴肅姿態，感性與理性的鮮明反差，更是令人印象深刻。

時代的女遊／女遊的時代

徐鍾珮與鍾梅音的獨特文字風格重構了繽紛的歐美風景，她們遊記中再現的美好歐美形象，反映出濃厚的民族情感與清晰的家國身影。徐鍾珮以新聞報導形式引導讀者反思嚴肅議題，鍾梅音則以浪漫感性的抒情美文與所遊景物產生共感。在異國與故國、感性與理性之間來回擺盪，徐鍾珮與鍾梅音的歐美遊記具有一定的開創性，卻也反映了在憂國憂民的時代氛圍下，兩人所面臨的困境與侷限。

兩人的歐美遊記呈現了難得的女遊記錄，作為臺灣早期女遊書寫的代表，她們豐富多姿的文字特色，為臺灣讀者開啟了更多出走的想像，繼兩人之後出走的女性旅人，如七〇年代的三毛、林文月，八〇年代的梁丹丰、黃寶蓮，九〇年代的師瓊瑜、陳玉慧、鍾文音、郝譽翔……等女作家，各自以不同的性別角度詮釋旅行，也使得臺灣旅行文學呈現更豐富多元的女遊特色，邁向下一個女遊蓬勃發展的新時代。

延伸閱讀

王鈺婷編選，《臺灣現當代作家研究資料彙編64：鍾梅音》，臺南：國立臺灣文學館，二〇一四。

徐鍾珮，《多少英倫舊事》，臺北：文星書店，一九六四。

徐鍾珮，《追憶西班牙》，臺北：純文學出版，一九七六。
徐鍾珮，《靜靜的倫敦》，臺北：大林出版，一九七七。
徐鍾珮，《徐鍾珮自選集》，臺北：黎明書局，一九八一。
張瑞芬，〈文學兩「鍾」書——徐鍾珮與鍾梅音散文的再評價〉，李瑞騰主編，《霜後的燦爛：林海音及其同輩女作家學術研討會論文集》，臺南：國立文化資產保存中心籌備處出版，二〇〇三，頁三五八－四二六。
鍾梅音，《海天遊蹤》，臺北：大中國圖書，一九六六。
鍾梅音，《旅人的故事》，臺北：大地出版，一九七三。

琦君與林海音、婦協文友合照。前排右一為王文漪；右二李青來；右三著格子旗袍手拿皮包者為琦君；右四張雪茵；右五徐鍾珮；左一為葉蘋；左三鍾梅音；左四林海音，後排右一王琰如；右二黃媛珊；右三劉枋；右五劉咸思。（國立臺灣文學館典藏）

橄欖樹的流浪傳奇：三毛跨域移動的生命實踐與自我追尋

戴華萱

Echo

不要問我從哪裡來／我的故鄉在遠方／為什麼流浪／流浪遠方／流浪
為了天空飛翔的小鳥／為了山澗輕流的小溪／為了寬闊的草原／流浪遠方／流浪
還有還有／為了夢中的橄欖樹橄欖樹／不要問我從哪裡來／我的故鄉在遠方

——〈橄欖樹〉（1979）

這首曾被禁唱八年的〈橄欖樹〉，歌詞裡漂泊天涯的浪漫情懷仍在齊豫清亮空靈的嗓音中傳唱開來，填詞者正是當時以《撒哈拉的故事》引領流浪文學風騷的三毛。於國門戒嚴的一九六〇至一九七〇年代，想要恣意地出走到世界各地幾乎是不可能的夢想；三毛能夠流浪遠方，是循著出國留學的管道。一九六七年先前往西班牙馬德里文哲學院就讀，次年轉往德國歌德語文學院，一九六九年再赴美國芝加哥伊利諾大學，期間漫遊巴黎、慕尼黑、羅馬、阿姆斯特丹等歐洲名勝。既多且廣的跨國移動，讓人很難想像她曾在初中時因無法忍受數學老師以墨汁畫臉示眾的羞辱而休學在家，有過長達七年抑鬱幽閉的宅居歲月。

一九七四年十月，在撒哈拉沙漠結婚的三毛跨海投稿〈在天之涯——「中國飯店」〉一文於《聯合報》意外引起轟動而聲名大噪；一九七六年出版的《撒哈拉的故事》熱銷長紅，三毛特有魅力的異國風情筆致風靡無數粉絲，在當時以寫實為主流的鄉土文學中異軍突起。膾炙人口的浪漫三毛成了異質的存在，文集一刷再刷的耀眼銷售量，掀起了巨浪般的三毛旋風。由於故事的場景遠在神祕的撒哈拉沙漠，揭開神祕面紗的三毛騷動了長期蟄居島內的苦悶靈魂，以及對異域風光探險獵奇與永恆愛情的心嚮神往。如〈收魂記〉中拿著照相機的三毛，將單調荒涼的大沙漠描摹得五彩繽紛；〈沙漠觀浴記〉寫沙哈拉威女人的洗澡奇景；異國遊蹤的冒險，釋放國人被禁錮已久的心靈。不過，日後三毛追憶起這段遊歷卻一反浪漫說：「我流浪，絕不是追求浪漫」，進而屢屢自陳「我離開只是想建立自己」，揭示了流浪的本質是為了建構／追尋自我的主體性。令人好奇的是，流浪與追尋這兩者間存在什麼關聯？三毛如何在流浪的過程建構主體性？為什麼流浪文學如此吸引讀者，讓橄欖樹的尋夢傳奇在三毛逝世三十年後仍然 Echo 迴盪至今。

滾滾紅塵

沒有變化的生活，就像織布機上的經緯，一匹一匹的歲月都織出來，而花色卻是一個樣子的單調。

——〈搭車客〉（1976）

一九六七年三毛首次出國，多數人歸因於她在大學時與才子學長舒凡的戀情沒有結果，為情所苦才展開飄泊西班牙四年的異國生活。但三毛自剖當年出國的主因是源於父母照顧太周到，因而自覺必須離家，否則將無法建立自己的人格。依三毛的說法，她為了找到自己，選擇離開深愛她的家人，獨自面對未知的世界，去探索自己真正想要的東西，此即皮爾森（Carol S. Pearson）所謂「內在英雄」的原型之一：「流浪者」。皮爾森以為

「流浪者」的特質往往是反對順服社會常規的人，他們將穿戴已久，用來保證安全和取悅他人的社會角色拋掉，有意識地踏上旅程去面對未知，顯示一個新生命層次的開始，而此趟英雄之旅是學習為自己的生命負責任。對三毛來說，她正是拋掉自幼備受雙親呵護的女兒身分，透過跨域移動到另一個全然陌生的空間冒險，視為自己開啟另一個生命階段的儀式。

迄一九七〇年第一次返臺前，三毛跨足歐美大量學習自己感興趣的人文藝術領域：馬德里文哲學院選讀哲學、歷史、藝術、文學、人文地理，歌德語文學院攻讀德文，美國伊利諾大學主修陶瓷。雖然在德國時飽受水土不服與長期伏案讀書的腰痛之苦，但終能咬緊牙關通過考試，取得正式德語教師的資格。此外，三毛也在遊歷歐洲的旅程與歐美各國的工作中體驗生命。她曾擔任西班牙馬德里「中國飯店」會計員、馬約卡島（Mallorca）導遊，德國百貨公司香水部門的工讀生，美國伊利諾大學圖書館館員。離開臺灣後的三毛，在跨域中實踐「我離開是想建立自己」的自我追尋，這十分相應於德國成長小說的原型之作：歌德《威廉・麥斯特的學習時代》（*Wilhelm Mesister's Apprenticeship*）所勾勒出「學習」、「漫遊」，最後「為師」的成長三階段。三毛一如歌德筆下的麥斯特因為空間跨移的成長儀式，在離家後的漫遊學習中逐漸建構出自我主體性。

一九七三年，三毛第二次前往西班牙，這一次飄洋過海就真的是因為情傷的緣故了。本訂於一九七二年與德裔未婚夫攜手偕老，未料未婚夫竟於婚禮前夕猝逝，難以承受重擊的三毛在服藥自殺後獲救，為了療情傷而暫時離開臺灣，再度飛往西班牙竟奇蹟似地重遇小她六歲的荷西，此次重逢讓兩人的六年之約一語成讖，遂而展開這一段傳奇的異國婚戀故事。

撒哈拉傳奇

生命的過程，無論是陽春白雪，青菜豆腐，我都得嘗嘗是什麼滋味，才不枉來這麼一遭啊！

——〈白手成家〉（1976）

始終保持一種「在路上」的生命姿態，三毛早就計畫著要到西屬撒哈拉沙漠旅行。因為前世鄉愁般地嚮往著廣袤無垠的沙漠，而深愛三毛的荷西便先行前往沙漠的磷礦公司求職，將一切安頓好才迎接三毛的到來。流浪到撒哈拉，身為妻子的三毛始終展現出她明確的女性主體性。婚前，就與荷西表態婚後依舊「我行我素」，她以為自己「雖不是婦女運動的支持者，但是極不願在婚後失去獨立的人格和內心的自由自在。」最經典的故事當是三毛接到某報社的邀稿，題目定為「我的另一半」時兩人的對話：

當時他頭也不抬的說：「什麼另一半？」

「你的另一半就是我啊！」我提醒他。

「我是一整片的。」他如此肯定的回答我，倒令我仔細的看了看說話的人。

「其實，我也沒有另一半，我是完整的。」我心裡不由得告訴自己。

我們雖然結了婚，但是我們都不承認有另一半，我是我，他是他。

維持各自主體性的完整，是三毛經營婚姻的首要之道。而女性能夠達到如此的前提，當然必須具備吳爾芙（Virginia Woof）提出的兩個條件：要有自己的收入（一年五百英鎊）和一個上鎖的房間。三毛到撒哈拉安定後，就將雙親給的錢存起來不動分毫，開始寫稿投稿賺取稿費，並非僅靠荷西的收入。此外，荷西因為工作的關係常常不在家，三毛擁有許多自己的時間空間，除了寫作外還能與沙哈拉威人往來互動，甚至教導鄰居婦人衛生課、簡易的算數，以阿司匹靈、自製中藥配方、指甲油補牙等自稱「懸壺濟世」的行徑造福鄰人的俠女風範，這些都讓三毛深刻地感受到自我存在的價值與意義，十足把沙漠生活過得有滋有味。可見即使荷西不在，三毛依然能活得亮麗又自信。

這段看似浪漫無比的異地婚姻，無疑是兩人享受細瑣生活情趣所編織出的奇妙日常；或許正因為荒涼大漠的貧瘠物質，反倒更激揚生活的智慧和快樂。荷西送給三毛的定情禮物是一副露出兩個骷髏眼睛的駱駝頭骨，三毛為喜歡吃粉絲的荷西料理螞蟻上樹、粉絲雞湯及餡餅；因為懂得生活創意，才有三毛筆下驚奇有趣且風情萬種的撒哈拉。不過，沙漠生活除了奇特的荒漠景觀與新奇的異國風俗外，為五斗米折腰的艱苦可也是會讓浪漫大打折扣。在撒哈拉，三毛飛揚著披肩長髮卻整日颳著惱人的狂風沙黃塵，「嗆得肺裡好似填滿了沙土似的痛」；只有一家又髒又破的電影院，這讓喜好文藝的她別無選擇；還得走很遙遠的路程，只為提一桶淡水回墳場區的住家，這項苦力活讓她常常重到脊椎發痛。有時為了貼補家用，荷西抓魚後由三毛負責刮魚鱗洗肚腸，跪在石頭上的膝蓋時常紅腫疼痛，雙手也遭魚鱗刺破流血受傷。甚至在荷西不算短的失業裡，家用全仰仗她的版稅和稿費，三毛就如實地說：「我在沙漠裡也風花雪月不起來了，我們想到的事，就是要改善環境，克服物質精神上的大苦難。而不再是我理想中甚而含著浪漫情調的幼稚想法了。」可見三毛初赴撒哈拉籌組家庭之際，確實是懷著異地婚姻的浪漫情思。但真正經歷了大漠日常，在極其困頓之際也曾灰心喪志地說：「無論我怎麼努力在適應沙漠的日子，這種生活和環境我已經忍受到極限。」三毛不斷描寫嚴峻的沙漠生活與她昔日的幻想相去甚遠，顯然遠在天涯異域的浪漫其實是想像出來的（那一大片沙漠當然有推波助瀾的作用），三毛要面對的真實是更具挑戰與考驗的現實生活。

雖然眼前有這麼多困頓，但三毛本著「不能回首」的信念，展現出奇女子的持家美學智慧。在經濟拮据時，三毛選擇步行到很遠的「外籍兵團」福利社買菜，等上四小時才買到一籃菜，只為了省出買錄音機的錢。因為木箱太貴，就用跟人要來的棺材板自製家具，長木板上再鋪上兩個厚海綿墊和彩色條紋布使沙發更舒適美觀；將老舊的汽車外胎填上紅布坐墊，在大水瓶插上一把怒放的野地荊棘，汽水瓶漆上印地安圖案的色彩。廢物利用的巧思，將原本的陋室打造成宛若沙漠上的美麗羅馬，把居家空間布置得美輪美奐。這或許在某種程度上是實現了三毛幼時想要當一名「拾荒者」的志願，不僅滿足了她可以在沙漠上遊走尋寶的童趣，還得以享受將塵蒙的好東西再度發掘出來的幸福感，據此展現了三毛的獨特生活美學，也增添撒哈拉的魅力。

若從肖瓦特（Elaine Showalter）的女性文學發展三階段觀之：女性化（Feminine）階

段的「模仿主流男作家的美學標準，並把之內化」、女性主義（Feminist）階段的「反抗約定俗成的男性標準和價值，及提倡少數人的權益和價值」、女性（Female）階段的「自我發現、轉向內在」觀之，在撒哈拉的三毛應當可以算得上是到達第三個女性階段。自認非婦女運動支持者的三毛，卻十分堅持在生活中保有身而為「人」、為「女人」的完整性。她在撒哈拉的婚姻中不僅能從事自己熱愛的寫作，同時也喜愛在廚房裡煎煮炒炸，視下廚為一種藝術，甚至在宴客後自言「脫下長裙，換上破牛仔褲，頭髮用橡皮筋一綁，大力洗碗洗盤，重做灰姑娘使我身心自由。」可見無論拿的是筆桿還是鍋鏟，對三毛來說都是一種自我價值的實現，兩者間並不存在衝突。

一九七九年荷西因潛水意外不幸喪生，這段傳奇浪漫的異國婚姻僅維持了五年。一九七五年摩洛哥發起軍事行動時，夫婦倆因安全性考量就已撤離撒哈拉，在沙漠的居家生活雖然只有一年多，卻在三毛活潑俏皮的筆下譜寫出令人神往的絢爛神奇。離開撒哈拉後的幾年間，荷西的工作並不穩定，先後移居到大加那利島、拉斯帕爾馬斯北方的荒涼島嶼、奈及利亞、丹娜莉福島及荷西最後長眠的拉芭瑪島。一九七九年傷心斷腸的三毛隨父母返回臺灣，我們似乎隱約可以聽見耳邊彷若迴盪著〈滾滾紅塵〉低沉幽微的旋律：「於是不願走的你，要告別已不見的我，至今世間仍有隱約的耳語，跟隨我倆的傳說……」

萬水千山走遍

失去摯愛荷西後，肝腸寸斷的三毛寄情於創作，《夢裡花落知多少》（1981）就記錄了她的孀居生活，揭示她如何漸漸走出人生低谷，再次堅強面對生命的心路歷程。但事實上，在午夜的怪誕夢境裡，三毛卻常因思念荷西而崩潰痛哭。一九八一年，盛名如日中天的三毛在《聯合報》的安排下前往中南美洲十二國旅遊半年，寫成《萬水千山走遍》（1982），返臺後大規模的舉行環島演講，場場爆滿、盛況空前，足見三毛的迷人魅力。爾後在兩岸政策鬆綁後的一九八九年，三毛也展開返回浙江探親的尋根之旅，並專程到上海拜訪漫畫家張樂平，一償她親見《三毛流浪記》作者的心願。三毛在中國所到之處可說是萬人空巷，受到媒體與粉絲的夾道歡迎，顯見三毛傳奇早已跨越兩岸，同樣旋風式的迷人。

一九九一年，三毛的自殺身亡引發諸多的批評聲浪，雖然與三毛私交甚篤的好友瘂弦對死因始終懷疑，推測三毛的死當是與精神耗弱吃過量安眠藥有關。然而，不管自殺的原因是什麼，一生毀譽參半的三毛，誠如蔡振念所論：她也許是個性極端，有些自戀、自閉傾向的人，心理上可能也有多重人格的傾向，但我們不能否定她對自我價值感的追求。無庸置疑，自撒哈拉系列颳起的三毛旋風可謂空前絕後，從西班牙、法國、德國、美國、撒哈拉沙漠、中南美洲、中國，三毛的跨域移動不僅是為了追索浪漫的愛情，更重要的是在字裡行間透顯她如何面對挫折的生命實踐，還有奮不顧身追尋自我的能量。

永遠在路上的三毛，始終擺盪在出走與回歸之間，在她四十八年的生命中走過五十九個國家。謎樣的三毛總是以著「異鄉人」的姿態帶著漂泊的靈魂走遍萬水千山，「不要問我從哪裡來」的流浪遠方，是為追尋夢中的橄欖樹，也因此締造了華人世界的三毛傳奇。

參考書目——

三毛，《撒哈拉的故事》，臺北：皇冠出版，一九七六。

三毛，《哭泣的駱駝》，臺北：皇冠出版，一九八〇。

三毛，《夢裡花落知多少》，臺北：皇冠出版，一九八一。

蔡振念編選，《臺灣現當代作家研究資料彙編89：三毛》，臺南：國立臺灣文學館，二〇一六。

卡蘿．皮爾森（Carol S. Pearson）著，徐慎恕等譯，《內在英雄》，臺北：立緒文化，二〇〇〇。

托里・莫以（Toril Moi）著，陳潔詩譯，《性別／文本政治：女性主義文學理論》，臺北：駱駝，一九九五。

延伸閱讀

三毛，《萬水千山走遍》，臺北：皇冠出版，一九八二。
三毛，《親愛的三毛》，臺北：皇冠出版，一九九一。
三毛，《溫柔的夜》，臺北：皇冠出版，一九九一。
三毛，《談心》，臺北：皇冠出版，一九九一。
歌德著，馮至等譯，《威廉・麥斯特的學習時代》，臺北：光復書局，一九九八。
吳爾芙（Virginia Woof）著，張秀亞譯，《自己的房間》，臺北：天培文化，二〇〇〇。
「永遠的三毛」紀念官網，https://www.crown.com.tw/book/echo/

三毛著，《撒哈拉的故事》書影。
（皇冠出版提供）

三毛著，《夢裡花落知多少》書影。
（皇冠出版提供）

臺灣女生的大城小事：章緣、美國及越界

謝欣芩

紐約，一個夢想之地。摩天高樓與博物館林立，時代廣場與第五大道五光十色，中央公園為都市叢林帶來一抹綠意，曼哈頓的南端出現了中國城與小義大利，佇立在紐約港上的自由女神，長年高舉火炬歡迎移民者到來。

一九六〇年代，一群作家攜帶家當從臺灣出發抵達美國，開始逐夢之旅。然而，他們筆下的紐約，即便擁有光鮮亮麗的外衣，實則不如他們想像的美好，白先勇〈謫仙記〉描寫中國女性在紐約的迷失與茫然，叢甦《想飛》、《中國人》刻畫移居紐約的中國人經歷了漂泊、失根、思念母土卻不得歸的離散感懷。從留學生到移民，身分與生命隨著時間流動而更迭，那麼後到的臺灣作家又如何看待美國、臺灣，並在兩地之間定位自我呢？

章緣（1963-），九〇年代崛起的小說家，畢業於臺灣大學中文系，一九九〇年赴美國求學，取得紐約大學表演文化研究碩士，定居紐約十四年後，舉家遷往北京，其後又移動到上海，目前在此定居，她經歷臺灣、美國與中國三地的多重遷移經驗，因而對不同地方的觀察有獨到之見。曾以〈更衣室的女人〉榮獲第九屆聯合文學新人獎短篇小說獎，前兩本作品集《更衣室的女人》（1997）及《大水之夜》（1999）充滿女性主義的色彩，透過女性細膩情感的描摹，觀照現代女性的生命經驗，從私密的空間，體現情慾的流動。就章緣已出版的十部作品來看，《疫》（2003）可作為創作歷程的分水嶺，從女性過渡到中年危機，經歷多重跨國移動經驗後，她開始關注移動與人的關係，後續的作品包括《擦肩而過》（2005）、《當張愛玲的鄰居》（2008）、《越界》（2009）、《雙人探戈》（2011）、《舊愛》（2012）、《不倫》（2015）、《另一種生活》（2018）、《黃金男人》（2020），將焦點由女性與母親的性別角色，轉移至不同族裔、世代與性別之間的人我關係，「跨界」的意義更在這些作品中體現。

獨身女性

書寫女性是構築章緣文學世界的開端，她關注女性的情感、身體、愛情、親情、友情，以及多重社會結構與框架對女性的影響，章緣筆下的女性，形形色色，具有不同的身分、族裔、職業，身在相異的生命階段，從社會新鮮人到中年，從未婚到已婚，從女兒到母親，可見女性的各種生命與情感經驗。從未婚華人女性談起，移居紐約後，獨身者如何在大城市中安身立命，找到出口呢？〈我可以跟卡門說話嗎？〉描寫單身女子葉青搬進新公寓中，因電話號碼未更換，一通通的來電讓主角得以拼湊原居者西班牙裔女性「卡門・塔雷歐」的生命情境與人際網路，透過電話撥接，她將卡門當成她唯一的朋友，繼而接收卡門的朋友圈，與外界取得聯繫，成為「紐約客」。世界之大，而身在紐約的單身女子，僅能透過與前房客的隔空交流，渴望成為他人，以完整自我。

身為外來的移民者，生活裡、職場中，旁人總是帶有刻板印象地看待「東方女性」。〈一隻翠鳥〉的主角是在美國公務體系謀得一職，擁有經濟能力且置產的臺灣女性，「她知道他們，那些退休了美國鄰居，是這樣看她這個新搬來的東方女人。這附近她是唯一的東方人，所以一開始，賣方還有點猶豫，但是她開的價錢好。也就是說，她比別人多花了數千美元買下一間獨棟磚房。」不僅在房產交易中吃苦，在職場中也矮人一截，這篇小說亦寫出亞洲人的族裔與女性的性別身分讓她受到邊緣化，上司一再將多餘的工作交付給她，讓她想起在臺灣求學過程與職場上，總是擔任領導人物，而移居美國後，卻成為任他人使喚的部屬，因此想望成為翠鳥，遠走高飛。

女性越界

獨身女性在日常與職場，不斷地摸索生存方式，找到自己在異鄉的位置。那麼從未婚到已婚的身分轉換，有了婚姻和家庭的女性，將面臨什麼人生的挑戰呢？章緣移居紐約後，除了取得碩士學位外，也結婚生子，成為人妻與母親，她開始思索妻子的角色，刻畫已婚女性的處境。〈更衣室的女人〉是章緣的代表作，細膩地描繪女性身體與慾望。這篇作品將主角背景設定為留學生夫妻，先生讀書，太太當家庭主婦，是留學生家庭的典型。章緣從先生的視角描寫妻子形象，「平常下課回來，妻總是在家。不是在忙著煮晚飯，就是飯煮好了，一邊看電視一邊等他。」，這是太太日復一日的例行公事，以先生為重心，自由卻也被剝奪了，在異鄉沒有朋友，足不出戶，她的人生似乎不是自己的，而是為了成就先生而來到異鄉。游泳，成為了逃逸日常的策略，從踏出家門到泳池去游泳開始，跨越常規便可以重新奪回身體主控權。

妻子的身體在先生的凝視中，「妻自成為女人後，只在他面前裸露。他不能接受妻赤裸裸站在他人面前的事實。妻在更衣室，把胸罩扣子解開，露出一對小巧的乳房。」，此刻，先生掌控著已婚妻子的身體所有權，並希望完全地侵占。以女性身體為母題，章緣細緻地呈現先生與妻子兩個視角的交錯，投射於身體的慾望與占有，妻子的身體，以及那些更衣室女人們的身體。隨著故事情節的推移，女性的身體從男性凝視全然地轉移到女性的主導上，「妻在照鏡子。她很自然地跟鏡裡的影像相看，眼光不曾特別地停留在哪個部位，又像把每部位都細細看遍。」妻子不再保守，不再聽話，而開始探索自己，「眼前屬於他的這副裸體，竟然透著一股難言的陌生感，而他也彷彿失去占有它的權力。」。婚後的女性受到父權與傳統性別角色定位的牽制，尤其移居美國後，女性的生活圈僅有丈夫一人，在〈更衣室的女人〉中，章緣賦予已婚女性能動性，她們可以跨出家門，可以活出自己。

然而，並非所有已婚女性都能如願逃脫。章緣的第一部長篇小說《疫》，背景是一九九九年紐約的蚊疫，描寫美國法拉盛華人社區裡，一群中年男女所遇到的中年危機，以及華人社群——臺灣城「法拉盛」（Flushing）的面面觀。以蚊疫的感染、蔓延、防治與疫情作為隱喻貫串全文，兩對男女（曾寶林&謝品熙VS.朱荔&蘇開程）的婚姻與愛情為題材，將蚊疫與愛情和生命歷程相互指涉，主題陳述生命難題的考驗與思索，而危機只是暫時的困境終會解除。

小說中已婚女性，在婚姻裡受傷，因而越界。女主角朱荔是一名語言治療師，事業有成的中年婦女，出生於中產階級的家庭，父母以投資移民的方式定居加州，與曾寶林的婚外情成為她最大的中年危機。章緣以蚊疫對朱荔的攻擊作為隱喻：「丟下晚餐，她跑進浴室裡眼睜睜看紅疹怎麼從上而下一塊塊攻陷陣地。像有數百隻蚊子一起發動攻勢，在她身上留下一個個奇癢的吻痕。朱荔後悔自己的輕敵。」疹子所隱含的災難其實是朱荔的出軌，婚外情使之陷入前所未有的人生危機，她耽溺於和曾寶林的熱戀，卻又擔心回臺照顧母親的丈夫蘇開程，意外的懷孕與流產更考驗其生存的智慧，使她經歷抉擇的困窘。蚊疫作為情慾的象徵，取自於兩者皆具的流動性與無法抗拒，以此體現蚊疫的雙重意涵，對人類文明的反擊與私我情慾的控制。在感情世界受挫的朱荔，只好求助心理諮商與靈修課程，尋求心靈平靜，試圖修復自我。

成為母親

生命的挑戰，伴隨年齡增長與身分多重，逐日複雜化。章緣描寫不同生命階段的女性時，總是在揭露難題考驗之後，賦予她們解決問題的能力。母親，是章緣和她小說中的女性人物共有的性別角色，育兒過程中，學習如何成為母親。〈赴約〉寫兩個大學死黨，從求學到工作階段，一路扶持，相伴築夢，然而在紐約生活後，意外懷孕而結婚的李慧文，跟持續單身的邱彤，形成對照。在一次紐約城裡的約會，李慧文帶著小孩赴約，從邱彤身上，李慧文發現彼此已經走向不同的人生道路了，並對邱彤產生羨慕之情，「一點都沒變，李慧文想，而且她第一次看出邱彤渾身都在放電，是那種自覺於有人會看，也在注意看人的緊張度，讓整個人很警覺，有稜稜的角，還有許多色彩和香味，跟現在身材圓頹、帶著奶味的她，似乎是兩個世界的人了……」好友見面，聊夢想、聊未來，而李慧文只顧著安撫懷中的孩子，想要早點回家，對比邱彤仍懷抱夢想，李慧文則是「孩子和大提包，她沒有一樣可以丟下」，因為她已成為母親，孩子是她甜蜜的羈絆，而自己的夢想在育兒的道路上離她愈來愈遠。

擁有母親身分之後，也更能理解自己的母親，母女關係，亦是章緣作品時常出現的主題之一。〈天生綠拇指〉以第一人稱女性視角為核心，書寫三個在感情世界受挫的女性，同在園藝中獲得療癒，主角「我」在母親六十歲決定與父親離婚之後，將母親接到美國生活，主角在熱愛園藝的母親日益薰陶之下，也成為綠拇指。在母親身上她看見婚姻為女性帶來的傷痕，試著透過栽植物來理解母親，「從來沒想過，妻子是否習慣於先生的惡意缺席，而孩子是否足以滿足母親空虛的心靈。我想到母親乾瘦的背影，明顯兩塊突起的肩頰骨，硬硬頂住衣衫，沒有一絲柔和的線條。她總是把背對著我，難道她企圖遮掩愁悒的面容？」背負家庭和育兒的責任，在園藝世界裡找到了自己，而主角對母親的態度，從困惑、不解、埋怨到逐漸理解與和解，母女關係如同栽種植物的過程，從陌生到熟悉，最終發現自己的綠拇指是遺傳自母親，彼此始終連結在一起。

家在何方

「每個人都得為自己作選擇，在這裡，或去其他地方。」章緣在〈大海擁抱過她〉這篇小說裡，為女性在地方移動之間的抉擇，下了一個理智的註腳。

章緣從臺灣移居美國後，定居在「大蘋果」（Big Apple）紐約，是個既好看又可口，人人嚮往的世界中心，因此來自世界各地不同族裔背景的人，一同生活在城市的脈動中，共築紐約多元紛呈的文化景觀，也因此，族裔身分與文化差異，乃至建構在兩者之上的認同，皆是跨國移動者共感的異鄉故事。在女性之外，移民、文化與認同是章緣作品的重要主題，一方面反映其跨界的移動軌跡，另一方面也折射出她思考臺灣與美國兩地的國情與民情，並體現移民在故鄉與新居之間的認同協商，持續探索何處為家的命題。

身為移民，對於族裔身分的差異往往有更敏銳的觀察，因而章緣的作品時常出現不同族群之間的互動與觀看。〈有口難言〉寫出紐約城裡族裔差異，「這是家華人經營的高級飯店，附設的西餐咖啡屋請的都是英語流利的中南美洲人。白人不可能來華人聚居的區域做侍者，很多華人又對黑人有種莫名的恐懼和嫌惡，在這個白人和華人往來住宿的飯店，中南美洲人是那個兩方都能接受的族裔。」這段描述不僅點出紐約多元族裔的人口結構，同時也透露出不同種族之間的位階高低和刻板印象。

語言，是辨識身分的方法之一，不論是藉由語言使用取得他人的認同，如同這篇小說的中南美洲人因為英語能力而取得華人老闆的認可，又或者透過語言建構自我認同，小說的兩位主角邱愫與陶公是不同世代的移民，兩人對語言的使用有不同的經驗。其中談及臺灣社會「國語」使用狀況的轉變，歷經不同的政權統治，學校的教育政策也隨之改變。出國之後，昔日引以為傲的「標準發音」，卻成為求職的障礙，「我剛來美國的時候，有一回看報上在徵說國語的人，要錄什麼帶子吧，我打電話去，談得都差不多了，我說，好，就這樣子，對方馬上說，你臺灣來的？對不起，我們要找中國來的。」腔調，標示華人移民社群內部的差異，也是劃分你我的方法。此外，陶公亦提及自己在美國出生的孫子強尼，「上了小學就不肯說國語了，嘰哩咕嚕英文說得飛快」，展示對祖父母原鄉文化的斷根，語言作為與原鄉的連結之一，不同世代的移民對於母語使用和文化傳承之認知有所差異，也體現自我認同建構的多重途徑。

跨國遷移，為移民帶來選擇何處為家的契機。章緣的長篇小說《舊愛》，描寫一位經歷了九一一事件和感情危機後的臺灣女性鄭霓，決定重返故鄉臺灣。故鄉既熟悉又陌生的地景與人事，讓她彷彿一個旅人，在故鄉卻覺身在異鄉。藉由過去與現在的記憶交錯，鄭霓在其中，徬徨無助，尋不著安放自身的地方，「對臺南的家人來說，我早就消失了，再次的消失不足為奇，他們將認定我又回到紐約去了。於是太平洋兩岸我稱作家的地方，曾跟我喝茶聊天哭與笑的人，都會認定我已安身於另一方。鄭霓也好，真妮也罷，我這無人祭弔的孤魂，只好永遠飄蕩於無垠大海之上。」居中（in-between）的位置，之於鄭霓是種不得不的無奈。

另一部長篇小說《疫》，女性角色之一謝品熙是男主角曾寶林的前妻，居住在紐約的華人社群法拉盛，不論是對蚊疫的蔓延，或者關於移居社會的變動，她總是選擇保持局外人的邊緣位置，彷彿當下所發生的一切都與之無關，冷漠旁觀這座城市，並堅守其臺灣人的身分。蚊疫之於謝品熙的意義，只停留在對兒子丹尼爾的擔憂，秉持傳統女性對家庭的概念，照料好家務與兒女之外，盡守母親的職責，對於美國的人事物漠不關心。謝品熙的局外人位置，也體現於定位自己的方式，成為住在紐約的「臺灣留美客」，這樣的身分概念，也伴隨著章緣再次遷徙到中國，定居之後，在創作中持續保持的姿態與視角。

家在何方，在路上，在各處。

參考書目

章緣，《大水之夜》，臺北：聯合文學，二〇〇〇。
章緣，《疫》，臺北：聯合文學，二〇〇三。
章緣，《擦肩而過》，臺北：聯合文學，二〇〇五。
章緣，《當張愛玲的鄰居：臺灣留美客的京滬生活記》，臺北：健行出版，二〇〇八。

章緣，《越界》，臺北：聯合文學，二〇〇九。
章緣，《雙人探戈》，臺北：聯合文學，二〇一一。
章緣，《舊愛》，臺北：聯合文學，二〇一二。
章緣，《不倫》，臺北：聯合文學，二〇一五。
章緣，《另一種生活》，臺北：聯合文學，二〇一八。
章緣，《更衣室的女人》，臺北：聯合文學，二〇一八。
章緣，《黃金男人》，臺北：聯合文學，二〇二〇。

延伸閱讀

謝欣芩，〈「台灣留美客」：章緣《當張愛玲的鄰居》的跨界移動與城市書寫〉，《文史台灣學報》第十期，二〇一六，頁一五五－一七四。

章緣著，《舊愛》書影。
（聯合文學出版，翻攝）

章緣著，《更衣室的女人》書影。
（聯合文學出版，翻攝）

洋紫荊與雙生火焰：芙烈達，施叔青到鍾文音

李時雍

兩個芙烈達

什麼樣的創痛，深埋於一具終生曾經歷逾三十次手術的身體，令心臟和肺腑像裎裸，或已然棄之身外，牽繫以微細血管？什麼樣的孤獨，縱使陷落烈愛中的雙眼，仍只一遍遍凝看、摹畫著自己的臉，濃濁連眉、盤髮，淺淺的髭鬚？又是何等匱缺，燃起自我的雙重焰影，如那幅《兩個芙烈達》（*Las dos Fridas*）？

繪畫於一九三九年，糾葛半生的婚姻關係終於破裂而破裂的女子肖像，呈現以穿扮維多利亞禮服的自己，與著墨西哥傳統特萬那（Tehuana）服飾的自己，手輕輕交握，另隻

手卻拾起一把銀製利剪，彷如將剪去畫面中糾纏雙身的血管，袒露的心，早已血淋淋地。

芙烈達・卡蘿（Frida Kahlo），二十世紀南美洲墨西哥最鮮明、最獨樹一幟的女性藝術家容顏。她出身家族的印地安與西班牙混血，她歷劫創傷之身，童年染患小兒痲痺，十八歲少女時遭逢嚴重車禍意外，致使下半身殘疾不便，甚而晚年面臨截肢；她作畫、生活的居所，因鈷藍牆色而聞名的藍屋（La Casa Azu）；她與藝術家丈夫狄耶哥・里維拉（Diego Rivera）熾烈糾纏的愛情，具現為畫中恆常反覆的母題，不僅帶出現代藝術審視自我的內面風景，其女性獨有的生命敘事及身體感性，牽引愈多女子敏感地對視，越過海的另一端，越過了年代，抵達另雙眼底也迴盪起漣漪，譬如小說家施叔青，譬如鍾文音。

為自己招魂

施叔青曾寫有一本薄薄的書《兩個芙烈達・卡蘿》（2001）便援引那幅畫作為名。形似旅行的遊記，實則以對話芙烈達，介乎真實與虛構間，省視著彼此生命、創作、愛情，乃至國族寓意。時值一九九七年，既存世紀末的騷動，之於英屬香港，且經歷著回歸時刻的惶惶不安；對於曾旅居香港多年的施叔青，則刻意地缺席了，暫時擱置下為港島百年身世撰史的「香港三部曲之三」小說工作，展開一趟從澳洲墨爾本、布里斯本，到歐洲西班牙、葡萄牙等橫跨南北半球的旅行。

說是有意自歷史時刻缺席，卻為了深刻回返。出生彰化鹿港（1945）的大家族，自陳一生游移於三座島的小說家，婚後一九七〇年與夫婿前赴紐約曼哈頓島讀戲劇，返臺後，一九七七年又舉家移居香港，曾任職香港藝術中心。八〇年代起，寫作「香港的故事」。闊別十七年後，一九九四年返臺定居。《兩個芙烈達．卡蘿》描述這趟回歸原鄉的漫長旅程：「我想到天涯海角為自己招魂。在回歸的心路上，我必須把自己拋擲得愈遠，才會回來得愈快。」

芙烈達的臉，與躓礙的生命旅跡，成了施叔青抵達馬德里的那刻，便鏡影般映現的存在。她追溯紐約時期初次見到她的畫作，深受其中女性自我髮膚慾望的昭然展示而魅惑，疑問著，這樣一位宣稱「我畫我自己，故我存在」的女子，究竟在持續不懈地自畫中，所為何故？又見識為何？除描摹年輕時的巨大創傷，她的顧影凝視，存在傷殘的肉身再現實不過的處境，傷後臥床療養的日子，她僅能透過病床特殊設置的畫架，與懸掛的鏡子仰躺作畫：「在她剩下的有生之年，她必須無時無刻攬鏡自照，照了還不夠，還得畫下來，只有這樣才能肯定她芙烈達．卡蘿真的活在人世，真實的存在著。」

召喚著小說家的，又或許是鏡像疊影中所浮現，與南美洲受創的歷史相鑲嵌的一副肉身。「芙烈達，我總是把妳身體宿命性的傷殘，與墨西哥被殖民摧毀後的千瘡百孔聯想在一起。」也因此，這趟天涯行旅，更是一次逆行殖民主義宗主國之途，並藉此思想著墨西哥、回歸之際的香港、原鄉島嶼臺灣。

錯覺的地圖

十六世紀遭遇西班牙殖民侵略、深受征服者希斯班化（Hispanic）創傷劫毀的中南美，如印加、馬雅、阿茲特克，與十七世紀相繼遭逢西班牙、荷蘭等航海帝國占領的福爾摩沙，竟有了親緣般之連繫；而當代南美洲藝術家面向殖民史的思考，如烏拉圭托雷斯·賈西亞（Joaquín Torres García）一幅《錯覺的地圖》，倒置全球南方與北方，則成為出身島嶼的施叔青，旅記中反覆援引、思及地理政治的象徵圖像。

阿姆斯特丹國家博物館所見的林布蘭《夜巡》，惚恍帶著一六二二年荷蘭與明朝於風櫃圍城戰中火槍火藥的幽暗光影；梵谷「燃燒的紅髮、紅鬍子、碧綠的藍眼珠的自畫像」，彷若島民口中曾經的紅毛番，其畫作主題的破靴子，讓小說家聯想起踏過東臺灣古老土地的足印。抑或至布拉格，尋索若終身流刑於自己土地城市的卡夫卡。

至於芙烈達，她的畫作，同她的生命愛戀故事，無不浮現詹明信（Fredric Jamson）所謂「國族寓言」的深意。終其一生，她繪製極小幅於木板或錫片上的畫，既因受身殘之限，又彷彿祈禱時可握於掌心的聖像，又或心底是否為與興起三〇年代墨西哥壁畫運動的丈夫狄耶哥．里維拉屬民族、壯美的史詩畫區別，她則以：「絕對個人的，以自我為中心的畫像，往往小得不足一呎，畫在洋鐵板、纖維板或畫布上，芙烈達是以微觀的視覺焦點不厭其煩地來表現自己……」

從根源復甦

施叔青九〇年代為香港寫作三部曲《她名叫蝴蝶》、《遍山洋紫荊》到《寂寞雲園》，亦敷陳以出身底層的女子黃得雲躓礙的一生，為一城之喻；被人口販子賣入擺花街娼館紅塵的農家女，成為英國官員亞當．史密斯情人，由此帶出殖民地百年的陰翳身世，論者貫以「以小搏大」稱其女性歷史敘事，微觀，一如遊記對話的芙烈達。

跨過世紀末，移居曼哈頓島，施叔青再寫「臺灣三部曲」，依舊擇以邊緣女性，如清代鹿港梨園藝妓的《行過洛津》，吉野移民村灣生女子《風前塵埃》到養女掌珠《三世人》。期間，另一趟義大利文藝復興藝術之旅，最終來到龐貝古城所見黑髮少女「母狼」鑲嵌畫前，牽引她寫作旅行小說《驅魔》（2005），竟對位如《兩個芙烈達・卡蘿》。

她在她的身上，也許《破碎的圓柱》（*La Columna Rota*）或《小鹿》（*El venado herido*），看見受盡殖民創傷的千瘡百孔，在她半是印地安式、半是西班牙的雙生自畫裡，看見「兩個芙烈達，兩個分裂的自我。」「兩種血液的混合激發了妳獨特的創作靈感，妳企圖借用藝術來消解種族、宗教、政治所加之於妳的壓力，妳同時慶祝也哀悼西班牙的殖民。」在她名為《根》（*Raices*）的一幅大地之母之身姿中，體會著歷劫而後復甦的能量。在她們根源的故事裡，找尋屬她的島嶼。

致生命萬歲

同一幅雙面之臉，召喚另一個孤獨倦旅的心靈。告別紐約的嚴冬歲末，與雪中惦記之人，鍾文音迢遙飛行，來到墨西哥，來到科悠坎（Coyoacán）小鎮的藍屋前。

收錄於《三城三戀》的手札，留下鍾文音二〇〇四年跨進新歲獨自浪跡在異國的心緒：「白天，我又來到藍屋，第四次了。」「那間還在我夢裡發光的藍屋，框著芙烈達．卡蘿靈魂的藍屋。」之於《兩個芙烈達．卡蘿》呈現受盡創傷之肉身鑲崁有被殖民土地的身世，分裂的自我，承載是歷史混血的宿命；思慕而倦途的旅人，看見則是彼此愛欲生死，是渴愛之苦。

九〇年代最早的長篇《女島紀行》，即呈叛逃之姿，叛離母親及其所表徵的南方原鄉。現實中，出生雲林二崙鄉的鍾文音，北上求學，淡江大傳系畢業，先擔任電影劇照師、記者等職，後負笈紐約藝術學生聯盟研習油畫，而後追尋或謂放逐，踏上經年在旅途中的日子。《寫給你的日記》（1999）是紐約兩年文字，亦奠定下日後私己般手札形式，與複寫藝術家生命之途的旅行散文風格，《遠逝的芳香》前去高更（Paul Gauguin）最後的玻里尼西亞群島，《情人的城市》追跡莒哈絲、波娃、卡蜜兒等女子的巴黎；然長途十年，直到《三城三戀》（2007）竟已透露「我恰巧厭倦了旅行」的心境。

厭倦背面，更如她表露，在造訪墨西哥城、布拉格到挪威奧斯陸後，「仔細冥想，這樣的感受雖來自於十多年的疲憊行腳累積而成，然而有一個觸媒是和我近年走訪的莒哈絲、芙烈達．卡蘿、孟克等人有關。他們的藝術都是因為回到他們的祖國才走到更深邃的內在，因而發光。」

肖像《兩個芙烈達》畫於與丈夫狄耶哥離異的同年，是少數達於一百號大型巨作，深刻呈現自根源、肉身，到愛的「雙重性」。一個自己，手執利剪下血紅暈染白裙、一個自己猶拾住狄耶哥極小幀童年照相。鍾文音來到墨西哥當代美術館的畫前凝視。來到十五歲少女芙烈達，初見繪製著壁畫三十六歲男人的墨西哥市國立預科學校舊址。來到離異後滿目瘡痍，搬回一個人的科悠坎藍屋。來到她生之盡頭。

一九五三年四月，芙烈達．卡蘿遲來地首次在自己出生地舉辦個展，頭飾以繽紛鮮花，連同伴她一生、臥榻的床，被抬進墨西哥現代美術館受眾人禮讚。隔年七月病故，結束四十七年傷痛。卻另有傳聞她是自死。鍾文音來到她生前八日最後一幅靜物畫，見其所題寫「Viva La Vida」一行，疑問著：「但我寧願相信不是這樣的」，「妳在死前畫下『生命萬歲』的西瓜圖騰，高更在死前畫下他懷念故鄉的下雪之景，那麼我呢？」

雙生的火焰

生命萬歲！

這必然也是《三城三戀》承受著肺病，與情人朵拉厮守最末生命的卡夫卡心所歌頌，愛裡終於之居所；這必然也是受困於精神病疾而返回故鄉的孟克，曾瞥見「血染般的夕色」而畫中真實的《吶喊》；是高更遠遠逃離了窒困的巴黎，四十七歲，拋家棄子，獨身來到南太平洋大溪地，流浪一個更一個邊緣島嶼，留下餘生最重要的色彩和提問：《我們從何處來？我們是誰？我們向何處去？》（*D'où venons-nous? Que sommes-nous? Où allons-nous?*）。

彷如倦旅的女子或有踟躕一瞬，仍疑問、仍追尋。嶄新的世紀初，鍾文音曾尋覓藝術家日記《芳香芳香》（*Noa Noa*）線索，遠行、並寫下那本《遠逝的芳香》（2001），隨高更遠抵了大溪地島首都帕比提，到希瓦瓦島小鎮阿圖那尋找曾經收容高更生前最後芬芳的「歡愉之屋」，到莫里亞島、波拉波拉島。試想另一雙眼睛欲看向熱帶島嶼的原始光色，卻在這承受著法國殖民與歐洲文明化傷痕的群島間，高更深感遺憾：「我來遲了。」

正是在此處，追尋中有了別樣的心情。之於巴黎，作家所來的島嶼，與玻里尼西亞群島的芬芳與受創，竟存有焰影般的連帶。

施叔青如此說道，為回歸，需到天涯海角為自己招魂；如若放逐於愛戀行旅的鍾文音最後寫下：「一個我真正內心逃無可逃的個人宿命之島：臺灣。」

告別香港三部曲後，定居安住於曼哈頓島的施叔青，潛心於文獻史籍，專注起筆「臺灣三部曲」，二〇〇三年並藉駐校東華大學之緣，生活花蓮壽豐鄉一年，因而有了《風前塵埃》以吉野移民村與太魯閣之役為題。鍾文音則自二〇〇四年起踏上她的「島嶼百年物語」長篇寫作，《豔歌行》、《短歌行》、《傷歌行》。跨境遠行依然，此後卻有了根源之地。

如同芙烈達．卡蘿的《根》。

而疑問，有她自己追尋後的回答：「如果我要在死前畫下最後一幅畫，我要畫什麼？我要寫下什麼字句？」「或者一片美麗的枯葉，妳看過洋紫荊嗎？兩瓣落葉對生，每一片落葉因此都像蝴蝶……」

如雙生之焰，作家援引墨西哥詩人之詩。遍山洋紫荊。回歸所有名為蝴蝶的島嶼。

參考書目

施叔青，《兩個芙烈達．卡蘿》，臺北：時報文化，二〇〇一。

施叔青，《驅魔》，臺北：聯合文學，二〇〇五。

鍾文音，《三城三戀》，臺北：大田出版，二〇〇七。
鍾文音，《遠逝的芳香——我的玻里尼西亞群島高更旅程紀行》，臺北：玉山社，二〇〇一。

延伸閱讀——

施叔青，「香港三部曲」。
施叔青，「臺灣三部曲」。
鍾文音，「島嶼百年物語」。

施叔青著，《兩個芙烈達．卡蘿》書影。
（時報出版提供）

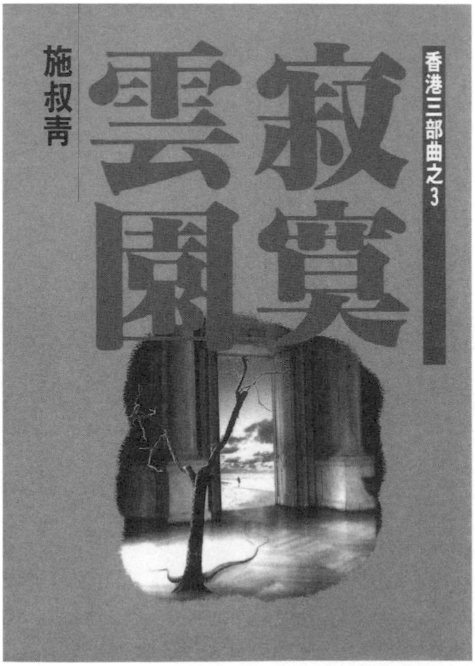

施叔青著，《寂寞雲園》書影。（翻攝）

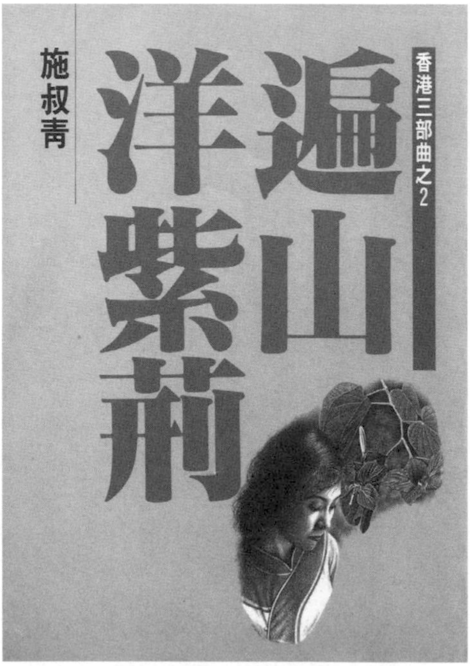

施叔青著，《遍山洋紫荊》書影。（翻攝）

復返之間：巫師、記憶與伊苞的離返故事

陳芷凡

達德拉凡．伊苞，排灣族人，一段到藏西轉山的歷程寫成《老鷹，再見》。這一段從尼泊爾到藏西轉山的旅程，是伊苞「流浪」的宣稱：「領受了土地的祝福和巫師的眷顧，我要開墾我的生命，放自己流浪。」但在他鄉異地經歷的一切，卻讓伊苞不斷地想起父母的吟唱、巫師的禱詞，故鄉召喚與異國遊子的靈魂不時疊合，使得她的流浪出現了一個出乎意料的意義：深思回家的意義。《老鷹，再見》實寫藏西轉山的旅程與儀式信仰，卻也在其中細膩地敘述、回憶屏東青山部落的一切。出走藏西與復返青山部落，一念之間。

流浪・尋找生命的原點

臺灣社會經歷政治、社會的劇烈轉變，臺灣原住民族的政策、國民教育、西方宗教、貨幣經濟等劇烈改變，讓伊苞如同其他族人，質疑留在部落的意義到底是什麼。於是，她以父親完全聽不懂的漢語說著「我要去流浪」。流浪到哪裡？為什麼要流浪？事實上，出走當下的伊苞可能還沒有答案。她來到臺北生活，甚至前往藏西轉山，試圖尋找答案。在尼泊爾邊境，伊苞想起了家鄉父母說過有關撒凱依的傳說：

> 很久以前，有一對姊弟，姊姊撒凱依是部落的頭目，她的丈夫撒達一爾入贅到她的部落……小舅子撒比力年輕氣盛，撒達一爾因為嫉妒心，便把撒比力的頭給取下來。……撒凱依保持鎮定，不發一語。心中縱然萬分悲痛，她仍然不動聲色，默默想著對策，心底不停地問，為什麼遭受如此對待。……撒凱依與族人商討對策，便在收穫祭當天，待撒達一爾一醉倒，人們便聚集在頭目家前庭。每個人手上燃起的火把，如天上的星辰閃耀著大地。是夜，撒凱依帶領她的人民離開她生長的地方。（pp.14-16）

這個「出走」的神話，一方面是《老鷹，再見》的重要情節，亦為伊苞試圖對家人、依笠斯解釋自己出走的理由。當部落被迫受到巨大力量的擾動，生命中原本重要的東西也漸漸褪色，伊苞的出走與流浪便是希望能靠近、甚至是找回那樣的初心。

事實上，在真正離家之前，伊苞想起了第一次在外求學的返家，巫師對她說：「我們老人家知道自己的方向，我們死後一定會回大武山祖靈所在地。但是你們呢？你們會迷路」（p.18）。當時的伊苞未能理解生命的課題，只知道自己的離開，對部落老人家而言就是一種「死亡」。老人家對伊苞說：「你今天離開，我不知道明天或後天會不會再遇到你？離別是死亡的其中一個面孔。」（p.17）此種離別／死亡的感受，是部落老人家見不到晚輩兒孫的憂懼，亦是看到整個部落快速改變的哀傷，於是伊苞說著：「透過遷移，新的事物不斷在妳眼前湧現……有時覺得部落的命運必然衰亡，造物主決定如此，生命如此，萬物亦復如此。」（p.19）即使長輩、巫師有所牽掛，對伊苞而言，她以辯證方式思索「死亡」，死亡是黑夜時靜默的山林？還是白天裡燦爛的陽光？穿透黑夜，生命得以延續；而陽光下的皺褶臉孔亦有深沉哀思。黑夜與白日、延續與斷裂，伊苞認為離開或許是死亡的一個面容，但死亡卻有可能是重生的契機，如同她對兒時玩伴依笠斯的告別之語：「根在，還可以再長啊！受過的傷或失去的東西，就讓它走。回到內在生命的原點，重新

思考。」（p.26）

母親雖然擔憂，卻也惦念著「孩子的離開，必然有她清楚的想法。……那些被撒凱依帶走的人民不是也有人回來嗎？」（p.18）巫師也在一旁補充，出走的人們定會懷念故鄉樹豆的滋味，當他們從遠方遙望故鄉，故鄉炊煙裊繞，「於是離去的人們再度踏上屬於自己的地方」。母親與巫婆的叮嚀，是伊苞這趟旅程中最深的體悟，也是最深的鄉愁。伊苞以撒凱依出走傳說為依據，以及部落火把重新燃起的暗示，說明她的出走是為了有機會回到內在生命的原點。當她確認了生命的原點，那或許就是回家的時刻。這是《老鷹，再見》故事發展的伏筆，也是復返敘事的起點。

交會：轉山行旅與部落記憶

當原住民族作家們紛紛返回部落，進行文化復振的思考，伊苞卻選擇出走，透過一個想念的距離書寫原鄉。《老鷹，再見》的敘事主軸，是站在尼泊爾和西藏邊界轉山的伊苞，也是在出走之中找到生命原點的伊苞。這兩條軸線交會，成為連結現實與記憶、西藏與青山部落、出走與復返的關鍵。巫師，成為參照之中如影隨形的存在。

《老鷹，再見》描述伊苞一行人抵達藏西轉山，文化的衝擊與交會是她找到座標、確認自身立足的方式。同行的拉醫生，是位藏人，解釋了藏人的四種葬法，包括活佛的靈藏塔、天葬、水葬、土葬。伊苞也說明排灣族人埋葬於家屋的傳統：

> 人們相信埋在屋室內的家人，他們身上所配戴的鷹羽、雙腳所踩著的土地，如陽光的祝福照耀著家人。過去排灣族人有句話說：「我們的墳墓在那裡，我們的家就在那裡。」葬禮的儀式全由巫師包辦，人死後要透過巫師的誦咒來引導往生者到大武山與祖靈相聚，他們在那裡過著與現世族人相同的生活。……然後每五年會回來與族人相聚。過去，人們相信靈魂永遠存在於宇宙中庇佑族人。（p.128）

為了開啟話題，伊苞以排灣族的葬禮儀式回應拉醫生。有意思的是，這樣的對話，也使得伊苞不斷地感知排灣族的一切。伊苞為了擺脫故鄉而出走，卻在另一個他方不斷地述說家鄉。其中，巫師往往出現在伊苞重述排灣族文化的語境中。葬禮儀式的討論牽涉死亡，伊苞想起巫師曾說過：「死亡的顏色，是美麗的色彩，有一天當我要離開人世的時候，手背上的人形文會浮現出鮮明美麗的色澤，這是我回家的記號，我會準備好離開這個世界，回到大武山與祖靈相見。」（pp.130-131）巫師的話語穿越時空而來，伴隨著離開與相見的辯證。

藏西文化的參照，讓伊苞拾起了記憶之鑰；記憶中的巫師，更是生命困頓危急之際的解藥。伊苞在藏西的行腳，因為高山症、冷冽的氣候，讓她時常感覺死亡的無所不在，當她們車隊進入被稱為「世界屋脊之屋脊」的阿里地區，更是如此。一晚，高山症狀發作的伊苞胸口發悶，吸不到空氣。她知道當下的自己在廣大無垠的西藏，伴隨著死亡。最緊要關頭的時刻，伊苞以吟唱的方式安撫心中不安：

> 我記起家鄉，在迎亡靈的儀式中祭師撫慰生者的吟唱。我輕輕開啟我的口，以吟唱的方式來安慰我的靈魂以及我遠方的朋友和家人。……祭師千年傳唱的歌，就在靜靜的夜裡，我在心中不斷吟唱，直到曙光來臨。（p.65）

在生命危急之時，伊苞撫平自己身體與情緒的方式，便是記憶與祭師吟唱的歌謠。在歌謠中，伊苞一方面說著自己是達德拉凡家的孩子，一方面也感謝祖靈與親友們以不氣餒的心情包容出走的孩子。歷經高山症、失眠、缺氧所產生的劇烈頭痛，伊苞想起巫師的叮嘻：只要開口誦念經語，存在天地日月的萬物眾神都會前來幫助。因此，她堅持了下來。還有另一個晚上，因呼吸難過而無法成眠的伊苞蹲在四千五百公尺的薩嘎，望著滿天星辰，她想起巫師所敘說的動人故事。星星圍繞著圈圈跳圈舞，人們看見閃亮的星星，知道是撒布勒男和巫娃凱相見了：

在某個時刻，有一顆最閃亮星星出現，那是撒布勒男頭戴著羽飾帶領他的男友們加入圈舞。再在某個時刻，又會出現另一顆閃亮的星星，那是巫娃凱身著傳統服，頭戴羽飾帶領她的女友們加入圈舞。他們是一對戀人，只有在跳圈舞的日子才會相見。

（p.57）

這個快被她遺忘的故事，因為西藏星辰的觸發，讓她再次記起那段充滿故事的日子，以及那位帶領伊苞認識排灣族生命、死亡和宇宙觀的巫師。因此，當伊苞一行人圍著聖湖繞行，感受與感動於藏人繞湖的故事時，伊苞有所感發：「聖湖的故事讓我想起了巫師。」一旦開始回憶，巫師的存在便如影隨形。伊苞想起了自己的出生伴隨一個夢境。當她從母親雙腿鑽出來的那一晚，巫師作了這樣的夢：

> 她走向湖邊，彎下身來飲用湖中之水。風起，枯葉飄落湖中，她聽見聲音，開始哭泣。孱弱的靈力受著環境的牽動，秋風、落日、夜雨、季節變換，孩子的靈四處遊走。（p.7）

每個孩子的出生，在排灣族文化脈絡中必然伴隨一個有預知意義的夢境。伊苞出生時的夢境，在「孩子的靈四處遊走」的預告下，似乎說明了伊苞日後在出走與回歸的拉扯。夢占具有一定的文化喻示，而由巫師分析徵兆以解釋祖靈的安排。當伊苞困頓於出走的不安，巫師告誡她必須留意自己的夢：

> 「空的。」她用一種怪異的眼神看著我：「夢不好可以解決，你的夢是空。巫師說：「集中，不管你的呼吸（生命）遇上什麼問題，集中你的氣息，不要白費力氣。」她呼喊著：「在冬季，埋葬深底的枯枝腐葉，起來，清晨的陽光出現了：裡面的人，醒起來，醒起來。」（p.80）

當巫師對著伊苞的腦袋呼喊著「裡面的人，醒起來，醒起來」，就像是呼喊那個曾經迷失、痲痺自我的她，清醒面對最真實的自己。伊苞因著奇妙的機緣來到藏西，觸目所及，皆是廣漠的大地：「眼前彷彿是一面大鏡子，它們逼我面對自己隱藏在心中的祕密。」西藏的神話、藏族對轉山的崇敬，這些信仰讓伊苞回憶著自己與巫師、部落的一切。當她在藏西看見轉山的人群，看著那站立又伏地長拜的身影，看著藏人一輩子為了完成轉山的慎重，看著無畏惡劣環境，始終未曾停歇腳步的老弱婦孺，讓伊苞不禁反問自己：「如果大武山的祖靈還在，如果巫師還在，如果沒有殖民，如果有堅持，我是不是也是大武山的朝聖者。」（p.159）這份感懷，有所惆悵，但也略帶希望。

巫師與伊苞的互動極為深刻，這也讓她的懷鄉思緒，表面上看似排灣族傳統文化的詮釋，卻一再地顯現了故事傳承者——巫師的陪伴。《老鷹，再見》呈現藏西、青山部落互為參照的時空，其意涵就像是巫師穿越時空的靈力加持，卻也是伊苞記憶與思緒駐足的見證。在記憶中她回到了部落，並在其中找到了觸及內在生命的線索。

復返：回家不是目的，而是方法

現實中的轉山經歷，與記憶中的原鄉往事，兩兩參照，現實和記憶的時空，同樣重要。如果沒有西藏信仰的觸發，伊苞的流浪終究找不到自己；如果沒有原鄉記憶的支持，仍無法釋懷無助且殘酷的現實。《老鷹，再見》一文的後記提及這趟轉山讓她做了生平的第一部戲《祭・遙》，故事內容是關於排灣族悲傷的靈魂和巫師的凋零：

> 藏西之旅開啟我的心靈，從整理、撰稿到導演《祭・遙》，這段期間，我發現了自己的心靈對外在事物的開放與接受度的寬廣。這是過去，每當陷入所謂低潮創作期時，必定活在自己世界裡的那個既自私又自我的執拗個性所無法達成的。
>
> 藏西遼闊的天際和毫無障礙的視野，大自然無私的給予，什麼是「我」的呢？在這個世界上，我是多麼地多麼地渺小。（p.206）

這段自我剖白帶有哲學思維。不同於臺灣原住民作家們以「我是原住民族」進行文化復振與身分認同，伊苞離開原鄉，在一個他方得到領悟，得到一個「什麼是我的呢」的提問。雖然在藏西歷經死亡的邊緣，讓她吐露著迷路的孩子想要回家的念頭，但伊苞內心很清楚，回家並非復返的終點。

在旅行文學或離返敘事的討論中，有一說法為「出走便是為了回家」。伊苞的書寫與實踐並不完全回應這樣的說法。《老鷹，再見》雖然讓伊苞重新理解家園，並且獲得了回家的動力與體會，她自己也意識到「回家」只是一個方法：

> 《祭．遙》演完的那一晚，我回到居所，趴在書桌上，放聲大哭，既不是悲傷情緒，亦不是難過的心情，在包容與被包容之間，在生命瞬息輪迴之間，一種對人生深刻的體悟與了解吧！
>
> 對於部落族人，還有對巫師的思念，我拿起來，然後，放下。（p.206）

回家，只是一個方法，但卻是最重要的方法，這是伊苞誠實面對自己內心，得以繼續往前的動力。講故事的人有回溯整個生命經驗的秉賦，包括自己的人生以及他人的經驗。在聽與說之中，生活經驗在此累積與創造。藉由說故事，一個人的經驗介入了聽故事的眾人，使人存在於故事裡，產生歸屬、定位和共鳴。人的記憶有所疊合，故事在相互回應中擴充了層次。《老鷹，再見》反覆記憶的是巫師告訴伊苞的故事，而伊苞再藉由書寫的方式，讓讀者我們感受到比記憶更遠的地方。在復返家園的當下，在記憶巫師與族人的當下，在拾起與放下之間，我們得以看見伊苞真正的模樣——一個在往返部落之中確認內在世界的自由靈魂。

參考書目

達德拉凡．伊苞，《老鷹，再見：一位排灣女子的藏西之旅》，臺北：大塊文化，二〇〇四。

孫大川，《夾縫中的族群建構：臺灣原住民的語言、文化與政治》，臺北：聯合文學，二〇一〇。

楊翠，《少數說話：臺灣原住民女性文學的多重視域》，臺北：玉山社，二〇一八。

謝世忠，《後《認同的污名》的喜淚時代：臺灣原住民前後臺三十年：一九八七至二〇一七》，臺北：玉山社，二〇一七。

延伸閱讀

里慕伊・阿紀，《山櫻花的故鄉》，臺北：麥田出版，二〇一〇。

詹姆斯・克里弗德著，林徐達、梁永安譯，《復返：二十一世紀成為原住民》，苗栗：桂冠圖書，二〇一七。

謝旺霖，《轉山：邊境流浪者》，臺北：遠流，二〇〇八。

董恕明，《纏來纏去：新詩精選集》，臺北：新地文化藝術，二〇一二。

達德拉凡・伊苞著，《老鷹再見——一位排灣女子的藏西之旅》書影，封面照片由張智銘攝影。（大塊文化提供）

西藏轉山。（達德拉凡・伊苞提供）

屏東來義部落，記錄巫師祭典祭詞。（達德拉凡・伊苞提供）

勘查舊聚落，耆老以酒、檳榔祭告祖靈。（達德拉凡・伊苞提供）

跨域以安身：蔣曉雲及其「民國素人」的百年逆旅

張俐璇

二〇一一年，一年之中，蔣曉雲連續有《桃花井》、《掉傘天》、《百年好合》三書出版，其後隨著簡體中文版的推出，一度被視為「臺灣文壇新秀」。

一九五四年在臺北出生的蔣曉雲，其實早在上個世紀就已經是「文壇新秀」。一九七六年，第一屆聯合報小說獎，首獎從缺，時年二十二歲的蔣曉雲，與小兩歲的朱天文，分別獲得貳獎與參獎，格外受到矚目。朱西甯稱蔣曉雲是繼張愛玲、潘人木之後，「無人可及」的言情小說家。蔣曉雲隨後在《三三集刊》、《聯合報》副刊發表的小說，結集出版為《隨緣》（1977）和《姻緣路》（1980）兩書，同時自己也踏上姻緣路。此後在美讀書就業，停筆幾乎三十年。當初的「臺灣小姑娘」，已經是退休的「美國老華僑」，之所以在民國百年重返文壇，依據作者自述，「都是因為王偉忠」。

在民國與共和國之間

二〇〇八年，臺灣第二次政黨輪替，這年年底，王偉忠取材自己在嘉義眷村的成長經驗，在中視製作八點檔連續劇《光陰的故事》，並與表演工作坊合作，推出舞臺劇《寶島一村》，續說眷村故事。隔年適逢中華民國政府遷臺一甲子，眷村文化加乘暴紅。二〇一〇年，《寶島一村》更搬演到北京與上海。戲劇巡迴的效應是，一九四九年到臺灣的「外省人」，幾乎都被以為住在眷村裡。於是，和王偉忠同為「外省第二代」，但並不在眷村成長的蔣曉雲，決定來說說「軍區大院」之外的外省人的故事。

眷村外的外省人故事，前有駱以軍（1967-）《月球姓氏》（2000）等家族史書寫；蔣曉雲的特殊之處，在於她的「雙重移民」經歷。二〇〇五年至二〇一〇年間，在美國矽谷工作的蔣曉雲，因公務關係開始駐點中國上海。二〇〇五年是兩岸關係的新章，胡錦濤在「中國人民抗日戰爭暨世界反法西斯戰爭勝利六十週年」紀念活動中，肯定國民黨所屬軍隊，和中國共產黨所領導的軍隊，同樣是抗日戰爭的主體力量。這個說法，大大翻轉了共和國過去對於國民黨「抗戰無功，摩擦有術」的印象，白話文的說法就是：原來國民黨也會抗戰啊。同年，中央電視臺《京華煙雲》等民國劇的推出，更催生了對「民國範兒」的想像。「民國熱」在共和國延燒，書城設有「民國專櫃」，民國史與清史、明史並架排列。身在上海的蔣曉雲，深感「民國」已被當前朝，因此在民國百年，開始訴說身邊「民國人」的故事。

蔣曉雲的「民國素人誌」書寫計畫，以出生於民國元年到卅八年間的女性為主角，一年一位，規劃三十八個故事。目前已出版的是《百年好合》、《紅柳娃》（2013）和《四季紅》（2016）三卷。三卷中的十八個故事，各自獨立，卻又相互聯繫。《四季紅》中的角色，甚至又接上了長篇小說《桃花井》。易言之，蔣曉雲復歸文壇之後的寫作，除開《掉傘天》是舊作重出，從《桃花井》到《四季紅》的小說四書，都可算是「民國素人」故事。換言之，在臺灣的「外省人」的故事，是「民國人」故事組成的一部分。

在左、右之間

所謂「民國素人」的「素人」，大抵有兩種類型，其一是知識分子與資產階級，面對

「國變」，他們有能力「搬家」繼續「過生活」；其二則是文化與經濟資本雙雙欠奉的工人階級，在大江大海中的「逃難」遷移，是為「求生存」。這兩種類型的書寫，可以說是蔣曉雲在上個世紀少作的演繹。

蔣曉雲第一本書《隨緣》裡收錄的幾個短篇，朱西甯稱之是「無情世代」的呈現，這個世代的人役於機械文明，隨著產業無情發展，人人順著大流走去。因此，蔣曉雲的小說固然言情，言的卻是臺北知識青年，不肯為愛情犧牲自我利益的無情。朱西甯的「無情世代」說法，上承「先覺者」張愛玲。一九八六年，中國文聯出版社未經作者授權的「香港臺灣與海外華文文學叢書」，其中的蔣曉雲作品集，節選《隨緣》與《姻緣路》兩書共八篇小說，便以「無情世代」為書名出版。

夏志清在蔣曉雲的第二本書《姻緣路》，則留意到小說家「有情」的一面。《姻緣路》裡多篇的小說，主角不再是為自己精明打算的大學生，代之是上一代人，有更多的「真情」流露。例如完成於一九七九年的〈去鄉〉，寫湖南岳陽城的世家少爺楊敬遠，在一九四九年隻身離家前夕與妻小兄長的告別，極其含蓄，卻又極其濃情。相較於對青年人的無情，夏志清看見蔣曉雲對老年人所經歷過的生死離別，寄予最大的同情。這一點，在〈去鄉〉的續作，可以得到驗證。

一九九三年，蔣曉雲在《聯合副刊》發表〈楊敬遠回家〉，敘說了楊敬遠的「後來」。楊敬遠的一去一回，在蔣曉雲的寫作，時間睽違十四年。從中美建交與美麗島事件發生的一九七九年，來到六張犁亂葬崗被發現的一九九三年。去鄉以後的楊敬遠怎麼了？故事的原型人物，來臺之後在綠島坐了多年冤獄，等到解嚴，兩岸開放探親，卻病死返鄉路上，連岳陽城都沒進去。小說裡的楊敬遠，則在病逝前與結髮妻、親生兒重逢。現實的遺憾，蔣曉雲以虛構償還。去鄉與回家，兩度跨域，兩種安身。〈楊敬遠回家〉其後改名〈回家〉，收錄在二〇二〇年出版的《臺灣白色恐怖小說選》，與陳若曦寫從臺灣到中國，歷經臺共到文革的〈老人〉，並置為「白色的賦格」。

《桃花井》的頭兩篇正是〈去鄉〉與〈回家〉，另有一位與楊敬遠賦格的老人李謹洲。李謹洲當年和髮妻、小兒子一同「去鄉」，八〇年代末「回家」尋訪大兒子。不過，雖然李家兄弟順利團圓，但幾乎沒有血濃於水的溫馨親情劇碼，反而因為各自遭遇的文革與白恐經驗，民國與共和國的遭逢，同文同種不同國的成長背景，只有加深彼此的委屈與怨懟。

現有的「民國素人誌」三卷，更進一步寓寫了「家／國」的各種樣態。「民國素人誌」以上海金家的兒女們為故事核心開展。長女金蘭熹出生於民國元年，一九三六年西安事變時候，與華僑陸永棠結婚。「陸永棠」三字有著「大陸永似秋海棠」的想像，也就是還包含一九四九年前尚未獨立的外蒙古，狀似秋海棠的「民國」地圖。有意思的是，同為旅美華人女作家，嚴歌苓也在二〇一一年書寫上海舊家公子「陸焉識」，出版長篇小說《陸犯焉識》；二〇一四年改編為張藝謀執導的電影《歸來》。如果說「陸犯焉識」帶有「大陸犯的錯誤該如何認識」之意，那麼「陸永棠」則可以視為「民國」如何永棠？亦即，（如）何「以建民國」的探問。

「民國素人誌」金家三房的兒女們，共七女二男，出生於民國成立的前二十年間。一九四九年，民國變天之際，最小的二十歲，最長的三十七，多已成家，帶著二代去鄉。長姊金蘭熹與陸永棠這對商人夫婦「對時機感覺敏銳，並不輕信站在臺上大聲疾呼跟他走才算愛國愛民的任何一邊，在關鍵時刻望風而行，比難民大流早走一步」。關鍵時刻，金家一子留居上海，兩女赴港，其他五女一男因為各種原因，悉數到臺灣。一家人，自此分屬三種國籍。不過，無論是選擇安身香港抑或臺灣，金家移民的二代，又多赴美成家，彷彿美國才是「民國女子」最後的依歸。

在港、臺之間

那麼，在港、臺安身的，究竟是怎樣的「民國人」？

金蘭熹、金舜菁、金舜蓉，是金家最長的三姊妹，也是各房的長女，面對關鍵時刻的選擇，分別是三種路線。金蘭熹和陸永棠定居香港；金舜菁在抗戰時期加入共產黨，四六年奉派到臺灣；金舜蓉和安居聖隨國營單位遷臺。

也因此，港、臺之間，不無關係。諸如〈昨宵綺帳〉裡寫陸永棠戰後即在臺灣置產投資，四九年初還將上海舞小姐應雪燕金屋藏嬌在臺灣。又如〈女兒心〉裡的陸貞霓，看著媽媽金蘭熹因為「香港華人適用大清律法」，因此「為了拆散陸永棠的一段孽緣」，一度搬家到「遵循一夫一妻制的臺灣」。再如〈歧路〉中的金舜菁，臺北地下工作十五年、綠島新生感訓五年，六〇年代中期，倚仗香港長姊「港澳僑領」之力，離開國民黨治理下的「險地」，香港成為文革期間老左派寄身之所在。

戰後臺灣小說，不乏對於香港的書寫，在一九五〇年代王藍的《藍與黑》中，香港是相對於「復興基地」臺灣的存在，既有人覺得臺灣終非安居之所，也有人認為臺灣是真正實行三民主義的地方。時至八〇年代，香港則是臺灣「探親小說」的重要中介空間。九〇年代，當葉石濤以《西拉雅族的末裔》寓寫臺灣史，施叔青則以《她名叫蝴蝶》追索香港史。二〇一〇年代，有上官鼎《雁城諜影》以九七回歸後的香港為場景，寫國共的合作與角力；也有蔣曉雲自／置外於國共紛爭的「民國素人誌」。不過隨著二〇一九年反送中運動的發生，以及二〇二〇年《港區國安法》的生效，令人好奇未完的「民國素人」故事，後續又將怎生書？

此外，當「民國素人」移民臺灣，勢必與「昭和遺民」等「本省人」遭逢。目前三卷的「民國素人誌」僅有許志賢、郭銀俊兩位本省男性。臺南人許志賢在卷一〈鳳求凰〉中初登場時，是個二十出頭的年輕上班族；在卷二〈紅柳娃〉中回歸時，已是三十來歲的官場明日之星。因為「民國二十八年生的他，剛巧趕上蔣經國主導的『催臺青』政策，拿公費跑了不少地方，見了很多世面。」民國二十八年，簡體字版改為一九三九年，彼時在臺灣是昭和十四年。換言之，許志賢並非「民國人」，也更因此強化「臺籍」菁英形象。

另一位本省男性臺北人郭銀俊，則是商界新貴。在卷二〈蝶戀花〉裡的訊息是「銀俊在一九四五年的秋冬之際出生，算民國人」。這是個相當有趣的設定。「民國素人誌」取材出生於民國元年到卅八年間的女性，亦即一九一二年至一九四九年，是與「共和國」一致的「民國」定義。而這其間，一九四五年八月終戰，十月臺灣「光復」。因此設定郭銀俊出生在一九四五年秋冬之際，可謂兼顧臺灣史的特殊性。一如杜國清曾在《臺灣文學英譯叢刊》創刊號前言指出的：臺灣「與中國大陸的直屬關係只有四年」。

若循此史觀來看，那麼王安憶的觀察，顯得相當耐人尋味。二〇一四年，北京新星出版社將「民國素人誌」的前兩卷，合為一冊《百年好合》出版。王安憶在推薦序中提到，許志賢、郭銀俊作為前兩卷唯二的本省男性，卻都在婚生子之外，各有私生女韓寶寶和郭小美。韓寶寶是外省移民第三代，郭小美是本省民國人第二代。王安憶追問，幾乎同年出生的她們，作為「小說中最新的一代，同是私生的身分，又在暗示著什麼？」私生，亦即非婚生，是沒有合法性的存在。這會是民國在臺灣的後來嗎？不過，即便是於法不符，但兩個角色依舊是活生生的存在，並且一路向前。

未完的「民國素人誌」，目前出場的三位本省女性角色，分別是養女、妓女、私生女，與白先勇《臺北人》（1971）中的本省女性底層形象，未有太遠的距離。後續故事裡，跨域的「民國女子」，會否有與「昭和女子」抑或「臺美人」的相遇？期待下回分曉。

參考書目

蔣曉雲，《百年好合：民國素人誌第一卷》，新北：印刻文學，二〇一一。

蔣曉雲，《紅柳娃：民國素人誌第二卷》，新北：印刻文學，二〇一三。

蔣曉雲，《四季紅：民國素人誌，第三卷》，新北：印刻文學，二〇一六。

蔣曉雲，《啞謎道場之君自何處來》，新北：印刻文學，二〇一四。

蔣曉雲，《啞謎道場之香夢長圓》，新北：印刻文學，二〇一二。

王安憶，〈歸去來〉，蔣曉雲，《百年好合》，北京：新星出版社，二〇一四。

張俐璇，〈雙聲道：解嚴前女性文學與兩大報文學獎〉，王鈺婷主編，《性別島讀：臺灣性別文學的跨世紀革命暗語》，新北：聯經出版，二〇二一。

張俐璇，〈民國、臺灣、共和國——論蔣曉雲「民國素人誌」的移民書寫〉，《中國現代文學》三十一期，二〇一七年六月，頁二〇五－二二六。

張俐璇，〈「百年」書寫——嚴歌苓《陸犯焉識》與蔣曉雲《百年好合》的「民國」再現〉，封德屏主編，《文學傳統與創作新變：新世紀以來兩岸長篇小說之觀察——兩岸青年文學會議論文集》，臺南：國立臺灣文學館，二〇一五，頁三五五－三七三。

黃鈺婷，〈海外移民書寫中的外省認同：論蔣曉雲的《桃花井》〉，《臺灣文學研究集刊》二十五期，二〇二一年二月，頁五十七－八十四。

何敬堯採訪，〈君偕珠璣來，道破啞謎題〉，《聯合文學》三六五期，二〇一五年三月，頁二十二－二十七。

董子琪專訪，〈蔣曉雲：我現在六十幾歲了，最怕別人讓我當人生導師〉，中國財經新媒體「界面新聞」，https://www.jiemian.com/article/1120976.html，二〇一七年二月二十日上線，二〇二二年十一月十六日瀏覽。

夏志清，〈蔣曉雲小說裡的真情與假緣〉，《聯合報》聯合副刊，一九八〇年七月十三－十六日，第八版。

杜國清，〈《臺灣文學英譯叢刊》出版前言〉，Kuo-ching Tu and Robert Backus edit. *Taiwan Literature: English Translation Series* No. 1. 1996, pp.1. Santa Barbara, CA: Forum for the Study of World Literatures in Chinese, University of California, Santa Barbara.

延伸閱讀

蔣亞妮，《蔣曉雲及章緣作品中的海外書寫研究》，臺中：國立中興大學中國文學系碩士論文，二〇一四。
胡淑雯、童偉格主編，《讓過去成為此刻：臺灣白色恐怖小說選・卷四　白色的賦格》，臺北：春山出版，二〇二〇。
蔣曉雲，《無情世代》，北京：中國文聯，一九八六。

蔣曉雲著，《紅柳娃：民國素人誌第二卷》書影。（印刻文學提供）

蔣曉雲著，《百年好合：民國素人誌第一卷》書影。（印刻文學提供）

蔣曉雲著，《四季紅：民國素人誌第三卷》書影。（印刻文學提供）

跨越邊境，找回自己：「邊境詩人」彤雅立

李癸雲

以邊境作為核心價值

臺灣新世紀女詩人彤雅立，曾留學德國並任教於輔仁大學德語系，已出版三本詩集，並譯有多部德語作品。她的寫作主題傾向於邊境思維、女性心聲、夢境與日常，以及所有關於生命的深層印記。彤雅立在參與多場詩的活動時，被定位為「邊境詩人」。「邊境」於她有多重的意義，在實際的地理空間裡，她以行旅穿越邊境（例如中國的邊境：西藏、尼泊爾），在工作興趣上，她致力於弱勢社會運動（例如同志遊行、反迫遷運動、研究德國流浪漢的報紙《街報》），在寫作向度裡，她確認女性與邊緣為創作主軸。現實生活與

藝術建構的重重疊映，「邊境」成為彤雅立的核心價值，成就她的獨特寫作風格，也指出新世紀女性書寫的一種跨域特質。

邊境與女性

「邊境」思維與女性邊緣困境脫不了關係，彤雅立曾在第一本詩集《邊地微光》裡為自己定位：「我想我會一直書寫邊境。我的狀態永遠在邊地。邊地擁有不被束縛的自由。邊地意味著拋棄，以及無家。」這份「無家感」起因於與父親的衝突，她接受雜誌的訪談時，坦言：「《邊地微光》是我較為殊異的家庭環境所造成的產物，似乎寫完它之後，人也釋放了，接著便是逃離，利用一紙國際學生證換得自己獨有的空間。我的腦海裡同樣也有一封〈致父親信〉，擱在心底，父親卻病了。前兩年父親病逝，似乎那父系的約束就此鬆綁，我已不需逃逸，而能做自己了。」因而，「邊境意象」對彤雅立和受困於父權體制的女性而言，成為出走、解脫、自主的象徵。

書寫邊境，潛伏著對現有價值體制的對抗性，以及踰越的可能性，「走，過去就是邊境了。」彤雅立的詩雖少見狂熱的戰鬥情緒，在〈女青年恐怖分子的誕生〉詩中第二段卻可以看出她對主流價值之強烈不滿：

她總是被教務主任訓誡
說你應該到良善的那一邊
這就是人間　一個看起來相當和平的世界
而我們總是張著嘴看著集體爆炸的那一片
那裡有蟲鳴鳥叫消失在路邊
我們沒有人發現　我們只聽見
所有人工的正常的規範的守秩序的那一切
就是我們應該運作的世界
這就是人間

所有人通通都跑到良善的那一邊
該死的人都被訓誡　錯誤的人都犯罪
我們無所抗拒地只有針對自己小小的生活圈　說著

我也熱愛這世界
這人間　這人間　看起來和平卻充滿危險
我們被訓導主任罰站在教室外面的綠色窗格邊
良善的人們好好唸書勤奮工作努力賺錢
這樣就永遠站在安全的地平線

此詩帶著嘲諷的語氣敘述一個「人工的正常的規範的守秩序的良善的看起來和平的應該如此運作的」世界，而不在這安全的地平線之內的人，便被視為恐怖分子，也確實威脅到社會安全，「她」因不服訓誡，終成一個「恐怖分子」。此詩傳達的不僅是個人抵抗社會制約，具體而言，更是女性抵抗父權社會的制約。所以，詩後有：「無名氏在歷史課本的空白邊緣出現／她的生與死與帝王將相的統治毫無關聯」之感慨。

母性空間，「月照無眠」

女性受困於父權體制，無法認同現有價值，書寫時卻依然得「以父之言」，因為現存的語言是父系社會的產物。特別的是，彤雅立經常試圖描述那母性的私語（失語）空間，這些詩作傳達出女性主體的沉默或無語，甚至欲歸返母體。如〈邊地微光〉一詩，寫著：「雪地／微光／無語／紡織日常」，以最精簡的詩語／失語，描述身處邊地之心緒；〈湛藍的母親海〉則將「母性空間」具體喻之：「賴在母親的身上　就像漂浮在她的海洋／是寧靜的船塢　等待著我／退回她的子宮　安穩地睡／母親海沒有言語／卻明白地說　我在　我一直在」，詩中意象全然呼應著原初生命之源的樣態與嚮往，而母體總是寧靜而無言語的永恒存在著。至於獻給「她們和她們的母親節」的〈一些，無法以口說的〉，更是仔細地揣摩主體與母親的情感線索：

一種內在的內在的躍動
在傾巢　傾巢而出
……
是一種即恨且愛
即疏離且繚繞
忽近，而遠

似逝去卻已然再生
永遠存在著的
母親之愛

一些，一些無法以口說的
神祕之愛，賦以幽微
藏於胸中
我無能言說，無能言說於是
寄於音聲節奏
灌注了一些在內裡
索求著過去
發現了一些，一些無法明說的
在寂靜中

詩中重覆著「無能言說」，然而，無法以口言說並不代表無意義，反而更能以身體去真實感受，以情感本能來彼此呼應，在語言符號不可避免的斷裂處，轉以真實的情感做出黏合。換言之，與母體連結，同時連結了失語與沉默的女性處境，彤雅立以父之言所陳述的「母親語言」即是沉默。母女之間的對話是〈無對白〉裡的沉默：「她安靜／認得那沉默的質素／並且用沉默／予以答覆」。

彤雅立的詩作便是如此弔詭的「以父之言，溯母之源」，她要寫作，她便要進入可溝通與言說的象徵秩序裡，然而，她不滿，所以她來到邊地，自居邊地以示抵制。但是，真正值得回歸的原鄉，並不是地理空間，而是母體，以及母體所代表的沉默的「母性空間」，在那裡，詩人發現神祕的情感流動與永恆性，卻無「母親的語言」得以取代既存意義系統。

彤雅立到了第二本詩集《月照無眠》，她更把內在的、本源的、陰性特質的「母親」置放於一明確而隱祕聯繫的譬喻裡——月，讓「邊地望月」有了某種符號性的表達。人與月亮的感應，就是一種探向陰性（母性）的心靈連結。母之本源可以在美學的建構裡，找到呼應的形式。在彤雅立寫月的詩作裡，「邊境」意識也許暫時消逝，但是她所秉持的乾淨、純淨、自然的詩筆，並無改變，與自然連繫的內在情感是「沒有歷史斧鑿的光陰」，永恒而真實。她在詩集自序說：「無論應該放下，或者執著，我相信深刻的情感與思念還是普遍存在人們心中的。於是我寫作《月照無眠》，透過詩句，將秋天到冬天，對季節、對月與思念的感知描繪出來。但願它能夠召喚每個月下無眠的真誠靈魂。」

找到自己，回歸本能

彤雅立的詩作說明必得去到邊地，才能理解女性處境、探索母性空間，而必須嘗試越境，方能見證另一端的世界樣貌，揭示另一種價值。她的詩總是透露出生命有更底層的存在和深義，因此創作於她，更重要的事，是在尋找一座連結詩與神祕的橋。或許這是每個心靈的共同命運，然而彤雅立的獨特之處，在於當她意識到內在回歸的本能時，試圖以藝術創作來提煉，並誠實地說出這一切，如〈她並不〉一詩的坦陳：

她並不是要刻意避開人群，祇是她一點也不知道人與人之間為什麼還需要那一點溝通。於是她儘可能地獨處，避免外出。她遁入屬於自己的自然裡。

因為太過於自然，所以她總是被這個世界嘲笑。她並不想趕上這個世界，因為世界對她而言應該是自然。

純淨而乾淨，這就是她要說的事。

這首詩表達出人真正應該溝通的是自己的內在自然——那因外在現實而斷裂的源頭，而非外在建制的世界，所以「她」欲訴說「純淨而乾淨」的事。彤雅立無法被既有的文明與價值（象徵秩序裡的意義系統）說服，她受到本能召喚似的，一再來至邊境，思考邊界之外的世界，她希望能「行經她，／帶走她清脆的殼，／並沿著殼上的裂痕／踩入沒有歷史斧鑿的光陰」（〈她等待孵化〉）。讓包覆著「她」的世界碎裂，在裂痕裡，方能見到蛋中之混沌。

由此，我們跟著彤雅立的詩作抵達邊界，見證另一處「沒有歷史斧鑿的光陰」之空間。彤雅立自認第三本詩集《夢遊地》更接近真正的自己，也能看見、理解自己，其中充滿夢的意象，邊地轉向夢遊地。首先，她在〈代序——懷仰．蘇蜜里之島〉以象徵或寓言的方式，指涉此集的中心思想：「懷仰．蘇蜜里在島上，那島圍困著她，她被封裝的自由的靈魂困在她的身體裡。」將夢定位為脫逃的方式，書寫亦然，正如她在一行詩〈烏托邦〉寫著：「荒謬的環境是滋生創作者的溫床，於是我們在夢裡找到了烏托邦。」其次，邊地及其外的空間，指涉著心靈（或靈魂）之所在，例如散文詩〈邊地夢鄉〉的神祕宗教儀式所指向的自然之鄉：

他引我離開，到一個很遠的地方；在那裡，我們生火、跳舞，進行祕密的儀式。我們用聲波展示自己的存在，用靜默的動作遞嬗昨日的渴念。水注入深谷，而後消失，宇宙中千百個物體緩緩地移動。薩滿巫領我們進入無重力的狀態，於是我們飄著浮著、似近且退……

彷彿離開了很久。家在遙遠的地方，微微地發出光亮。

邊地—夢鄉，開始連結著靈魂（無重力飄浮），並暗示著輪迴的生命觀，此處的「家」不是現實居所，是靈魂原鄉，散發光亮的。另外一首詩〈當靈魂離開肉軀〉有較明晰的表達：

當靈魂離開肉軀
它便能更接近
生命中曾被阻礙過的

種種航行
有時它更加自由
更加輕盈
看得最是清晰
通往天堂的道路
是它的歸途

脫離外形的靈魂才能展開真正的旅航，更輕盈更自由，意識與視野更加清晰，如同「一面比較澄澈的鏡子」。雖然詩末指向天堂，卻未必有特定宗教性的思維，實則接近於「樂園」的普遍性意義。

彤雅立在生命與夢之意義的觀點上，傾向原始而神祕的歷史傳承。她曾在詩集後記〈真實的夢境〉自析對夢的執著，在於：「當先祖們自幽界來到夢境，給予我們一些關於生命的暗示，我們也當它是場噩夢而試圖遺忘。然而，擺脫不了的，往往是歷史加諸於我們身上，教我們改變命運的那冥冥中的力量。」她認為夢充滿暗示，甚至有著歷史命運軌跡的磁力。因而，彤雅立重視女性與邊緣、夢境線索，同時信仰著詩的意義。鴻鴻曾敏銳察覺其詩作特點，在《月照無眠》的推薦語裡指出：「彤雅立的世界是感官構成的，所有的事物都被感官翻譯了，成為夢，成為詩，成為無止境的路途上，更真實的點滴人生。」

「在海水與陸地之間。她是穿越。」

最後這個標題引自彤雅立〈在水與陸之間〉一詩，很適合作為理解「邊境詩人」的總結。彤雅立詩作的邊境意識，在於對所謂的中心（父權、理性、邏輯、文明、秩序等）的逃脫慾望，然而，每每逃到邊界或邊緣，卻無法真正的跨界而去。畢竟，語言仍屬於象徵秩序的，「她」無法真正「失語」。因此，詩總是在空間的邊境裡，揣想一種想像的邊界，甚至邊界以外的。除此，彤雅立的詩作總是由明顯的性別角色「她」在發聲，總是探溯著本源與母親，她試著讓主體得以連結母親、自然、本源等意義，她在心靈秩序裡所認同的是「母性空間」。所以，彤雅立「以父之言，溯母之源」的書寫特質呼應此句引詩，「在海水與陸地之間。她是穿越。」彤雅立穿越「父」「母」之象徵空間，游移其間，抵制與想像。

或許，彤雅立不斷書寫邊境、試圖勾連母親本源的詩作，終能突破社會價值的劃分規則，開啟裂縫，真正形成一處邊界，走過去，就能指向母性空間、真實自我的自由之地，如走上一條前往桃花源的蜿蜒幽徑。

此外，當出色的文學作品召喚出讀者內心的感動時，靈魂得到某種棲息自然或回歸本能之感，文學體驗的神祕性，讓讀者如同抵達意識的邊境，產生無法解釋卻受本能驅使的幽暗感應。因此，文學的召喚，可能是心靈的藥方，彤雅立對寫作的期許，即在治療靈魂，「這個世界最可怕的災難是靈魂的病，我相信文學擁有治癒它的能力」。

參考書目

彤雅立，《邊地微光》，臺北：女書文化，二〇一〇。
彤雅立，《月照無眠》，臺北：南方家園，二〇一二。
彤雅立，《夢遊地》，臺北：啟明出版，二〇一九。

延伸閱讀

趙啟麟，〈彤雅立×林維甫：詩在邊境與歧路〉，博客來 OKAPI，二〇一一年三月四日：https://okapi.books.com.tw/article/470

張淑麗，〈「出走」到未來、「漫步」到過去——新世紀臺灣文學中的女性文學〉，《文訊》二二九期，二〇〇四年十一月，頁四十八－五十三。

彤雅立著，《月照無眠》書影。
（南方家園提供）

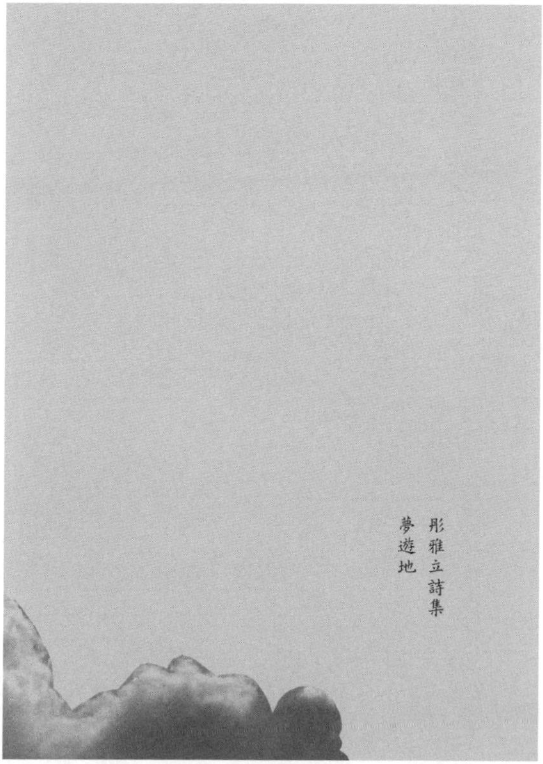

彤雅立著，《夢遊地》書影。
（啟明出版提供）

繞遠路又狹路相逢：張亦絢創作中的「法國意思」

顏訥

大學聯考考完，張亦絢開始學法語。因為對法國電影極度狂熱，積極為考法文系作準備。不過，後來她彎進別條巷子，讀了歷史系。法國文化與電影專業還要再過幾年，才真正篤實進入她的生命。

位於巴黎拉丁區的巴黎第三大學，是以文學與語言學出名的老牌學校，來自世界各地的學生，如張亦絢，不少是慕電影系盛名而往。她在一次訪談中說過，小時候第一個志向，是當探險家，喜愛走不同的巷子當冒險，卻天生不懂認路。留學法國的時光，這個擅長迷路的探險家，大膽把自己全副身心拋擲在法語世界。然而，巴黎不辜負人，用豐盛的電影地圖回饋，劇烈拓寬她的思維疆域。

二〇一八年出版「電影筆記」《看電影的慾望》，張亦絢在自序中定義自己是太陽系MTV末期（1987-1991）的一代，好不容易從聯考中解脫，終於能瘋狂泡電影，卻沒趕上太陽系的全盛時代。慾望先行，經驗遲到，留學歐洲前還沒看過任何一部高達電影，楚浮僅看過《日以作夜》的她，「因為前面有十年渴望看電影而不可得的積壓，一下了地，幾乎直奔電影院。有時四部片四部片地看，只為了追上我心中曾經存在，前輩們擁有的黃金歲月」。讀到此處，大概會立即想到二〇一一年出版的小說《愛的不久時：南特／巴黎回憶錄》，落地法國第三天立刻看電影的敘事者，形容觀看某些「我們生命中不可或缺」的作品，甘願再誕生一次的感受：「能夠還償的生命，是幸福的生命。妳一定要欠人生一些東西你才會完整。那條南特城中通往電影院的上坡路，就是我前去賒帳的路。」

欠電影的，她用一輩子還償。張亦絢在這所創建於一九七〇年的大學，與法國學生一起用法文讀理論，寫影評，拿到電影及視聽研究所碩士學位。回到臺灣，她繼續用母語寫作，但是，法國與電影，這麼多年來，仍持續以沁入肌理的紋路，布滿她所有創作，成為讓語言陌異化、動搖關係根本，遠離日常又深刻地描繪日常的重要介質。因此，沒有一種可能，能將電影從張亦絢的藝術裡切開。同樣地，也沒有一種可能，可以把法國從張亦絢的藝術裡剔除。值得注意的是，創作於回國後的《愛的不久時：巴黎／南特回憶錄》，寫南特寫巴黎但真正寫的是臺灣，卻難以被簡單安放在臺灣文學現有的分類抽屜中歸檔。紀大偉的書評中，提出《愛的不久時》或許「並不屬於臺灣文學，而屬於用中文寫成的法國文學」，可放在史書美（Shu-mei Shih）「華語系文學」（Sinophone Literature）體系中閱讀。張娟芬為《愛的不久時》作序時，也注意到在南特，臺灣女同志與法國異性戀男人獨特的戀情語境，是「發生在兩種語言青黃不接的時刻。」因為人物正在異鄉見證自己成為「有口有耳的聾啞人」，母語被剝奪，「活在語言之外的人類」自願「把右手綁起來」，同時經驗到脆弱、無依、敏銳與開放，絕對是無可取代的。張亦絢的小說放在臺灣文學的脈絡裡，亦是無可取代的。

電影與法國在張亦絢的華語寫作裡同構，或可用《看電影的慾望》序中描述看電影的慾望，來形容法國經驗在張亦絢小說中的發生：「在電影院裡，存在著變化的契機，我們盡可能地面對慾望，包括它的危險、不穩定、未知、甚至黑暗。」將「黑暗中變化的契機」於讀者面前一幕一幕展開，張亦絢在小說、散文，以及選書、影評中，是如此引渡法國文化給她的資源。二〇一六年在《中國時報》為讀者開「閱讀法國」書單時，她特別提醒臺灣出版社規劃法國文化出版品：「有種混亂型分工的感覺」，形成以巴黎代表法國的印象，恐怕製造讀者對法國「無益的羨慕」，又或者「一點小事就對法國由愛生恨」。我們可以說，張亦絢寫作中的「法國」，從來就不是為讀者設下地標與導覽，甚至是帶有某種拔地標的闢謠氣質。散文集《我討厭過的大人》中她寫下〈我討厭過西蒙・波娃〉，看來凌厲，裡頭其實有嚴肅與慈愛的使命，為我們把討厭與恨「步步為營，草木皆兵那樣警醒」地進行，以培養「對危險的感知」。

拔地標，鬆動地界，是張亦絢的拿手好戲。在巴黎第三大學影評寫作課上，她必須以法語當場撰寫《威尼斯之死》觀影心得，並輪流起身念稿。除了自己的想法，電光火石間，張亦絢還揉混過去在李幼鸚鵡鵪鶉書中讀到的觀點，讓法國老師說出了：「這個部分，我從來都不知道。」她形容異國課堂上，臺灣讓她「有的是肩膀可踩」，可以勇往直前。是否可以以她的小說〈四十三層樓〉，來形容法國與臺灣如何以意想不到的方式「摩擦生愛」？某個雪夜，一個臺灣留學生住在原先為巴黎難民潮而蓋的高樓，發現一個法國男人正要打開窗進來。她為陌生人命名，兩個最終發生難以言說，不見得有「性意識」但富有「性意思」的關係。

臺灣史經常在「法國的觀看」中被重新發明，但不是機械式的跨文化比較，也絕非觀光客的走馬看花。散文〈無所謂之味〉，張亦絢從送外國友人「臺灣伴手禮」，思考什麼最能代表臺灣味？為打破歐洲地圖控「知識俯視的慣性」，也避免去歷史化地穿印上中正紀念堂圖樣的潮T，張亦絢用幽默的方式，描述法國友人激烈對她「客訴」臺灣人：「不知二二八與白色恐怖，侯孝賢的電影等於白看了」、「介紹臺灣電影卻完全不知道二二八的臺灣人還算是臺灣人嗎？」送二二八或白色恐怖相關文物給外國人，正是前去拔地標，鬆動地界。這種歷史的弔詭，《永別書》中有特別精采的展現。敘事者賀殷殷下定決心要遺失記憶，方法之一是「學外語」，便能不受個人記憶打擾，且在字彙能力達到「用外語介紹臺灣」時必須立刻放棄。結果，賀殷殷的法語能力，竟不小心讓她在網路上查到法國屬地新喀里多尼亞（Nouvelle-Calédonie）獨立運動史，又意外發現原居民是從臺灣旅行到菲律賓，再到該地定居。繞遠路又狹路相逢，這是張亦絢用小說梳理歷史根系最獨到的能力，一如她所言：「小說是語言的見證，而非事件的見證。」

對於國族、認同、歷史與性別，如張亦絢所形容，她在小說中做的工作不是「代言」而是「帶言」。她擅引難以翻譯的法文單字作華語釋義，撐出新的思維，與意義的歧異性。一如她在「讀墨四月店長選書」訪談中，首先提到她最喜愛的法文單字是 Nuancer：「將微小差異加以細緻化」。這個難以找到華文語彙來精準翻譯的單字，正好就是張亦絢寫作與思考極為珍貴之處。她在同一個訪談中分析法國漫畫《內褲外穿》（*Culottées*）時，解釋 Culottées 一詞為「悍婦、恬不知恥、玩世不恭，揉合貶義與讚賞意味」。「悍婦張亦絢」在小說裡的實踐，恰恰把 Culottées 的意義發揮到極致。小說《性意思史》中，她便用獨有的張氏詼諧，大規模開發小說語言的可能性，大膽拓寬「性」在意識、語言、經驗與身體邊界，並於〈前言〉中自陳這是一本身敗名裂的小說，而「身敗名裂就是小說的本業，雖知會對現實生活造成困擾。」話反著說，意思就施展開來。我們彷彿可以看到張亦絢攪動讀者頭腦後，岔開大步，吐一吐舌頭，玩世不恭，身敗名裂地扮個鬼臉宣告：「但也只能這樣。還能怎樣。」

參考書目

張亦絢，《愛的不久時：南特／巴黎回憶錄》，聯合文學，二〇一一。

張亦絢，《愛的不久時：南特／巴黎回憶錄（2020 我行我素版）》，木馬文化，二〇二〇。

張亦絢，《永別書：在我不在的時代》，木馬文化，二〇一五。

張亦絢，《看電影的慾望》，木馬文化，二〇一八。

張亦絢，《性意思史：張亦絢短篇小說集》，木馬文化，二〇一九。

張亦絢，《我討厭過的大人們》，木馬文化，二〇二〇。

張亦絢，〈無所謂之味〉，《新活水》，二〇二〇年十二月（檢索日期：2022.12.28）https://www.fountain.org.tw/issue/smell-it-taiwan/does-not-matter

張亦絢，〈小說是「語言」的見證而非「事件」的見證〉，OKAPI，二〇二一年十二月十二日（檢索日期：2022.12.28）https://okapi.books.com.tw/article/15213

張亦絢，〈讀墨二〇二二年四月店長選書：一種「愛反抗又愛不雅」的調調〉（檢索日期：2022.12.28）https://readmoo.com/introducer/2022/04

張娟芬，〈反話正著聽〉，《愛的不久時：南特／巴黎回憶錄》，聯合文學，二〇一一。

紀大偉，〈我的原則——閱讀張亦絢《愛的不久時》〉，《聯合文學》，二〇一一〇八期，二〇一五年九月。

林欣誼，〈閱讀法國 張亦絢開書單〉，《中國時報》，二〇一六年八月五日。

愛麗絲，〈《感情百物》作者張亦絢：重新面對、理解與梳理從未被觸碰的角落，像是翻開生活的夾層〉，「關鍵評論網」（檢索日期：2022.12.28）https://www.thenewslens.com/article/158253

愛麗絲，〈「首先，要讓大家都能借用廁所！」——專訪四月店長張亦絢〉，「Readmoo 閱讀最前線」（檢索日期：2022.12.28）https://news.readmoo.com/2022/04/01/interview-with-host-04/

延伸閱讀——

張亦絢，《身為女性主義嫌疑犯》，新北：探索文化，一九九五。
張亦絢，《離奇快樂的愛情術》，新北：探索文化，一九九六。
張亦絢，《壞掉時候》，臺北：麥田出版，二〇〇一。
張亦絢，《最好的時光》，臺北：麥田出版，二〇〇三。
林欣誼，〈張亦絢反話連篇——《愛的不久時》踩在真實與虛構的邊線〉，《中國時報》，二〇一一年九月三日。
李屏瑤，〈讓下面翻到上面，甚至長出嘴巴——張亦絢談《性意思史》〉，《自由時報》，二〇一九年九月三日。

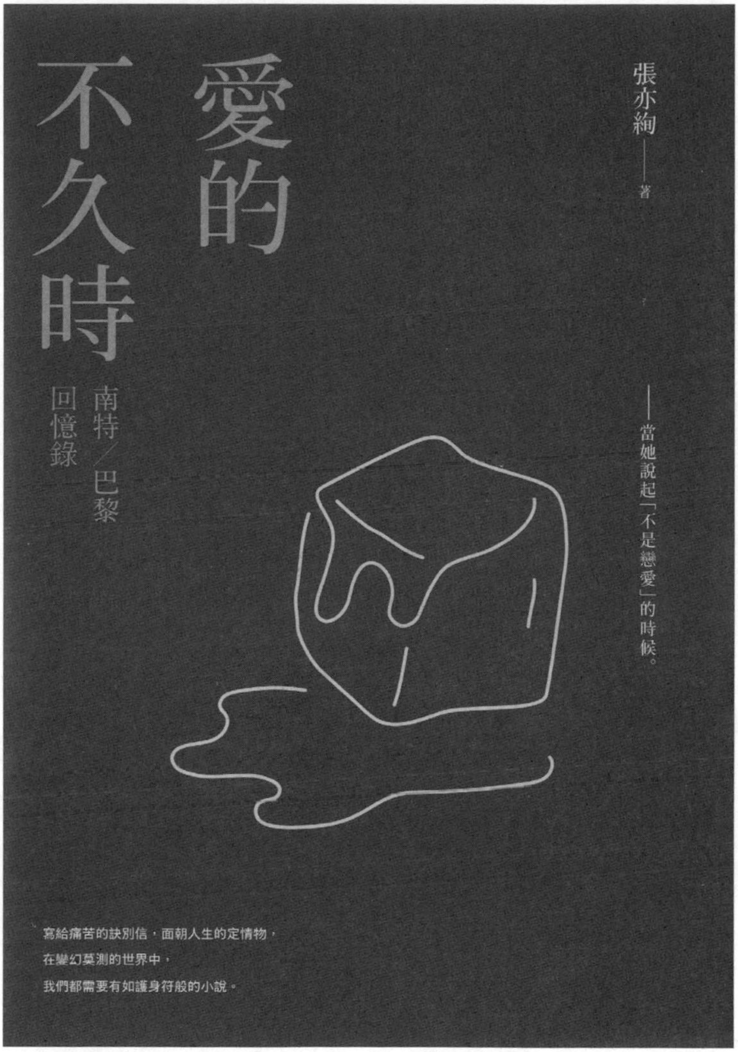

張亦絢著，《愛的不久時》書影。（木馬文化提供）

作者簡介

主編　王鈺婷——

國立成功大學臺灣文學系博士，現任國立清華大學臺灣文學研究所教授兼所長，曾任國立清華大學臺灣研究教師在職進修碩士學位班主任，研究領域為臺灣戰後女性文學、散文研究、臺港文藝交流。著有《女聲合唱——戰後臺灣女性作家群的崛起》（2012）、《身體、性別、政治與歷史》（2008）；主編《性別島讀：臺灣性別文學的跨世紀革命暗語》（2021）、《臺灣文學的來世》（2023，與陳芷凡、詹閔旭、謝欣芩合編）；並編選《臺灣現當代作家研究資料彙編108：郭良蕙》（2018）、《臺灣現當代作家研究資料彙編64：鍾梅音》（2014）等書。

吳　文

一九九四年生，福建福鼎人。北京師範大學文學學士，國立清華大學文學碩士。現為國立清華大學臺灣文學研究所博士候選人。研究專長為華文文學、陸港臺跨域文學、戰後臺灣文學等。曾有短篇小說〈一朵黑色的夢〉（2012）發表於《北京師範大學校報・文化副刊》。

言叔夏

國立政治大學臺灣文學研究所博士。現為東海大學中文系副教授。著有散文集《白馬走過天亮》、《沒有的生活》。

楊　翠

國立臺灣大學歷史學系博士，現任東華大學華文系教授。研究領域為原住民文化與文學、臺灣史、臺灣婦女史、臺灣女性文學與性別文化相關議題等。著有散文集《最初的晚霞》、《永不放棄：楊逵的抵抗、勞動與寫作》、《年記一九六二：一個時代的誕生》，學術論文《日據時期臺灣婦女解放運動：以「臺灣民報」為分析場域（1920-1932）》、

《少數說話：臺灣原住民女性文學的多重視域）》等書。

李欣倫——

國立中央大學中國文學系副教授，著有論著《苦難敘事與身體隱喻：從身體感知的角度閱讀當代女作家作品》，散文則有《藥罐子》、《此身》、《以我為器》及《原來你什麼都不想要》等，《以我為器》獲二〇一八年國際書展非小說類大獎，亦入選《文訊》「二十一世紀上升星座：一九七〇後臺灣作家作品評選」中二十本散文集之一。近年散文集入圍臺灣文學館金典獎、Openbook 年度好書，散文作品收入年度散文選及數種散文讀本中。主編《寫字療疾：臺灣文學中的疾病與療癒》。

黃宗潔——

國立臺灣師範大學國文學系博士。現任國立東華大學華文文學系教授。研究領域為臺灣及香港當代文學、動物書寫、家族書寫等，著有《倫理的臉：當代藝術與華文小說中的動物符號》、《牠鄉何處？城市．動物與文學》、《生命倫理的建構——以臺灣當代文學為例》、《當代臺灣文學的家族書寫——以認同為中心的探討》；編有《成為人以外的：

臺灣文學中的動物群像》、《孤絕之島：後疫情時代的我們》；與黃宗慧合著《就算牠沒有臉：在人類世思考動物倫理與生命教育的十二道難題》。曾獲書評媒體 Openbook 年度美好生活書、年度生活書獎。書評及動物相關論述文字散見《鏡文化》、《鏡好聽》、《新活水》等專欄。

洪淑苓

現任國立臺灣大學中國文學系教授。曾任臺大藝文中心創制主任、臺大臺文所所長、國語日報《古今文選》特約主編、中研院文哲所訪問教授、美國聖塔芭芭拉加州大學訪問教授、德國海德堡大學交換教授。研究專長為民俗學、民間文學、現當代文學、女性文學。曾獲青年研究著作獎、臺灣文獻館學術書刊出版優等獎、臺北文學獎、詩歌藝術創作獎等。著有學術專書《思想的裙角——臺灣現代女詩人的自我銘刻與時空書寫》、《在地與新異——臺灣民俗學與當代民俗現象研究》、《民間文學的女性研究》、《關公民間造型之研究》、《牛郎織女研究》、《二十世紀文學名家大賞：徐志摩》、《現代詩新版圖》等；並有現代詩集、童詩集與散文集。

王萬睿

英國艾克斯特大學電影學博士，現任國立中正大學臺灣文學與創意應用研究所副教授、文化研究學會副理事長。曾任香港中文大學博士後研究員、德國柏林自由大學訪問學者、國立臺灣文學館駐館研究員。主要研究興趣為電影史、文化研究、文學影像。相關著作發表於《中外文學》、《臺灣文學研究學報》、《中國現代文學》、《藝術學研究》等學術期刊。

李淑君

國立成功大學臺灣文學系博士，現任高雄醫學大學性別研究所副教授。著有〈逆寫銅像・從神到鬼：蔣介石銅／肖像的神格威權、世俗解構與諧擬鬼怪〉、〈國家不想要的人：《超級大國民》的哀悼政治〉、〈一九五〇年代白色恐怖左翼女性政治受難者：女性身分、女性系譜、政治行動〉、〈「告密者」的「戰爭之框」：施明正、李喬、鄭清文、葉石濤筆下「告密者」的框架認知與滑動〉、〈言說之困境與家/國「冗餘者」：論胡淑雯的白色恐怖書寫與政治批判〉等文章。

天神裕子——

日本御茶水女子大學大學院人間文化創立科學研究科博士。研究興趣為戰後臺灣女性文學，有關離散與性別的敘述。主要論文有「絡まり合うディアスポラとジェンダー　女性作家林海音の場合」中国女性史研究会編『中国女性史研究』第31号，「歐陽子『日本童年的回億』についての一考察——「回憶」と「記憶」のあいだ」宮尾正樹教授退休記念論集刊行会編『文学の力、語りの挑戦　中国近現代文学論集』，東方書店。

李京珮——

國立成功大學中文博士，現任成大中文系約聘教師。主要從事中國現代文學報刊、臺灣當代散文研究。博士論文《《語絲》文人群及其散文研究》曾獲科技部人文社會科學領域博士論文獎，曾發表〈周作人二〇年代的日本觀〉、〈新月再升：一九四九年前後的《西瀅閒話》〉、〈論許達然散文的作品精神與藝術風格〉等。喜歡動漫，收集扭蛋。

李文茹——

現為淡江大學日文系副教授。主要研究為日本近現代文學研究、殖民地文學文化研究、女性文學。主要著作：《「霧社事件」と戰後台灣／日本性別・族群・記憶》（瑞蘭國際出版社，2018）。論文：〈性別・情慾・記憶——東日本大地震發生前後的觀光消費文化當中的「台灣」與女性雜誌〉（收錄於『東亞中的戰後日本』5、日本：臨川書房，2018）、〈雜誌《人間》與「戰後日本」的接點——八〇年代臺灣與「核」相關言論的窘境〉（日本：『原爆文学研究16』，2017）等。〈漢文台灣愛國婦人（明治編）當中的「愛國」與「婦人」〉（收錄於《台灣愛國婦人復刻版別冊解題》，日本：三人社，2020）、〈摩登都市景觀〉（《台灣的摩登／和田博文等監修4、日本：ゆまに書房，2020）翻譯：《原爆詩集》中譯本監譯（逗點文創結社，2023）、《紅頭嶼研究第一本文獻》，總主編／譯注主編（行政院原住民委員會出版（翰蘆），2017）。

詹閔旭

國立中興大學臺灣文學與跨國文化研究所優聘副教授兼所長。曾任ＵＣＬＡ亞洲語言與文化系 Fulbright 訪問學人、臺灣人文學社祕書長、臺灣文學學會祕書長。研究興趣為臺灣現當代文學、移民與種族研究。著作《百年降生：一九〇〇—二〇〇〇臺灣文學故事》（合著，聯經，2018），編著《臺灣文學的來世》（與陳芷凡、王鈺婷、謝欣芩合編）、《中外文學》「殖民、冷戰、帝國或全球化重構下的南方」專輯（與許維賢合編，2023）、《中山人文學報》「全球南方華文文學」專輯（與吳家榮合編，2021）。

王梅香

國立中山大學社會學系副教授、文化研究學會理事和賴和文教基金會董事。專業領域是文化社會學、藝術社會學、東南亞文化冷戰和原住民文化消費。著有《隱蔽權力：美援文藝體制下的臺港文學（1950-1962）》、〈打造冷戰兒童：香港友聯《兒童樂園》與自由亞洲協會的文化宣傳（1951-1954）〉（2023）。

侯建州

國立東華大學文學博士，亞洲華文作家協會菲分會會員、菲律賓千島詩社社務委員，現職為國立金門大學華語文學系專任副教授兼教務處教學資源中心主任，研究興趣為臺灣現當代文學、東南亞華語語系文學文化、移民與族群、島嶼，曾任國立臺灣文學館駐館研究員、僑委會華文師資培訓講座、菲律賓靈惠學院僑教顧問、國立花蓮高農教師。

施慧敏——

國立政治大學中文博士班。曾兼任於政大與健行科技大學。曾獲馬來西亞花蹤文學獎、海鷗文學獎散文首獎。作品曾收入《與島漂流：馬華當代散文選（2000-2012）》、《馬華文學讀本》等。

羅秀美——

國立中興大學中文系教授，中央大學中文所博士。學術專長為近現代文學與文化、女性文學、飲食文學、旅行文學。已出版專著《彤管文心——近代女性文學的賡續與新變》（2021）、《女子今有行——現代女性文學新論》（2021）、《文明・廢墟・後現代——臺灣都市文學簡史》（2013）、《從秋瑾到蔡珠兒——近現代知識女性的文學表現》（2010）、《隱喻・記憶・創意——文學與文化研究新論》（2010）、《看風景——旅行文學讀本》（2009）、《宋代陶學研究：一個文學接受史個案的分析》（2007）、《近代白話書寫現象研究》（2005）。另參與《南投縣文學發展史》寫作。尚有未結集之單篇學術論文多篇。另有《獨心功夫——讀懂古典詩人的生命故事》（2017）、《天心月圓——從中國「經典名句」看人生》（2012）兩部創作。

陳秀玲——

國立清華大學臺灣文學所博士畢。研究領域為女性文學、創傷敘事、疾病書寫、自然書寫等主題。曾任國立清華大學、明新科技大學、健行科技大學兼任助理教授，目前任職於國立清華大學「王默人周安儀文學講座」執行祕書。著有散文集《搖晃的天堂》、合著《黨產偵探旅行團》。

石曉楓——

福建金門人。國立臺灣師範大學國文研究所博士，現為該系專任教授，研究領域為臺灣及中國現當代文學，兼事散文創作，曾獲華航旅行文學獎、梁實秋文學獎、教育部文藝創作獎、全國學生文學獎等。著有論文集《文革小說中的身體書寫》、《兩岸小說中的少年家變》、《白馬湖畔的輝光——豐子愷散文研究》；散文集《跳島練習》、《無窮花開——我的首爾歲月》、《臨界之旅》；評論集《創作的星圖：國民散文手藝課》、《生命的浮影——跨世代散文書旅》；另與凌性傑合編《人情的流轉：國民小說讀本》。單篇論文則有〈死亡魅影下的存在思索——林懷民小說的成長敘事〉、〈苦悶年代下的性格書寫——歐陽子成長歷程小說析論〉等多篇。

陳室如

國立彰化師範大學國文研究所博士，現任教於國立臺灣師範大學國文學系，開設旅行文學、近現代旅行文學專題研究、臺灣文學等課程。研究領域為近現代旅行文學，著有《文為心聲——現代散文評論集》、《晚清海外遊記的物質文化》、《近代域外遊記研究（1840-1945）》、《相遇與對話：臺灣現代旅行文學》。

戴華萱

輔仁大學中國文學系博士，現任真理大學臺灣文學系副教授。主要研究領域為成長小說、李昂研究、性別研究，著有《聚光燈外：李昂小說論集》、《成長的迹線——臺灣五〇年代小說家的成長書寫》、《鄉土的回歸——六、七〇年代臺灣文學走向》，主編《咱的土地，咱的詩——台語地誌詩集》、《連易宗影像拾珍：一九六〇年代的淡水／臺灣》、《打開淡水老信徒的相簿：淡水長老教會那黑與白的年代》、《那些年，淡水古蹟說故事》。自二〇二一年起，與淡水在地文史工作室「旅學堂」合作推出「淡水女路」的創新走讀導覽體驗小旅行，深獲旅人好評。

謝欣芩

美國奧勒岡大學東亞語言與文學系博士，國立臺灣大學臺灣文學研究所副教授。曾任教國立臺北教育大學臺灣文化研究所、美國衛斯理安大學東亞研究學院，亦曾擔任臺灣文學學會祕書主任、德國杜賓根大學歐洲當代臺灣研究中心訪問學者。主要研究領域為當代臺灣文學、紀錄片、移民、跨媒介敘事，關注跨國移動與當代臺灣文化生產之間的關係，研究獲得「科技部年輕學者養成計畫（愛因斯坦培植計畫）」補助。

李時雍

國立臺灣大學臺灣文學研究所博士。曾為哈佛大學費正清中國研究中心侯氏家族獎學金研究員，並曾任副刊、文學雜誌、出版社主編。二〇二三年度國科會人文社會科學研究中心博士級研究人員。著有散文集《給愛麗絲》、《永久散步》，主編《百年降生：一九〇〇—二〇〇〇臺灣文學故事》，論著《復魅：臺灣後殖民書寫的野蠻與文明》。

陳芷凡

現任國立清華大學臺灣文學研究所副教授、清華大學原住民資源中心諮詢委員、「世界南島暨原住民族中心」執行委員、臺灣原住民族文化發展協會理事。曾任清華大學臺灣研究教師在職專班主任、臺灣女性學學會理監事、北京中國社科院民族文學所訪問學人、山海文化雜誌社編輯。研究領域為族裔文學與文化、臺灣原住民族文獻、十九世紀西人來臺踏查研究。專著《臺灣原住民族一百年影像暨史料特展專刊》、《成為原住民：文學、知識與世界想像》；主編《臺灣文學的來世》、《臺灣原住民文學選・文論選》；共同編著 *The Anthology of Taiwan Indigenous Literature: 1951-2014*。

張俐璇

國立成功大學臺灣文學系博士，現任臺灣大學臺灣文學研究所副教授，兼任吳三連獎基金會祕書長。研究領域為戰後臺灣小說、白色恐怖時期文藝報刊。曾與臺大臺文所研究生共同研發桌遊《文壇封鎖中》；著有《兩大報文學獎與臺灣文學生態之形構》、《建構與流變：「寫實主義」與臺灣小說生產》；主編有《臺灣文學英譯叢刊》第50期、《出版島讀：臺灣人文出版的百年江湖》、《吳三連獎文學家的故事》。

李癸雲

國立臺灣師範大學國文研究所博士，曾任清華大學臺灣文學研究所所長、臺灣文學學會副理事長，現任清華大學臺灣文學研究所教授兼人文社會學院副院長。研究專長為臺灣現當代文學、現代詩學、性別論述。學術專著有《詩及其象徵》、《結構與符號之間：臺灣現代女性詩作之意象研究》、《朦朧、清明與流動：臺灣現代女性詩作中的女性主體》、《與詩對話：臺灣現代詩評論集》，以及期刊論文數十篇。曾獲臺北文學獎新詩評審獎、臺中縣文學獎新詩獎、南瀛文學獎「南瀛新人獎」、臺灣文學獎散文獎、清華大學校傑出教學獎等。

顏訥

國立清華大學中文所博士，中研院文哲所博士後研究學者，臺北教育大學語創系兼任助理教授。研究香港、臺灣、澳門文學傳播，唐宋筆記、詞中的性別文化與物怪書寫。創作以散文、評論為主。得過一些文學獎，入選《九歌一〇六年散文選》，散文創作計畫獲國藝會創作補助。著有散文集《幽魂訥訥》，合著有《百年降生：一九〇〇－二〇〇〇臺灣文學故事》。

聯經文庫
她們在移動的世界中寫作：臺灣女性文學的跨域島航

2023年12月初版　　　　定價：新臺幣490元

作者：
吳　文、言叔夏、楊　翠、李欣倫、黃宗潔、洪淑苓
王鈺婷、王萬睿、李淑君、天神裕子、李京珮、李文茹
詹閔旭、王梅香、侯建州、施慧敏、羅秀美、陳秀玲
石曉楓、陳室如、戴華萱、謝欣芩、李時雍、陳芷凡
張俐璇、李癸雲、顏　訥

主編　王鈺婷
叢書主編　黃榮慶
特約編輯　沈如瑩
內文排版　張靜怡
封面設計　鄭婷之

出版者　聯經出版事業股份有限公司
地址　新北市汐止區大同路一段369號1樓
叢書編輯電話　(02)86925588轉5307
台北聯經書房　台北市新生南路三段94號
電話　(02)23620308
郵政劃撥帳戶第0100559-3號
郵撥電話　(02)23620308
印刷者　文聯彩色製版印刷有限公司
總經銷　聯合發行股份有限公司
發行所　新北市新店區寶橋路235巷6弄6號2樓
電話　(02)29178022

副總編輯　陳逸華
總編輯　涂豐恩
總經理　陳芝宇
社長　羅國俊
發行人　林載爵

行政院新聞局出版事業登記證局版臺業字第0130號

本書如有缺頁，破損，倒裝請寄回台北聯經書房更換。　ISBN 978-957-08-7212-5 (平裝)
聯經網址：www.linkingbooks.com.tw
電子信箱：linking@udngroup.com

國家圖書館出版品預行編目資料

她們在移動的世界中寫作：臺灣女性文學的跨域島航/
王鈺婷主編．初版．新北市．聯經．2023年12月．408面．17×23公分
（聯經文庫）
ISBN 978-957-08-7212-5（平裝）

1.CST：臺灣文學　2.CST：女性文學　3.CST：文學評論

863.2　112020033